KB235447

DJ의
독서日記

DJ의 독서일기

2000년 1월 1일 초판 1쇄 인쇄
2000년 1월 1일 초판 1쇄 발행
지은이/김경재
펴낸이/김종현
펴낸곳/인북스
서울 마포구 도화동 36 고려아카데미Ⅱ 928호
전화/02)703-7408 팩스/02)6732-7400
등록/1999. 4. 21 제10 · 1742호
ⓒ 김경재, 1999, Printed in Korea

파본이나 잘못된 책은 바꾸어 드립니다.
ISBN 89-950619-3-6

값 8,000원

이책의 공급처는 **한국출판유통주식회사**입니다.
전화/0348)945-2900

DJ의 독서日記

인북스

후광 김대중 선생의 독서에 대한 얘기를 한다는 것은 그분의 삶, 정치 및 철학 전반을 논평하는 것만큼이나 어려운 작업이다. 그러나 단 한 가지, 나는 1960년대 전반기 대학 상급반 시절에 선배들 틈에 끼어 그분과 처음으로 조우하게 되었고, 그로부터 36년간 그분을 따르며 존경하고 그분에게 배워 오면서 결코 옆길로 나간 적이 없다는 자부심 하나로 이 엄청난 작업에 감히 손을 대었다.

후광은 나에게 항상 연구 대상이었다. 감히 말하자면 나는 후광 연구가이다. 적지 않은 독서를 해오는 편이지만 항상 후광에게는 몇 수 뒤지는 편이었다. 그분과의 수많은 대화 중 얼핏 무슨 책을 인용하면 나는 곧장 그 책을 구해다 읽으면서 후광은 그 책 속에서 무엇을 에센스로 포착했을까를 경쟁하듯 생각하였다.

후광은 20세기 한국사에 가장 걸출한 인물로 기록될 것이다. 나는 그것을 이미 1970년대 말에 망명지 미국에서, 그분이 가장 어렵고 고난에 찬 역경을 걷고 있을 때 최초로 그리고 공개적으로 소리 높이 외쳤다. 나의 졸작 3부작 〈김형욱 회고록〉(원제: 혁명과 우상)에서 그렇게 주장했다. 내가 15년의 망명을 끝내고 귀국하자 박정희 정권의 금서목록 제1호였던 〈김형욱 회고록〉은 수백만부가 팔려 나갔고, MBC가 선정한 80년대 10대 명작 시리즈에 4위, 비소설 부문에서는 1위를 차지하는 뜻하지 않은 영예를 입어 적지 않게 필명도 높였지만, 나의 이른바 〈김대중의 위대성 주장〉에 대해서는 평가가 엇갈렸다.

비판에 앞장선 사람은 훗날 교육부 장관을 지낸 이명현 군이었는데 그는 나와 대학동기이자 공군사관학교에서 교관 노릇도 같이한 죽마고우이다.

"이보게 김군. 자네 〈김형욱 회고록〉 말이야. 200자 원고지 5천매가 넘는 방대한 역작이고 글솜씨가 대단하다는 건 인정하네만 김대중에 대해선 너무했어. 지나치게 위대한 인물로 미화했어."

"하하, 그런 점이 있었나. 하지만 두고 보게. 내 평가가 정확하다는 걸 언젠가 알게 될 거야."

1997년 대선이 끝난 후 어느 날 나는 이명현 박사의 초청으로 사직동 어느 한정식 집에서 단둘이 점심을 같이 하였다. 그는 당시 물러나는 김영삼 정부의 마지막 교육부 장관이었고 나는 김대중 캠페인의 초선의원이었다.

"웬일인가? 나에게 점심까지 사다니. 시끄러운 교육부를 맡아서 아무튼 수고가 많았네."

"아니야. 내가 오늘 자네에게 점심을 사는 것은 고백할 일이 하나 있어서이지."

"고백이라? 하하하하, 무엇을?"

"십여년 전인가 내가 자네 책에서 김대중 선생에 대해서 문제 삼은 적이 있었지, 아마."

"아마, 그랬을 거야. 내 주장을 정당화시키기 위해서도 이번 대선에 사력을 다했지. 그런데 그건 왜 새삼스럽게."

"아니야. 자네 주장이 옳았어. 이 말을 꼭 해주고 싶었던 거야."

후광과 책에 관한 한 나는 인연이 적지 않다. 나는 망명을 끝낼 무렵, 미국 뉴욕에서 〈독립신문〉이라는 신문을

10여년간 발행하고 있었다. 그 독립신문의 이름으로 후광의 논문, 인터뷰, 기고문 등을 모아 영어로 번역하여 근사한 책을 간행하였다. 책 제목은 〈김대중: 그의 정치 철학과 대화〉, 영어 부제로는 '평화와 민주주의를 건설하며(Building Peace & Democracy)'였다.

4백 85쪽에 달하는 이 책은 그 후 러시아 국립외교대학원에서 수여하는 정식 정치학 박사 학위 논문으로 제출되는 영예를 안았고 곧 한글, 중국어, 일어, 러시아어로 번역되어 후광을 국제적으로 알리는데 큰 매개체가 되기도 했다. 이 책의 제목은 우연일진 모르나 그후 후광이 창당한 평화민주당(Party for Peace & Demorcracy)의 당명으로도 인용되었다.

그러나 무엇보다도 강조하고 싶은 것은, 나에게 있어서 후광은 〈한권의 책〉이었다는 점이다. 책 중에서도 항상 가까이 두고 보아야 하는 명저, 클라이막스는 올라섰지만 아직 대단원의 끝이 내려지지 않는 대하 명작 시리즈이다. 그분의 정치, 연설, 지략, 경륜, 인간적 연민 그리고 고난을 극복하는 지혜, 무엇보다도 극적인 반전을 보여주는 파란만장한 인생의 역정 등이 보여주는 감동을 과연 어떤 명작에게 비길 수 있겠는가?

바로 이것이 그분을 이해하는 다른 하나의 측면, 즉 그분의 애독서를 살펴보는 작업을 시작하게 만든 요인이다. 첫 작업이라서 내용이 충분하지 못하다. 앞으로 이 작업은 계속될 것이다.. 이 작업이 후광처럼 어려운 환경에서 고난을 극복하고 인생의 승리를 얻기를 희구하는 많은 사람들, 특히 자라나는 젊은 세대들에게 교양을 쌓고 인생과 역사를 이해하는데 다소의 도움이 된다면 그 이상 바랄 것이 없다.

이 작업에 참여해 준 이재호님의 수고에 감사드린다.

1999년 12월 14일
한강이 보이는 서재에서
김경재

제 6장 아버지와 아들의 일기장 대화

책과 함께 한 인생

책과 김대중

후광은 평생을 책과 함께 살았다. 물론 그가 많이 배웠다는 것은 아니다. 정규학력이라야 고등학교를 나온 것이 전부다. 고교를 나온 뒤에도 곧바로 해운회사에 입사했다가 자신의 해운회사를 설립하여 젊은 사업가가 되었다. 이후 곧바로 정치에 뛰어들었기 때문에 그에겐 평화스러운 교정에서 그를 이끌어 줄 훌륭한 스승을 만날 기회가 없었고, 올바른 역사 인식을 심어 줄 만한 사람도 없었다. 냉혹한 현실만이 있었을 뿐이다. 그래서 젊은 시절의 후광을 알고 있는 사람들 중에는 아직까지도 그의 그릇을 잘못 보는 경우가 간혹 있기도 하다. 후광에게 책이 있었다는 사실은 몰랐기 때문이다.

후광은 늘 책을 끼고 살았다. 인류의 값진 유산들은 모두 다 도서관에 있다는 걸 그는 일찌감치 알고 있었다.

가까운 서점에만 가더라도 큰 스승을 쉽게 만날 수 있으
며, 이 시대 최고의 석학들 얘기도 언제든지 들을 수 있
다는 걸 그는 누구보다 잘 알고 있었던 것이다.

지식에 굶주렸던 만큼, 그는 무슨 종류의 책이든 닥치
는 대로 읽는 편이다. 철학, 역사, 지리, 문화, 종교, 여
성, 경제 그리고 각종 전문서적까지 아주 꼼꼼하게 밑줄
을 그어 가면서 읽는다. 자동차 안에서는 물론이고, 이발
을 하는 동안에도 마땅히 읽을 만한 것이 없으면 여성잡
지라도 펼쳐서 떨어지는 머리카락을 후후 불어가며 뒤적
거린다.

그러나 그는 정작 다독(多讀)이란 말보다는 정독(精讀)
이란 말을 좋아한다. 다방면의 책을 모두 읽는 편이지만,
하나하나 신중하게 골라서 정독을 한다. 꼼꼼히 읽는 것
도 모자라서 두 번 세 번을 읽어 자기 것으로 확실하게
해두며, 그러고도 나중에 쉽게 찾기 위해 메모지까지 끼
워 둔다.

이렇게 책을 통해서 그는 동서고금의 위대한 스승을 두
루 만나고, 인간의 가치를 배웠으며, 역사를 배웠다.

독서에 과식이란 있을 수 없다. 처음에는 너무 많은 분
야를 섭렵하느라 산만함이 없지 않았겠지만, 서두르지 않
고 평생을 두고 읽어가는 동안 점점 역사 인식의 균형도
잡혀가고, 나름대로의 철학도 뚜렷하게 줄기가 잡혔다.

인간과 사물을 바라보는 시선 또한 부드러워졌을 것이란 점은 쉽게 추측할 수 있다. 오래도록 책과 함께 살아온 후광은 정규 대학원 과정을 마친 석학들에 결코 뒤지지 않는 실력을 갖추고 있다.

그는 박사다. 이름뿐인 명예박사가 아니라 모스크바 국립 외교대학원에서 논문과 구두 시험을 마치고 받은 정식 박사학위이다. 말 그대로 독학으로 이루어 낸 셈이다. 바쁘기 그지없는 정치인의 일과에서도 기필코 짬을 내어 책을 펼치고, 외국으로 망명을 떠나 반독재 투쟁을 계속하면서도 책은 놓지 않았으며, 차가운 감방에서 고관절염을 앓고 있는 다리를 주무르면서도 책을 읽어 낸 결과인 것이다.

책에 관한 그의 욕심과 집착은 끝이 없다. 청와대로 들어갈 때 이삿짐의 대부분을 차지한 두 트럭분의 책은 결코 서점에서 통째로 사들인 것이 아니다. 한 권 한 권마다 갈피 곳곳에 메모지가 붙어 있고 밑줄이 그어져 있는, 그의 손때가 묻은 것들이다. 그는 원서를 읽기 위해 늦은 나이에 영어를 공부하는 수고까지 감수했다. 영어 사전은 그의 서재 집무실 책상, 심지어 자동차에까지 항상 가까운 곳에 놓여 있다. 영어에 능통하다는 소리를 듣는 지금까지도 말이다. 이쯤이면 책이 지금의 그를 만들었다 하더라도 결코 과장된 말이 아니다.

그는 책을 사랑한다. 좋은 책을 선물받으면 기쁜 표정이 역력해지고, 읽은 책에 관해 토론하는 시간을 아주 좋아한다. 애서가 상을 두 차례나 받았지만, 그는 너무 뜻밖의 상이라며 당황해 하면서도 가장 소중한 상으로 여기고 있다. 이 상이야말로 지금의 자신을 있게 한 결정체라고 믿기 때문이다.

너무 바빠서 책 한 줄 읽기 힘들 때면 감옥에 있을 때가 그립다는 말을 이따금씩 하곤 한다. 점심 식사 후 운동시간 동안 화단에 물을 주고 감방에 돌아와 책을 보고 있노라면, 그곳이 좁은 감방이라는 사실도, 자신이 지금 사형수의 신분이라는 것도 잊고, 모든 절망과 좌절로부터 벗어나 밝고 넓은 길 위에 서 있을 수 있었다는 것이다. 호된 시련이 닥칠수록 그는 더더욱 책에 매달렸다. 책 속에 바로 시련을 극복할 수 있는 길이 있다고 믿었기 때문이다.

끊임없이 살해 위협에 시달리던 끝에 다섯 차례나 죽음의 문턱까지 다녀온 사건을 겪으면서 그는 도전과 응전의 원리가 들어 있는 토인비를 읽었고, 사형을 언도받고 차가운 감방에 앉아 시시각각 조여오는 죽음의 시간과 싸우면서 신과 인간에 관한 종교서적을 탐독했으며, 망명생활 동안 미국의 경제를 직접 접하면서 경제 분야의 책들과 토플러의 저서를 정독했다.

때로는 나름의 연구 결과를 직접 책으로 쓰기도 했는데, 망명중에 저술한 〈대중 경제론〉은 당시 우리나라의 경제현실을 가장 정확하게 직시했다는 평가를 받았으며, 의식 있는 학생들에겐 필수서적으로 애독되기도 했다. 그 책은 〈Mass Participatory Economy〉라는 영문 제목으로 하버드 대학교 경제학과 커리큘럼 필독서 리스트에 끼어서 오늘날까지 읽혀지고 연구되고 있다.

나는 1971년 그의 첫 대통령선거 출마 무렵부터 줄곧 그와 고락을 함께 했다. 대학교를 졸업한 이후에도 전태일 추모 십자가 촛불데모를 기획하는 등 혈기왕성한 활동을 하던 내가 처음으로 절망감을 맛본 것은 후광을 만나면서부터였다. 젊었으므로 나는 당연히 나 자신보다 국가와 민족을 먼저 생각했고, 정의감에 심장이 두근거리고 있었다. 군사독재 정권은 그 자체가 부당하므로 금방이라도 우리의 정의로운 구호 앞에 고꾸라질 것만 같았다. 그러나 한편으로 나는 정치를 통해서만이 그 목표가 제대로 구현될 수 있음을 알았고, 목표를 이룰 수 있는 가장 믿음직한 인물로 후광을 선택하였다.
하지만 언제나 그렇듯이 현실은 그리 만만한 것이 아니었다. 무엇보다 독재정권의 무지막지한 대응은 순진하기 그지없는 나에게는 가히 경이스럽기까지 했다. 나는 숱하게 부서졌다. 대통령 선거에서 후광이 엄청난 국민적 지지를 얻었다는 이유로 가해진 독재정권의 횡포는 그만큼 더했다. 10일 간 서빙고동 어느 지하실에 갇혀 있다가 다시 끌려나와 으슥한 공원 한 귀퉁이에 내동댕이쳐졌을 때는 정말이지 이도저도 다 싫었다. 때마침 공군 중위 복무를 끝낼 무렵 신청해 놓은 유학 수속이 어렵사리 이루어지자 나는 뒤도 돌아보지 않고 한국 땅을 떠나 버렸다.

그때가 1972년 8월이었는데, 후광을 다시 만난 것은 그해 깊은 가을이었다. 후광은 일본에 건너가서 유신반대운동을 하던 중 결국 유신이 발표되자 그 길로 미국으로 건너온 것이다. 이른바 망명이었다. 늦은 시간에 기숙사로 전화가 걸려 와서 받아 보니 뜻밖에 후광이었다. 후광은 미국에서 박정희 타도운동을 해야겠으니 도와달라고 했다. 나는 공부를 하겠다며 뒷걸음질을 쳤다. 하지만 '용기와 행동'을 강조하는 그의 당연한 요구에는 더 이상 물러설 곳이 없었다.

이후 나는 후광을 도와 한민통(한국 민주주의회복 통일촉진 국민회의) 미주 본부를 만드는 일부터 시작해서 애써 외면하려 했던 정의로운 구호를 다시 외치기 시작했다. 물론 이때부터 나는 이전까지의 순진함 대신 보다 조직적이고 효과적으로 군부정권을 압박하는 방법을 찾아가기 시작했지만, 그 길은 여전히 고단하고 힘들었으며 끝이 보이지 않는 먼길이었다.

우리는 상식이 전혀 통하지 않는 세력과 싸우기 위해 늘 새로운 전술과 전략을 짜내야 했다. 그러나 그런 중에도 후광은 언제나 '올바른 길'을 찾아 책 속을 드나들었다. 역사와 정치·철학·신의 존재 등…. 망명지에서 나는 후광의 말상대가 되어 참으로 많은 얘기를 나누었다. 특히 1982년 그의 두 번째 망명시에는 미 전역을 넘나드는 순회강연에 거의 빠지지 않고 수행하였다. 호텔비를 아끼기 위해 한밤중에 떠나는 비행기를 초저녁부터 공항에 나가 기다리면서, 서로 읽었던 책에 관해 지칠 줄 모르고 격론을 벌이던 일은 아직까지도 잊을 수가 없다.

니체는 '괴물과 싸우다 간 자신이 괴물을 닮지 않도록 조심해야 된다'고 말했다. 심연을 오래 들여다보면 자신도 모르게 심연 속에 빠져들고 싶은 생각이 든다고 했다. 이런 속에서도 후광이 오랫동안 신념을 잃지 않을 수 있었던 것은 분명히 책의 힘이었다고 생각된다.

책은 읽는 사람에 따라 전부가 되기도 한다. 특히 후광에게 있어 책은 그의 전부라고 할 수 있다. 따라서 후광이 읽은 책에 관해 말하는 것은 그의 인생과 정치경륜을 논하는 것만큼이나 어렵고 조심스러운 일이다. 그의 독서량은 존경스러울 만큼 워낙에 풍부하며, 따라서 그가 즐겨 읽었던 책 몇 가지를 내가 얘기한다 해서 그것이 그의 사상의 전부 혹은 지식의 전부라고 평가되는 일은 없길 바란다. 또한 설혹 내가 기억나는 대로 고르다가 어느 한 편으로 치우친다 하더라도, 그것을 곧 그의 사상이나 지식의 편중으로 보지 않길 바란다.

그가 읽은 책에 관해 얘기하는 것은 분명히 즐거운 일이다. 마치 학창시절 부지런히 책을 읽고 밤새워 토론을 벌이는 일처럼 말이다. 어려움을 겪고 있는 이에겐 용기를, 갈길을 몰라 방황하는 이에겐 등불이 되어 주는 것이 독서의 매력이기 때문이다.

후광의 독서법

얼마 전, 후광이 학생이던 아들의 일기에 꼬박꼬박 독후감을 적어 놓은 것이 세상에 공개되어 우리 사회에 신선한 즐거움을 준 일이 있다. 후광이 고등학교 1학년에 불과하던 어린 아들에게 얼마나 많은 책을 권하고, 또 읽고 난 후에 얼마나 깊이 있게 지면 토론을 했는가를 보고 놀랐다는 말을 많이 들었다.

거기엔 또 아들에게 권하는 후광 나름의 독서방법이 있어 눈길을 끈다.

첫째, 신문을 정치면부터 문화·스포츠면까지 고루 읽고,

둘째, 월간 종합잡지 한 권을 정독하며,

셋째, 외국에 대한 기사를 섭렵하여 세계적인 안목을

갖기에 힘쓰고,

　넷째, 명작이나 고전문학을 널리 읽어서 인류의 위대한 정신적 유산을 흡수하고,

　다섯째, 그 기초 위에 자기의 전문 분야에 관해 더욱 관심을 가져야 한다.

　그런데 후광을 잘 아는 사람들에게 있어 이 독서방법은 새삼스러운 게 아니다. 주변 사람들이나 친구들이면 어김없이 한 번은 후광에게 이런 권유를 받았으니 말이다. 그는 자신뿐만 아니라 다른 사람들도 이처럼 폭넓은 독서를 하기를 바랐다.

　후광이 자주 하는 말 가운데에, 위대한 인물은 바로 위대한 상식인이라는 말이 있다. 위대한 생각은 온전한 상식 위에서만 형성된다는 뜻이다.

　삶의 자세를 갖추는 데에는 언제나 사물을 근원적인 것과 표면적인 것을 합쳐서 파악하고, 부분적인 것과 전체적인 면을 아울러 볼 줄 아는 안목이 필요하다. 강의 흐름을 보려면 강의 표면과 밑바닥을 아울러 생각하고, 본류와 지류를 같이 파악해야 한다. 그런데 요즘 사람들은 그저 강의 표면만 보고서 강을 말하는 성급함을 보인다. 지류를 보더라도 자기가 전문으로 하는 어느 한 지류에만 집착한다. 그래서 부분을 전체로 판단하는 실수를 저지르는 것이다.

독서는 이처럼 편협해지기 쉬운 인간을 보다 폭넓게 키워 주는 가장 좋은 방법이다. 따라서 책을 선택할 때에는 관심이 있거나 취향에 맞는 분야에만 집중해서 전문지식만 얻을 것이 아니라, 스스로의 전인적인 발전에 보다 먼저 초점을 맞추어야 한다는 것이 바로 후광의 독서법이다. 신문을 문화·스포츠면까지 고루 읽으라는 것이나 종합잡지 한 권을 정독하라는 것도 바로 그런 이유이다. 또, 외국에 대한 기사를 자세히 읽음으로써 편협되기 쉬운 시각을 보다 넓히라는 것도 그렇고, 현대에 살지만 고전 명작들을 자주 읽음으로써 인류의 위대한 정신적 유산을 흡수하라는 것도 항상 커다란 흐름을 생각하여 중심을 잃지 말라는 뜻이다.

어느 한 개인의 전문지식이라도 이러한 기초 위에 쌓여져야 비로소 의미가 있고 인류에게 도움이 되는 지식이 된다는 것이다. 인류에 대한 사랑과 폭넓은 역사의식이 결여된 채 전문지식의 습득에만 치우친다면 그저 천박한 지적 기술이 될 수밖에 없다는 것을 후광은 늘 강조한다.

미국의 어느 경제장관이 이런 말을 했다. 미국의 수많은 경제학자의 학설 중에 오늘의 미국 경제에 대한 진정한 처방은 하나도 없었다고 말이다. 이런 현상은 비단 미국만의 이야기가 아닐 것이다. 현대는 한 분야에 대한 전문 지식이 요구되는 추세이며, 교육과정 역시 특정 분야에 치우치는 경향이 있다. 그러다 보니 통시적으로 꿰뚫는 시각을 갖추기가 너무 어려워진 것 또한 사실이다. 폭넓은 독서를 통한 전인적인 발전에 먼저 힘써야만 한다는 사실이 새삼 느껴지는 대목이다.

어떤 사람은 후광이 무슨 특별한 속독법 같은 것을 익혀서 그렇게 많은 책을 읽을 수 있었느냐고 묻기도 한다. 전혀 그렇지가 않다.

후광의 경우 속독형이나 혹은 다독형이라기보다는 정독형에 가깝다. 한권을 읽더라도 깊이 있게 꼭꼭 씹어서 소화를 시키는 스타일이다. 밑줄을 긋고, 메모도 해서 책갈피에 꽂아가면서 말이다. 다 읽은 후에는 나름대로 요약을 한다거나 분석과 비판을 적은 간단한 메모를 남겨둘 때도 많다. 그러니 나중에라도 생각날 때면 언제든지 찾아보기가 쉽고, 이렇게 잘 풀어낼 줄 아는 훈련 덕택에 유난히 책에 관한 지식이 더 윤택해질 수 있는 것이다.

모든 사람의 계획이란 게 다 그렇듯이 후광의 독서 계획 역시 잘 지켜지는 것은 아니다. 이럴 때 대부분의 사람들은 실망해서 포기하기가 쉽다. 후광 역시 많은 실패의 경험을 가지고 있다. 하지만 독서란 것이 어디 정해진 기간이 있고, 정해진 분량이 따로 있는 것인가. 다만 자신이 스스로 계획을 만든 것뿐이고, 무너진 것은 스스로 세웠던 계획일 뿐이다. 자기발전이라는 것은 평생을 두고

해 나가야 하는 일인데, 자그마한 실패에 일찌감치 실망할 필요는 조금도 없는 것이다.

후광은 무슨 계획을 세웠다가 중단되었을 때, 개의치 않고 다시 시작한다. 중단되면 또다시 시작하는 버릇을 스스로 들인 것이다. 비단 책 읽는 것뿐만이 아니라 영어 공부며 맨손체조 같은 일상의 일들을 지금껏 해올 수 있었던 것은 이러한 여유 있고 느긋한 마음가짐 때문이다.

후광은 '독서와 사색을 중단하면 그것으로 인생은 끝'이라고 말하곤 한다. 죽지 않고 살아가려면 호흡을 계속해야 하듯이 독서와 사색은 평생을 두고 해야 할 일이다. 그러므로 조급해 할 필요가 전혀 없다는 것이다. 무슨 일이 있어서 잠시 중단되었다 하더라도 다시 느긋하고 여유 있는 기분으로 시작하면 된다고 한다.

삼상지학(三上之學)이라는 말이 있다. 공부는 말을 타고 가면서도, 침상에 누워서도, 측간에서도 해야 된다는 말이다. 후광은 실제로 그렇게 한다. 그는 자동차나 비행기 안에서도 책을 펼치고, 침대에서 책을 보는 것은 일상사이며, 화장실에도 꼭 책을 들고 들어가는 사람으로 유명하다.

후광이 케임브리지 대학에 있을 때, 일본 NHK의 취재팀이 찾아간 적이 있다. 후에 그들은 후광의 일대기를 〈김대중—일본에서의 자서전〉이라는 제목의 프로그램으

로 방영하여 큰 반응을 얻자, 같은 제목의 책을 두 권 발
간하기도 했다(한국어 번역본도 있다). 그들도 후광의 이런
모습을 발견했다.

　김교수(후광은 케임브리지 단과대 중에서도 유명한 클레어
홀과 국제문제연구소의 연구원이었다)는 연구 중간에는 산책
이나 케임브리지의 고서점을 돌아다닌다. 김교수는 화장
실에서도 책을 떼놓지 않을 정도의 독서가였다.

　이 기간을 후광은 일생에서 매우 행복했던 순간의 하나
였다고 말한다. 학창생활은 후광이 늘 품고 있던 소중한
꿈의 하나였다. 하루 종일 유럽의 동향과 동 · 서독의 통
일 문제를 조사하고 연구하다가 잠시 머리를 식힐 겸 산
책을 하고 고서점을 돌아다니는 것은 평생을 민주투사의
길을 걷던 후광에겐 더할 나위 없는 호강의 기간이었다.
그리고 이렇게 고서점을 돌아다니다가 뜻밖에 약 110년
전, 조선 땅을 방문했던 여행기를 발견해 내기도 했다.
그 기록의 가치야 역사학자들이 매길 일이지만, 특히나
역사를 좋아하던 후광에게는 더없이 큰 기쁨이 아닐 수
없었다.

　21세기가 바로 앞에 다가온 오늘날, 사람들의 생활이
참으로 많이 바뀌었다. 책도 이제는 글씨만 빽빽한 활자

위주가 아니라 총천연색의 사진이나 일러스트 같은 그림이 들어간 책이 많아졌고, 단행본보다는 잡지 읽는 시간들이 점점 더 늘어나고 있다. 젊은이들은 책 읽는 시간보다 텔레비전이나 영화, 컴퓨터 앞에 앉아 있는 시간이 압도적으로 많아지고 있다고 한다.

그러나 중요한 것은 형식이 아니다. 후광은 책이라는 형식이 아니라 독서라는 행위를 예찬하고 있는 것이다. 매체가 무엇으로 바뀌든 '읽어낸다는 것' 그 자체인 독서의 본질은 변함이 없다고 말한다.

이러한 생각 때문에 후광은 화려한 색채의 잡지라고 해서 결코 무시하지 않는다. 광고면까지도 정성스레 읽으면서 시대의 흐름을 읽으려 애쓰고, 바쁠 때에는 그림만이라도 훑어본다. 이러한 노력 속에서 현실 경제의 움직임이나 대중문화의 흐름이 보이고, 그것은 논리적으로 그저 기억되기보다 하나의 감성으로 자신 속에 자리잡게 된다는 것이다. 그런 바탕이 있기에 후광은 항상 젊은이들과의 만남에 자신이 있고, 언제든 폭넓은 대화를 나눌 준비가 되어 있는 것이다.

후광이 젊은이들에게 꼭 읽으라고 권하는 책의 1순위는 세계 명작이다. 기회 있을 때마다 누누이 강조하곤 하는 대목이 바로 동서고금을 통해 수없이 많은 책들 가운데서 살아남은 명작만은 꼭 읽으라는 것이다. 길고 긴 세월 동안 여러 번 시대가 바뀌면서도 변치 않고 수많은 사

람들의 영혼 밑바닥에서부터 공감대가 형성되어 온 명작
은 인간의 이성과 감성에 한없는 윤활유 역할을 해준다.
또한, 다른 나라의 명작을 읽는다는 것은 곧 세계를 공정
하게 바라보는 시각을 갖는다는 것을 의미하니까 말이다.

후광의 스승은 토인비

후광은 대략 6년 정도 감옥생활을 했다. 가택연금을 당한 기간을 합치면 20년이 넘는다.

이 기나긴 세월 동안 그의 유일한 벗이 되어 준 것은 책이었다. 책이 있었으므로 그는 외롭지 않았다. 역대의 군사정권들은 민주투사이며 지도자인 그를 국민들로부터 떼어놓으려 갖은 애를 다 썼지만, 차가운 감방에서건 인의 장막이 둘러쳐진 동교동 그의 자택 안에서건 후광은 책을 통해 민중들의 삶의 목소리를 듣고 있었으며, 동서고금의 수많은 석학들과 만나고 있었고, 정의는 끝내 승리한다는 역사적 확신과 신념을 오히려 더욱 굳건하게 다지고 있었던 것이다.

옥중생활 6년을 그래서 그는 '6년간의 대학생활'이라고 말하기도 한다.

사실 후광에게는 대학교를 나오지 못했다는 콤플렉스
가 있었다. 목포상고를 수석으로 들어갈 정도로 공부를
잘했지만 태평양 전쟁의 막바지에 이른 급박한 정세가 그
의 대학 진학을 막았던 것이다. 어쩌면 이 콤플렉스 때문
에 그가 사회생활을 하면서도 늘 옆구리에 책을 끼고 다
닌 것인지도 모를 일이다. 특히 정치인의 길을 걸으면서
부터는 더더욱 대학을 다니지 못한 것이 두고두고 한이
되었다. 하지만 그는 곧 거기서 벗어날 수 있었다. 그의
공부하는 자세가 오히려 다른 국회의원들을 압도하기 시
작한 것이다.

6회 국회 때 후광은 재정경제위원회에 소속되었다. 그
는 자신이 부족하다는 것을 알고 있었기에 남들보다 몇
갑절 피나는 노력을 통해 충분한 연구와 준비를 하곤 했
다. 때문에 그의 질문이나 연설은 늘 핵심을 관통했으며,
그가 제시하는 대안은 언제나 신선할 수밖에 없었다. 정
부 당국자가 그의 질문을 두려워한 것은 당연한 일이며,
그의 발언은 마침내 신문 지상에서도 가장 뛰어난 연설로
호평받기에 이른 것이다. 여기에 한술 더 떠서 후광은 아
예 정부 관계자와 일문일답을 요구하기도 했다. 논의하고
있는 내용을 세세하게 숙지하고 연구해 두었으니 후광으
로서는 얼마든지 자신 있는 일이었고, 반대로 그 요구를
받은 당국자는 두려울 수밖에 없는 일인 것이며, 한편 이

런 모습을 지켜보는 국민들에게는 통쾌하기 그지없는 일인 것이다. 얼마 후 후광은 쟁쟁한 석·박사 출신의 동료들을 물리치고 당의 정책위 의장까지 맡기에 이르렀는데, 누구하나 부당하다고 나서는 사람이 없었음은 당연한 일이다.

후광은 이렇듯이 언제나 열심히 공부하는 자세로 자신의 콤플렉스를 벗어나고 있었지만, 그렇다 하더라도 깊이 있는 학문 탐구에 대한 아쉬움은 여전히 남아 있었다. 그 아쉬움을 독재정권은 그를 감옥에 보냄으로써 시원하게 풀어준 셈이 되었다.

후광의 감방은 철저하게 가혹했다. 후광이 있는 방은 한가운데 칸이었는데, 한쪽 옆 칸에는 후광을 지키는 간수들이 사용했고, 반대편 옆 칸은 세면할 때 쓰는 양동이만 달랑 하나 놓여져 있었다. 복도도 콘크리트 벽으로 막아 버렸고, 감방 둘레에는 새로운 벽돌 담장으로 둘러싸 버렸다. 감방 뒤쪽의 조그마한 창은 쇠창살 위에 철망이 한 겹 더 덧씌워졌다. 그러므로 후광은 누구와도 접촉할 수 없었고, 어떠한 정보도 새어들어올 수 없었다. 하늘이나 달까지도 후광에게 가려면 철망의 조그마한 구멍에 갈가리 찢겨진 모습으로 비추어져야 했다.

그러나 감옥생활이 아무리 가혹하더라도 책이 있는 이상 후광에게는 감옥일 수 없었다. 그는 이 '6년간의 대학생활'을 통하여 수많은 철학 서적을 읽고 사색하는 시간을 가졌다. 플라톤, 아우구스티누스, 칸트, 니체, 야스퍼스, 사르트르, 키에르케고르, 러셀을 만나 존재와 가치부터 정립하기 시작했다.

아울러 여러 가지 신학 책을 읽으면서 신의 존재, 이 세상이 부조리한 이유, 내세의 구원 등에 대해서도 나름대로 해답을 찾을 수 있었다. 마음이 평온해지면 세계문학, 특히 푸시킨, 도스토예프스키, 톨스토이, 투르게네프 등 러시아 문학과 헤밍웨이의 모험과 기개를 읽으며 다시금 투지를 불태웠다. 공자와 맹자 등의 고전과 우리나라의 실학 사상의 깊은 맛을 제대로 음미할 수 있었던 것도 모두 그의 '대학생활'을 통해서였다.

오늘날 후광의 지적·인격적 성숙의 상당부분은 이처럼 감옥에서 만들어진 것이다. 특히 거기에서 정독하게 된 토인비의 〈역사의 연구〉는 인생을 살아가는 데 가장 기본이 되는 방향타가 되어 주었다. 그래서 후광은 "여기에 안 들어오게 되었던들 이런 진리를 깨닫지 못하고 죽을 뻔 했구나" 하면서 무릎을 치며 감사했다고 한다.

출옥 후에 너무 바빠서 책을 볼 시간이 없었을 때는 후광은 감옥이 그립다는 정도를 떠나 '다시 감옥에 들어가고 싶다'라는 충동까지 느꼈다고 말했다. 농담도 아니고 과장도 아니다. 믿기 어려운 말 같지만, 그곳에서 체험한 보석같이 찬란한 인생의 진리를 생각하면 감옥에 가는 정

도의 역경쯤은 얼마든지 감수할 수 있다는 것이다. 청와
대에 들어갈 때 트럭 두 대분의 책을 몽땅 가지고 들어간
것이나 집무실 바로 옆에 서재를 마련한 것은 결코 과시
용이나 선전용이 아닌 것이다.

후광이 그의 장서 중에서 가장 감명을 받았고, 또 지금
까지도 이따금씩 꺼내어 읽는 책은 토인비의 〈역사의 연
구〉이다. 토인비의 일생의 연구 업적이 장장 열네 권에
걸쳐 수록된 이 책은 인류 발전의 법칙을 '도전과 응전의
반복'이라고 규정하고 있다.

도전(挑戰)과 응전(應戰). 아마 이 말이야말로 인간 후
광의 한평생을 가장 잘 나타내는 말이리라. 그의 일생은
실로 끊임없이 이어져 온 시련과 좌절의 연속이었다. 그
는 일생에서 행복했던 때는 신혼 무렵 때까지뿐이라고 말
한다. 이후 부패해 있던 정치에 도전장을 내고 발을 들여
놓으면서부터 그는 곧바로 역사의 가혹한 응전을 받았다.
세 번의 국회의원 선거 낙방, 가산 탕진, 믿고 기다려주
던 사랑하는 아내의 죽음, 죽음의 문턱까지 다녀온 납치
사건, 사형선고를 받고 죽을 날만 기다리던 2년여의 감옥
생활, 이역만리 이국 땅에서의 망명생활. 하지만 그 모든
절망적인 상황에서도 그는 불사신처럼 일어섰다. 도전과
응전이라는 역사 발전의 법칙을 곱씹으면서 말이다.

만일 그에게 이 책이 없었다면 아마도 오늘의 그는 존

재하지 않았을지도 모른다. 그렇게 가시밭 투성이의 길을 겪으면서 끝내 굽히지 않았던 용기, 대통령 자리 빼고는 다 내주겠다는 유혹을 뿌리치고 끝까지 신념과 지조를 지킨 정신은 토인비가 쓴 한 권의 책이 가르쳐 준 것이다. 아마도 군부정권은 그의 목숨을 빼앗거나 한쪽 다리를 빼앗으려 할 것이 아니라 토인비의 〈역사의 연구〉를 그로부터 빼앗을 수 있었다면 그들의 목적을 이룰 수 있었을 것이다.

후광이 얼마나 이 책을 사랑하는지 그의 말을 직접 인용한다.

나에게 가장 큰 영향력을 준 책이 무엇이냐고 물으면 나는 언제나 주저없이 토인비의 〈역사의 연구〉라고 대답한다. 그 책을 통해 나는 인류 역사의 대파노라마의 전모를 파악할 수 있었으며, 도전과 응전에 의해 움직이는 역사발전의 법칙을 깨달을 수 있었다. 직접 그에게 배운 일은 없지만 나는 토인비를 마음의 스승으로 생각하고 있다.

토인비에 의하면 인간은 누구든 현실에 안주하려는 속성을 지니고 있다. 어느 정도의 단계에 오르면 거기에 만족하고 그만 멈추려고 한다. 그런데 인간이 처한 운명은 자꾸만 변하기 때문에 그럴 수가 없다.

운명은 인간에게 다음 단계로 올라가라고 도전장을 던진다. 그 단계에 이르면 다른 도전이 와서 또 다른 다음 단계로 올라가게 한다. 그렇게 죽는 순간까지 인간은 도전을 받고 살아간다. 운명의 도전에 효과적으로 응전한 사람은 인생에서 성공한 사람이 되고, 그렇지 못한 사람은 낙오자가 된다.

〈사기〉를 쓴 사마천을 떠올리면 토인비의 이런 말은 너무도 잘 들어맞는다. 사마천은 적에게 투항한 친구를 변호하다가 한(漢) 무제의 노여움을 사서 궁형을 받았다. 그 형벌은 남자의 기능을 거세하는 치욕스런 것이었다. 사마천은 그와 같은 형벌을 받고도 자신의 삶을 새로운 길에 바침으로써 가혹한 운명의 도전에 결연히 응전했다. 인류의 역사에 영원한 고전으로 빛나는 역사책 〈사기〉를 쓴 것이다. 만약 사마천이 자기에게 닥친 운명의 가혹함에 무릎을 꿇고 효과적으로 응전하지 못했다면 사마천이라는 이름 석 자가 역사에 기록되지 못했을 것임은 물론이고, 인류도 〈사기〉라는 위대한 유산을 물려받지 못했을 것이다.

천재 물리학자 스티븐 호킹도 운명의 혹된 도전에 절망하지 않고 훌륭하게 응전해 인간의 무한한 가능성을 보여준 사람이다.

나는 운명을 사랑하는 사람만이 응전할 수 있다고 생각한다. 사랑하기 때문에 포기하지 않고, 사랑하기 때문에 참고 견디며 새로운 노력을 시작할 수 있다. 그래서 우리의 삶은 끝이 없는 것이다.

민족의 운명도 마찬가지이다. 모든 민족은 반드시 그 시대 나름대로의 어려움에 부딪히게 마련이다. 문제는 도전에 있는 것이 아니라 그것을 받아들이는 민족의 응전 자세와 방법에 있다. 그 민족의 흥망성쇠는 도전에 얼마나 지혜롭게 대처하느냐 못하느냐에 달려 있다.

우리 민족은 수천 년의 역사를 통해 많은 도전을 받았지만 조선조 말엽을 제외하고는 비교적 훌륭하게 대응해 왔다. 7세기 초 113만 명의 수나라 군사를 물리친 고구려의 을지문덕 장군, 세계적인 대제국을 건립한 몽골군을 맞아 40년 동안이나 이 좁은 땅덩어리에서 지탱해 낸 고려의 거족적인 저항, 국난을 도맡아 외적을 물리친 이순신 장군 등은 우리 민족의 운명을 강타한 도전에 훌륭하게 응전한 대표적인 예이다.

그 동안 우리는 사대주의적인 사고방식과 일제 식민사관의 잔재로 스스로를 너무 과소평가해 온 경향이 있었다. 이제는 단연코 거기서 벗어나야 한다.

지금 우리는 21세기, 무한경쟁시대의 도전을 눈앞에 두고 있다. 민족이든 개인이든 도전에 찬란하게 응전하면 제2의 도약을 할 것이요, 그렇지 못한다면 패배만이 있을 뿐이라는 토인비의 교훈을 우리 모두가 다시 새겨야 할 때이다.

독서동지 이희호

　후광은 여성을 매우 사랑하고 소중하게 생각한다. 특히 여성의 권익을 위해서라면 실로 어떤 노력이든 주저하지 않는 대단한 열성을 보여왔고, 지금도 그 자세는 변함이 없다. 1989년 가족법 개정안이 통과된 것도 후광의 이런 소신이 없었으면 전혀 불가능했을 것이다. 여성문제에 관한 한 아직도 유교적·보수적인 성향이 강한 우리나라에서 후광은 '레이디 퍼스트'라는 서양 신사의 도리 이상으로 용감무쌍하기만 하다.

　덕분에 선거에서 여성 유권자의 표가 많이 나온 것도 일면 사실이지만, 결코 표를 의식한 가식적인 행동은 아니다.

　후광이 여권옹위론자가 된 것은 한국 여성운동사의 중요한 인물인 이희호 여사의 영향이 우선 크다고 보아야 할 것이다. 연상의 여인인 이여사 아래에서 스스로 공처가임을 자처하는 후광이고 보면 그럴 공산이 크다는 우스갯소리도 있다. 후광은 이여사에 대해 '여성문제에 관한 한 온순한 성격이 바뀌어 굉장히 투쟁적으로 변한다'고 말하기도 했다. 우스갯소리가 아니더라도 오랫동안 부부이자 정치 동반자로서, 또 개혁과 민주화 운동의 동지로서 부인의 영향을 많이 받았을 것임은 미루어 짐작하기 어렵지 않다. 책 읽기 좋아하는 후광에게 부인이 여성문제와 관련된 책도 이것저것 많이 추천해 온 것도 사실이다.

흔히 부부란 인생의 '동반자'라고 표현되지만, 후광에게 있어 이 말은 곧바로 '동지'로 끌어올려진다. 단순히 '함께 살아간다'는 의미에 더해서 '함께 힘을 합하여 노력한다'는 의미가 더 강조되는 것이다. 또한 진정한 여성 해방을 이루기 위해서는 여성 스스로가 더더욱 노력해야 한다는 의미도 담겨져 있다. 후광은 20세기가 남성중심의 기계공업 사회였다면, 21세기는 지식정보의 사회로서 여성의 섬세한 감각이 주역이 될 것이라고 말한다. 오늘날 여성이 집안일이나 돌보아야 한다고 생각하고 있는 사람은 드물겠지만, 이제까지의 오랜 편견과 습성에서 아직도 깨어나지 못하고 있는 사람들이 많다고 보여진다. 신문조차 읽지 않는 여성이라면, 날로 변화하는 21세기의 사회에서는 남편과 함께 대화하고 상의하고 이해할 동지로서의 지위를 스스로 지켜가기 어렵게 될 것이다.

후광의 '동지'인 이희호 여사는 그런 의미에서 대단한 동지였다. 후광은 모든 문제를 이여사와 상의해 왔다. 단순한 이 사실 하나만으로도 이여사의 비판과 조언이 후광에게 끼친 영향의 폭과 깊이를 짐작할 수 있을 것이다.

특히 후광의 독서에 있어서 이여사의 도움은 컸다. 후광은 곧잘 그의 감옥생활을 '대학생활'로 표현하면서 지금의 사상과 식견은 대부분 그 시절에 갈고 다듬어졌다고 말하곤 한다. 그 6년 동안의 엄청난 책을 밖에서 차입해 준 사람이 바로 이희호 여사이다. 후광이 요구하는 책은 물론이고, 새로 나온 책 중에서 후광에게 도움이 될 만한 것을 골라내어 감옥으로 가져다 준 사람도 이여사였다. 또한 어느 한쪽으로 치우치는 편중을 막기 위해 다른 시각으로 씌어진 책을 권하기도 하며, 때로는 너무 무섭게 파고드는 독서량을 조절해 주기도 하였고, 지나치게 딱딱한 책으로 일관하여 후광의 사고가 경직될까 걱정되면 대중소설이나 화보집을 차입해서 무리함을 막고자 했다. 때로 후광이 힘들어 하면 희망과 신념을 되찾을 수 있는 고전 문학작품을 찾아서 보내어 위로해 주고, 감옥 바깥에는 여전히 소외된 이웃이 있음을 다시금 깨우치기 위해서 〈꼬방동네 사람들〉 같은 책을 보내주는 것도 잊지 않았다.

그러기 위해서 이여사는 거의 매일 서점을 다녀야 했

다. 번역본이 없으면 일어본이나 영어본까지 구하느라 많
은 시간을 할애했다. 좋은 책이 새로 나오면 먼저 읽어
보고 추천해 주었으며, 후광이 보내온 편지에 어떤 분야
에 대한 흥미가 보여지면 그 분야에 대해 더 연구할 수
있도록 전문가의 조언을 얻어 몇 권을 더 추천받기도 했
다. 이렇게 후광이 읽은 책을 이여사는 모두 목록을 만들
어서 관리했다. 집안의 장서 관리도 후광이 없는 동안은
이여사의 몫이었다.

　후광이 감옥에 가 있는 동안 이여사는 거의 하루도 빠
지지 않고 편지나 엽서를 보냈다. 그리고 그 편지와 엽서
에는 한결같이 책 이야기가 들어 있다.

　다음은 이여사의 편지 중에서 책에 관한 글귀 몇 가지
를 간추려 본 것이다.

　오늘 차입한 〈마거리트 자서전〉은 지금은 고인이 되었
으나 미국의 유명한 인류학자로서 한국에도 한 번 왔다
간 마거리트 여사의 전기로, 인류학적 측면에서 퍽 흥미
있을 것으로 생각됩니다. 나는 아직 읽어 보지 못했으나
인류학을 배울 때 잘 알려진 분이기에 차입했습니다. 〈나
비와 엉겅퀴〉는 박경리 씨의 소설이므로 차입했고요. 〈토
지〉 속편을 쓴다는데, 그것은 아직 출판되지 않았으며 출
판되기까지는 퍽 오랜 시일이 걸릴 것입니다. 어느 국사
학자가 〈토지〉에 관해, 사학자도 연구하지 못한 부분까지

알아서 쓴 점 등을 절찬한 것을 본 일이 있습니다.

오늘 차입한 책 〈이 세상에 천국을〉, 이 책은 1973년 크리스마스 선물로 김추기경이 당신께 드린 것입니다. 간단한 책이나, 우리가 염원하는 천국이 이 세상에 이루어지기를 바라면서 (다시 한 번) 읽어 보셨으면 합니다. 또 〈이방인이 본 한국과 한국인〉은 저자가 여동찬 씨(프랑스 사람이 한국 이름을 가짐)인데, 한국에 온 지도 오래 되고 많은 연구로 박사학위를 받은 분으로 현재 외국어대학에 교수로 있습니다. 외국인이 본 우리 나라, 우리 민족을 역사적으로도 깊이 있게 다룬 것이라고 생각해서 차입했습니다.

오늘은 〈하느님은 누구의 편인가〉, 〈가난한 사람에게 희망을〉, 〈일제하 한국 농민운동사〉를 차입했습니다. 그동안 여러 권의 책을 차입했으나 차출을 하지 않으니 궁금합니다. 물론 그곳에 두시고 다시 보실 것도 있지만 어떤 책은 가볍게 읽고 내놓으실 것도 여러 권 될 줄로 생각되는데요. 당신이 부탁하신 칸트의 〈실천이성비판〉은 구하기 힘듭니다. 서점에서도 여러 곳으로 알아보고 구해주려 애쓰나 여의치 않다고 합니다. 계속 구하도록 해보겠습니다.

분도출판사의 〈니체〉가 품절이기에 요즘 새로 나온 니체에 관한 책으로 〈신은 살아 있다〉를 차입했습니다. 청주 내려가면서 읽었는데, 니체의 새로운 면을 엿볼 수 있으리라고 믿습니다.

내일 차입할 책은 요즘 새로 나와서 많은 사람이 읽고 추천하는 〈부와 빈곤〉(경제학에 관한 책인데 레이건 대통령의 정책 교과서라고 선전되는 책입니다), 그리고 〈반대받는 표적〉입니다. 이것은 교황 요한 바오로 2세의 묵상집입니다. 당신이 부탁한 책 〈실존철학〉과 〈칼 야스퍼스〉는 오늘도 알아봤으나 구하지 못했습니다. 〈실존철학〉은 김준섭 씨 것이 없고 다른 것(번역본)은 집에도 있습니다.

오늘 차입한 책은 〈세계의 도전〉(〈미국의 도전〉의 저자 장 자크 세르방 슈레베르 저)입니다. 내용은 80년대 세계가 직면한 모든 문제들의 처방전이라고 합니다. 〈국사대사전〉은 서재에 없기에 없는 줄 알았는데 홍걸이가 보느라고 가져갔답니다. 만일 요전에 차입한 〈한국사대사전〉이 마음에 드시지 않으면 바꿔드리겠어요.

내일은 1981년도 퓰리처 상 수상작인 존 케네디 툴의 〈낙제생 동맹〉(소설)을 차입하겠습니다. 이 소설은 사회 각 분야에서 종사하는 낙제생의 세상살이를 다루었으며,

진실과 허상에 얽힌 다양한 사람들을 상대하며 현대를 살아가는 이상주의자 돈키호테가 주인공입니다. 이 책은 참된 코미디이며 위대한 유머가 담긴 풍자극이라고 평합니다. 저자는 1969년 32세의 젊은 나이로 요절하여 세상에 없으나 그가 가르친 루이지애나 대학 출판부에서 1980년 출판한 것이 금년 수상작이 된 것입니다.

내일 차입할 책은 기독교의 신학은 지배자의 신학이 아니라 민중의 신학이어야 한다는 당위성에서 사회적·역사적으로 한국의 기독교와 민중을 조명한 평론집인 〈한국민중과 기독교〉(김용복)입니다.

오늘 차입한 책은 〈해방신학〉과 〈노을진 들녘〉(박경리 저)입니다. 박경리 씨 책은 홍걸이가 당신께 드리는 크리스마스 선물입니다.

여사의 편지들은 〈내일을 위한 기도〉라는 제목의 책으로도 엮어져 있다. 이처럼 후광의 독서에 있어서 여사의 역할은 지대했다. 이여사는 감옥에 있는 후광을 대신해서 책을 고르고, 가리고, 추천받아 권유하며 함께 읽어온 것이다. 다른 많은 분야에서 모두 그러하겠지만 특히 후광의 종교관이나 여성관은 이여사의 영향이 깊다고 보여진다.

무엇보다 후광이 이여사와의 결혼생활을 통해 얻은 가장 값진 것 중의 하나는 바로 여성에 대한 새로운 깨달음이라 할 것이다. 후광이 나름대로 페미니스트적인 관점과 행동을 실천해 올 수 있었던 것에는 모두 이여사의 조언이라 할 수 있는 책들의 선택과 권유가 커다란 힘이 되었기 때문이다. 가족법 개정에 후광이 가장 진보적일 수 있었던 것도 뒤에 이여사의 힘과 조언이 큰 바탕이 되었다는 사실을 부정하기 어렵다.

요즈음 이희호 여사는 바쁜 일정 때문에 주로 잠자리에 들기 전 시간을 이용하여 책을 읽고 있다고 하는데, 성서는 물론이고 루즈벨트 부인에 관한 책과 〈만화 중국고전〉, 그리고 최근 발간된 〈우리나라 여성은 어떻게 살았을까〉를 자주 펼친다고 한다. 이 중에서 〈우리나라 여성…〉은 이화여대 이배용 교수를 비롯한 29명의 여학자들이 우리나라 여성들의 삶의 궤적을 역사 속에서 찾아 한올 한올 정성스럽게 엮어 놓은 것이다. 아마도 이 책 또한 조만간 후광에게 권해지지 않을까.

목숨 걸고 지켜야 할 가치

후광에게는 며느리가 세 명 있다. 그러나 그들 모두 일반인들의 예상을 뒤엎고 모두 경상도 출신이다. 첫째며느리는 고향은 북녘이지만 부산에서 살아왔고, 둘째는 정통 TK 출신이며, 셋째는 PK의 본류이다. 때문에 항간에서는 정치활동을 위한 정략적인 제휴가 아니냐는 의심스러운 눈초리로 보는 경우도 있으나, 첫째며느리 외에는 모두 연애결혼이다. 오히려 의혹과는 정반대로 이러한 지방색 때문에 후광은 반대했다.

특히 둘째며느리를 들이던 일에는 남다른 우여곡절이 있었다. 둘째아들이 연애하는 여자가 있다는 걸 알고는 있었으나 상대가 TK 출신인 줄은 모르고 있었다. 더욱이 그녀의 아버지는 당시 5공화국 정부에서도 고위직에 있던 사람이다. 후광으로서는 그 정부에게서 사형선고를 받은 판국이니, 아무리 아량이 넓은 사람이라 하더라도 이건 처음부터 도저히 성사될 수 없는 결혼이었다. 한국판 로미오와 줄리엣이었던 셈이다.

그러던 중에 후광은 미국으로 망명길을 떠나게 되었고, 이때 둘째아들을 데려갔다. 당시 둘째는 미국 유학을 신청해 놓았지만 사형수의 아들이라 하여 정부에서 묶어 두고 있었던 참이었다. 이 기회에 둘째를 데려가겠다는 것이었는데, 아마도 아들을 그 여자로부터 떼어놓겠다는 심산도 어느 정도는 작용했을 것으로 보인다.

이렇게 되자 둘째아들도 그 여자와는 연락을 끊을 수밖에 없었다. 아무리 사랑하는 여자라지만 가족을 떠나 아버지와 외로이 망명생활을 하고 있으면서까지, 더욱이 아버지를 이렇게 만드는 데 어느 정도 공조한 집안의 여자와 연락할 수는 없었을 것이다. 누가 봐도 이루어질 수 있는 결합은 도저히 아니었다.

하지만 사랑의 힘은 역시 위대했다. 얼마간의 시간이 흐르자 둘째아들은 매일 저녁 전화통을 붙들고 매달리기 시작했다. 만나서는 안 되고 만날 수도 없지만, 가슴을 온통 태우는 그리움을 주체할 수 없어 전화기라도 붙들고 목소리라도 들어야 했던 것이다.

그 모습을 본 후광은 얼마나 가슴이 아프고 죄책감을 느꼈는지 모른다고 했다. 급기야 아들의 사랑을 이루어 주지 못하면 영영 아버지 구실을 할 수 없을 것 같은 비장한 심정마저 들었다.

마침내 주위의 여전한 반대에도 불구하고, 후광은 미국의 영향력 있는 친구들을 찾아다니면서 이런 사정을 설명하고 도움을 청하기 시작했다. 그로부터 몇 달 뒤, 후광의 노력이 결실을 이루어 아들의 사랑이 미국으로 날아왔다. 홀홀 단신, 정부와 부모가 묵인한 탈출이었던 것이다. 나는 후광의 둘째아들이 뉴욕의 케네디 공항에서 사랑하는 여자를 맞이하는 모습을 직접 보았다. 둘은 아무 말도 못하고 그저 서로 한참 동안 손만 잡고 있었다.

나중에 듣게 된 일이지만, 여자의 아버지도 당시 전두환 대통령에게 찾아가 이 문제를 상의했다고 한다. 전대통령은 뭐 그런 일에 고민을 하느냐며 흔쾌히 결혼을 승낙했다는 것이다. 후광은 그 사실에 대해 아직도 전대통령에게 고마움을 느끼고 있다. 〈로미오와 줄리엣〉에서와 달리 이 커플의 사랑은 해피엔딩으로 끝났다.

그런데 이 사랑이 해피엔딩으로 끝나기까지 정작 큰 용기를 보여준 사람은 여자측 부모나 전대통령이 아니다. 물론 그들이 넓은 포용력을 보인 것은 분명한 사실이지만, 그건 어디까지나 가해자의 입장에서 취할 수 있는 너그러움이었다. 정작 필요한 용기는 후광이 보였다. 사형선고를 받고 이역만리 망명을 떠날 수밖에 없었던 피해자였지만, 자존심도 오기도 버리고 오히려 그들에게 부탁하는 자세를 취했던 것이다. 지조 하나로 살아온 평소의 모습이 결코 아니었다. 단지 아들의 사랑을 이루어 주기 위해서 그는 머리를 숙였다. 그건 정말이지 보통 사람은 상상할 수도 없는 커다란 용기였다.

사랑의 순수함과 위대함을 선뜻 인정해 준 용기는 어디서 나왔을까. 앞서 〈로미오와 줄리엣〉을 언급했지만, 당시 아들의 사랑을 놓고 고민할 때 주변 사람들과 〈춘향전〉에 대해 많이 이야기했었던 것으로 기억된다. 〈춘향전〉의 스토리와는 크게 다르지만 말이다.

후광은 소설 읽기도 무척 즐긴다. 소설뿐만 아니라 이야기를 무척 좋아해서 텔레비전 드라마까지도 무척 열심히 보는 편이다. 그래서 정치계에서 은퇴한 뒤에는 집에서 부인과 함께 신문의 텔레비전 프로그램 편성표를 펴놓고는 실컷 드라마를 보겠다고 얘기한 적도 있을 정도다.

소설책을 읽는 데에도 편식이 없다. 펄벅의 〈대지〉부터 시작해서 〈바람과 함께 사라지다〉, 〈태백산맥〉, 〈토지〉 같은 대하물은 물론이고 김유정의 〈봄봄〉, 오영수의 〈갯마을〉 같은 아기자기한 단편들까지 모두 좋아한다. 〈잃어버린 너〉처럼 대중소설이라 해서 피하는 일도 없다. 일반 민중들이 좋아하고 즐겨 읽는 서민적인 사랑 이야기는 오히려 더 좋아하는 편이다. 보편적이고 진솔한 삶의 모습이 그대로 투영되어 있기 때문이다.

〈춘향전〉 같은 우리 고전은 후광이 특히 좋아하는 이야기다. 후광은 〈춘향전〉을 〈로미오와 줄리엣〉보다 더 가치가 크다고 말하곤 한다. 우선 〈로미오와 줄리엣〉은 세익스피어라는 한 작가가 만들었으나 춘향전은 한 사람이 아닌 수많은 서민들의 입에서 입으로 전해지며 만들어지고 다듬어졌다는 것이 가장 큰 이유다. 이런 과정을 거치면서 많은 사람이 공감하는 이야기가 되기 때문이다. 따라서 이런 이야기 속에는 그 시대 사람들의 생각과 생활들이 녹아들어 있으니, 이 이야기 한 편으로 그 시대를 속속들이 알 수 있는 것이다.

서양의 로미오와 줄리엣은 부모의 반대로 사랑이 좌절되자 결국 자살을 선택한다. 그러나 춘향은 포기하지 않고 끝까지 싸워서 사랑을 이루어 내고 만다. 매를 맞으면서도 '나도 지아비를 섬길 권리가 있다' 며 인권유린을 꾸짖고 여권과 인권까지 외친다. 〈춘향전〉은 사랑 이야기지만 단순히 사랑타령으로만 그치지 않는다. 봉건체제 아래서 무시되었던 여성, 그것도 천한 기생의 딸이 생명을 걸고 싸워 사랑을 쟁취하는 위대한 민권 투쟁의 이야기이면서, 사랑은 목숨을 걸고서라도 지켜야 할 가치임을 오늘의 우리에게까지 분명하게 일깨워 준다.

또한 춘향과 이도령이 첫날밤에 어울리는 사랑의 장면은 지금 읽어도 얼굴이 붉어질 정도로 대담하다. 당시 봉건사회가 남녀간의 순수한 사랑을 억압하고 있었어도 민

중들은 얼마나 솔직하게 사랑의 감정을 표출했는지 잘 알
수 있다.

춘향은 극적으로 이도령과 해후하여 사랑을 이룬 뒤에
도, 변사또에게 보복을 하지 않는다. 사랑을 지키고 이루
기 위해서는 최선을 다하고, 마침내 그 한이 이루어진 뒤
에는 관용을 베푸는 우리 고유의 한(恨)의 정신이야말로
어느 민족보다 아름답고 고귀한 정신이라고 후광은 말했
다.

이런 그의 생각들이 비록 자신에게 사형을 선고한 정권
이라 할지라도, 그래서 그 원한이 뼈에 사무친다 하더라
도, 인간의 가장 아름답고 순수한 행위인 사랑마저 막아
서는 안 된다는 위대한 용기를 내게 만들었던 것이다.

예수의 사랑을 닮아가려는 노력

후광이 기독교(천주교) 교인이 된 것은 1957년의 일이다. 목포에서 첫 선거에 실패한 이후 서울로 올라왔는데, 이때 장인의 권유로 가톨릭에 입교하게 되었다. 마침 그 무렵 장면 박사와 인연이 생겨 그분이 후광의 대부가 되어 주었다.

사람이 가장 간절하게 신을 찾을 때는 죽음이 닥쳤을 때라고 한다. 부자이건 가난뱅이이건, 천하를 호령하던 사람이건 육교 위에서 동냥하던 거지이건, 그것은 모두 살아 있을 때의 일일 뿐, 죽음이라는 냉엄한 우주의 섭리 앞에서는 먼지보다도 작디작은 가녀린 존재일 뿐이다.

사형선고를 받고서 차가운 독방에 갇혀 있을 때, 후광은 가장 순수한 인간의 모습으로 돌아간다. 신의 아들인 예수조차도 할 수만 있다면 이 죽음의 잔을 내게서 비켜

가게 해달라고 기도했듯이, 후광 역시 때로는 두려움에 떨기도 하고, 남겨 둘 가족에 대한 한없는 그리움에 몸서리를 치기도 했다. 한 달에 한 장씩 교도소에서 주는 엽서에 후광은 깨알같이 작은 글씨로 그때의 심경을 낱낱이 적고 있다. 아버지로서, 남편으로서 가족들에게 베풀지 못한 책임과 의무에 대해 미안해 하며, 그런데도 믿고 따라와 준 데 대해 깊은 감사를 보내고, 신앙생활에 불충실했음을 후회하면서도 신의 존재를 믿고 있음이 모두 드러나 있다. 마치 유언장을 보는 느낌이다. 부인 이희호 여사는 어떤 편지에서, 신의 옷자락을 붙잡고 놓지 않으려는 남편의 모습에서 가장 순수하고 아름다운 인간의 모습을 본다고 술회한 바 있다.

이 무렵 후광이 가장 열심히 읽은 책은 성서였다. 성서를 읽으면서 마음의 평화를 찾으려 노력하고, 예수의 부활을 믿으면서 죽음의 두려움을 잊으려 애를 썼다.

때로 후광의 마음이 너무 약해져서 흔들리게 되면, 부인 이여사가 요한복음 어느 곳, 시편 어느 구절을 읽으라고 권하는 내용의 편지를 보내기도 했다. 이여사는 가톨릭이 아닌 개신교였지만 죽음과 성서 앞에서 그 차이는 아무것도 아니었다.

죽음보다 더 두려운 것이 죽음을 기다리는 심정이 아닐까. 참으로 고통스런 시간이었을 것이다. 시시각각 조여

오는 그 피할 수 없는 올가미에 갇혀서 후광은 아주 길고
도 간절한 기도를 하곤 했다.

후광은 이때 신을 보았노라고 술회한다. 독실한 신자들
에게서 이따금씩 일어난다고 하는 그 신비로운 체험을 후
광도 직접 경험했다는 것이다. 교도소로 온 직후 꿈을 꾸
었는데, 죽음의 골짜기에 버려지기 위해 발가벗겨진 채
혹독한 추위에 떨며 수레에 실려 교외의 황야로 끌려 갔
을 때 하늘에서 내린 두 줄기 빛이 후광과 후광을 데려간
간수까지 환하고 따뜻하게 비추더니 다시 안전한 곳으로
데려왔다고 한다.

후광이 신을 본 것은 이것이 세 번째였다. 처음에 신을
체험한 것은 도쿄에서 배로 납치되었을 때였다. 알 수 없
는 무리들이 후광의 몸을 꽁꽁 묶고는 바다에 던지려던
순간, 그 옆에 푸른 옷을 입은 신이 서 있었다는 것이다.
두 번째는 감옥에 들어오기 전 수사기관에서 취조를 받고
있을 때 경험했다고 한다. 어디선가 부드럽지만 강한 목
소리가 들려왔다. ‘두려워하지 말고 믿기만 하여라.’ 그
래서 그 소리를 믿고 지조를 지키게 되었다는 것이다.

후광은 신이 자신을 사랑하고 있음을 믿었다. 그러기에
6·25 한국전쟁 당시 220명의 재소자 중 140명이나 죽음
을 당할 때도 무사히 탈출할 수 있게 해주었고, 의문의
교통사고를 당하고서도 다시 살아날 수 있었다고 확신했
다. 감옥 안에서도 그 믿음 속에서 후광은 날마다 신의

옷자락을 붙잡고 매달렸다.

그의 기도가 이루어진 것인지, 얼마 뒤 후광은 무기징역으로 감형을 받게 된다. 또다시 인동초처럼 살아난 것이다.

아직 감옥에 있는 신세는 여전했지만, 일단 죽음의 공포로부터 벗어난 후광은 이때부터 열심히 독서와 사색을 하면서 시간을 보냈다. 이 당시 후광이 신과 인간에 대한 종교서적을 많이 읽게 된 것은 어쩌면 당연한 일인 것이다.

그리고 이 무렵부터는 신에 대한 맹목적인 믿음보다는 차츰 종교의 본질 파악과 참신앙에 대한 연구, 더 나아가서 교회가 사회 속에서 해야 할 역할 같은 것에 관심을 가지기 시작했다. 한편으로 기독교 외에 다른 종교, 혹은 다른 성인들에 대해서도 공부하며 그 차이와 장단점을 비교하는 데에도 시간을 할애하게 된다. 칼 야스퍼스나 진화론적 신학을 펼친 테이야르 드 샤르뎅 신부의 책들은 영어본·일어본을 구하면서까지 거의 대부분을 읽었다.

특히 후광이 가장 관심을 보인 문제는 사회의 진보와 개선에 대한 종교의 참여 문제였다. 그래서 사회의 개혁과 개선이 필요한 시점에서 교회가 용기를 보여 주지 못하고 물러나 있는 나약함을 비판하기도 하고, 이러한 과오를 다시 되풀이하지 않기 위해 나아갈 방향들을 적시하기도 했다.

후광은 기독교가 근대 이후에 비난받고 외면당하고 있는 가장 큰 원인이 기독교 역사상 범람했던 현세의 물질과 인간에 대한 천시에 있다고 말한다. 천주경(주기도문)만 보아도 신이 이 세상의 삶과 행복을 얼마나 중시했는지 알 수 있는데, 이처럼 천시해 온 것은 명백히 신의 뜻과 무관한 비복음적 오류라는 것이다. 이런 오류가 사회의 진보와 대중의 행복 실현을 저해하는 가장 큰 원인이 되었다.

어떤 저명한 역사가는 이런 지적도 한다. 인류가 문명 사회로 접어들면서 행한 가장 큰 죄악이 네 가지 있는데, 인간이 인간을 죽이는 전쟁, 인간이 인간을 노예로 만든 것, 인간이 인간을 착취하는 것, 인간이 인간에 대해서 차별하는 인종차별이 그것이다. 이 중에서 전쟁을 빼고는 거의 사라져 가고 있다고 할 수 있다.

이러한 개선은 근대 인도주의적 정치사회 운동의 산물로서 주로 서구사회에서 이루어졌으며, 그 도덕적 근원은 그리스도 정신에서 나왔다. 그러나 이를 주로 추진한 세력은 교회가 아니라 교회에 실망한 계몽적 지식인과 그 지지자들이다.

후광은 이렇게 지적하면서 기독교인의 한 사람으로서 몹시 부끄럽다고 말했다. 그래서 앞으로는 개혁에 마지못해 끌려가는 교회가 되지 말고 참 그리스도의 정신을 바탕으로 개혁을 끌어가는 중심이 되어야 한다고 말한다. 물론 교회의 정치 참여를 말하는 것이 아니라 영적·도덕적 참여에 국한해야 한다는 점도 잊지 않고 강조하고 있다.

그러기 위해 인류 역사상 가장 큰 변혁의 시기인 지금 교회는 모습을 바꾸어야 하는데, 다음과 같은 모습이어야 한다고 말한다.

지금까지 치중해 온 예수 중심의 교리적 자세로부터 벗어나 개인 구원과 사회 구원을 일치시키며, 제사장적 신앙과 예언자적 신앙이 일치되어야 한다.

또한 지금까지 교회가 보여 준 발전보다는 보수, 서민보다는 부유층 편향으로부터 벗어나 전진과 발전을 향한 종말론적 자세, 억눌린 자나 가난한 자의 벗이 되는 복음적 자세를 강화해야 할 것이다.

그리고 교회는 기도를 하는 곳으로만 묶어 두지 말고 사랑의 공동체로서 발전시키는 것이 바람직하다.

논리적인 사람은 신앙을 갖기가 쉽지 않다. 그렇다면 후광은 신앙을 어떻게 규정하고 있을까.

신앙은 하나의 결단입니다. 의지의 결단인 것입니다. 우리는 이성으로 혹은 감정으로 하느님이 계시다는 것을 알며 느낍니다. 그러나 과학적이고 객관적인 증거를 제시할 수도 볼 수도 없습니다. 결국 하느님이 계시다는 데 자기 운명을 거는 결단이 필요하며 하나의 모험이기도 할 것입니다. 인생은 사실 모든 것이 모험적 결단이라 하겠습니다. 결혼도, 직업 선택도, 하루하루의 생활도 우리는 최선의 선택에의 결단인 것입니다. 신앙은 하루하루를 결단과 전진으로 살아가는 삶의 과정이 아닌가 생각합니다.

신학자 폴 틸리티는 신앙이란 자기의 궁극적 의미를 발견하는 것에 대한 헌신이라는 의미의 말을 했습니다. 즉 우리가 인생과 삶의 보람을 느끼는 것에 대해서 자기를 전체적으로 바치는 것이라는 의미가 될 것입니다. 이런 의미를 확대해서 보면 사람은 누구나 신앙인이며 종교인이라 할 것입니다. 정상적인 종교 신앙인이 아닌 사람도 그가 돈 버는 데 몰두한다면 돈이 그의 신앙이며, 권력이나 명예를 추구하는 사람은 그것들이 곧 그의 신앙의 원천일 것입니다. 인생을 되는 대로 적당히 살다 죽겠다는 사람은 그 생각이 신앙일 것입니다.

우리는 인간인 이상 자기 삶의 궁극적 근거를 찾기 마련입니다. 다만 정도의 차이와 내용의 차이가 있을 뿐이지만 말입니다. 이렇게 볼 때 우리가 인류 역사상 가장 위대하고 가장 사랑의 모범이었던 분과 같이하는 믿음을 가졌다는 것의 행복을 실감할 수 있을 것 같습니다.

부인 이희호 여사에게 보낸 편지 중에서

제2장

책으로 만난 사람들

존경하고 사랑하는 위인들
역사를 보는 눈
도전과 응전의 인류사
행동과 양심
위대한 정치가 자산(子産)

존경하고 사랑하는 위인들

근자에, 후광이 청남대로 휴가를 떠나면서 가져간 한권의 책이 잔잔한 화제가 되었다. 미국의 경우 해마다 대통령이 휴가 갈 때 들고 가는 책이 출판계와 서점계의 초미의 관심사가 되어 큰 화제를 모으곤 한다. 책과 인연이 제법 있는 편인 나 역시 미국 생활을 오래 하면서 그들과 어울려 살아가는 동안, 해마다 여름이면 백악관에서 발표하는 책 목록에 늘 관심이 쏠리곤 했었다. 미국 대통령의 관심이 어디에 있는지 알 수 있는 좋은 정보이기도 하고, 바쁘기 그지없는 정치활동에서 잠시 편안한 휴식에 들어갔을 때 어떤 사색에 빠지고 싶어하는지 몹시 궁금하기도 했다. 몸은 비록 고국과 멀리 떨어져 있지만 마음은 늘 한국의 정치현실에 대한 우려가 가득 차 있었으므로, 한국에 대한 지대한 영향력을 끼칠 수 있는 미국 대통령의 관심사는 늘 내 시선까지 붙들기 마련이었다. 한편으로 어떻게 보면 하찮다면 하찮을 수도 있는 일, 대통령이 휴가 때 심심풀이로 읽으려고 가지고 가는 책 제목에 그토록 많은 국민이 신경을 쓰고 한동안 그것을 화제로 삼거나 따라서 읽는 미국 국민들의 평화스러움과 문화가 몹시 부럽기도 했다. 군사정권이 계속되고 있는 한국을 떠나온 사람이기에 더욱 그럴 수밖에 없었다. 그래서 후광이 휴가 갈 때 어떤 책을 들고 가더라는 조그마한 기사 한 조각, 그리고 그 얘기가 그날 하루만이라도 우리에게 화제가 되었다는 사실만으로 나는 적이 감개무량해졌고, 오래전 미국 생활의 고초가 새롭게 생각나는 감상에 젖어야 했다.

후광이 휴가 때 들고 간 책은 미국의 권위 있는 전기작가인 고어 비달이 쓴 〈대통령 링컨〉이라는 책인데, 그 무렵 새로 나온 신간이었다. 링컨의 일생 중에서도 대통령에 취임하고 나서 암살당할 때까지 5년간의 짧은 기간을 소설로 구성한 것이다. 링컨은 후광이 가장 존경하는 위인 중 한 명이기 때문에 그 책을 선택했으리라 생각한다.

링컨이 미국 역사에 남긴 족적이야 더 얘기할 것도 없이 잘 알려져 있다. 그는 미국의 16대 대통령으로 1861년 워싱턴에 입성해서 남북전쟁을 승리로 이끌고 노예해방이라는 가장 위대한 업적을 이루었다.

그런데 후광이 링컨을 존경하는 데에는 또 다른 이유가 있다. 후광은 정치가로서 갖춰야 할 용서와 화해의 교훈을 링컨에게서 배웠노라고 말하곤 한다. 링컨은 용서할 수 없는 것을 용서한 사람이었다.

남북전쟁이 끝났을 때, 미국인들의 마음에는 남북을 가릴 것 없이 증오와 울분으로 가득 차 있었다. 전쟁에서 패한 남부인들은 복수에 불타 있었고, 북부 사람들도 남부인을 징벌해야 한다며 증오의 마음을 거두지 않았다.

그러나 링컨은 자기가 속한 북부 공화당의 주장에 대해서까지 반대하면서 남부 사람들을 용서해야 한다고 역설했다. 노예제도를 폐지했으면 됐지, 사람을 처벌할 필요는 없다는 것이었다. '누구에게도 악의를 품지 않고 모든 사람들에게 자비를 베푼다'는 것이 그가 지켜 온 신념이었다.

링컨의 이러한 태도는 그가 속한 공화당과 북부인들로부터 맹렬한 규탄을 받았다. 당시 신문들도 링컨을 거짓말쟁이·위선자·살인자보다 조금 나은 자·사기꾼 등이라고 매도했다. 그러나 링컨은 흔들리지 않았다. 여기서 흔들리면 그 고통스러웠던 전쟁의 의미마저 없어진다고 생각했다. 남부 사람들에게 보복하면 남북은 영원히 갈라져서 별개의 국가가 되고 말 것이라고 그는 예상했다. 무엇보다도 그는 보복이란 있을 수 없다는 신념을 가지고 있었다.

링컨은 이러한 용서와 화해정신을 지키기 위하여 끝내 자신의 목숨까지 암살자의 손에 맡기고 말았다. 그러나 그의 용서할 줄 아는 관용의 마음은 남북 분단의 위기를 극복하고 오늘날의 강대한 미국을 건설하는 원동력이 되어 주었다. 링컨이 미국의 민주·공화 양당과 온 국민이 모두 존경하는 정치인으로 손꼽히게 된 것도 노예해방 외에 전쟁 후 용서의 정신을 지켰기 때문이다. 그는 용서할 줄 아는 정치로 가장 훌륭하게 승리한 것이다.

사람이라면 자기에게 처참한 상처를 안긴 사람을 용서한다는 것은 쉬운 일이 아니다. 링컨 같은 위대한 인물도 자기 뜻을 몰라 주고 욕하며 저주하는 사람들 때문에 마음이 편치는 않았던 모양이다.

그래서 하루는 전보를 쳐서 멀리 있는 친구를 급히 불렀다. 무슨 일인가 싶어서 달려 온 그 친구에게 링컨은 다짜고짜 넋두리를 늘어놓았다. 남부 사람을 용서해야 한다, 그렇게 하지 않으면 영원히 갈라서게 된다, 그런데 내 뜻을 몰라 주고 욕만 하고 있으니 마음이 아프다 등등. 혼자서 실컷 떠들고 난 링컨은 친구에게 할 이야기가 이것이었다며 들어 줘서 정말 고맙다고 웃었다. 들어 줄 친구가 필요했던 것이다. 복수와 증오, 정략과 개인적 야심에 들끓는 당시 워싱턴 정가에서 혼자 얼마나 답답했으면 링컨이 이런 행동을 했을까 하는 생각이 든다.

후광은 어쩌면 이 정신을 되새기려고 '링컨'을 들고 떠났는지도 모르겠다. 자신을 괴롭힌 정적들, IMF의 고통을 넘겨 준 장본인들, 그리고 그들에게 복수해야 한다고 주장하는 주위의 많은 사람들. 그 아우성 속에서 후광은 용서와 화해의 정신을 다시금 복습하려 한 것이 아닐까.

후광은 인물을 다룬 전기물을 무척 즐긴다. 역사상 위대한 업적을 남긴 인물뿐만 아니라 큰 해악을 끼친 사람들, 보통 사람의 보통 이야기들까지도 모두 즐겨 읽는다. 잡초 같은 삶을 살다 간 사람의 일생일지라 해도 그 시대의 보편적 가치를 알 수 있고, 남다른 철학과 잘 드러나지 않는 사랑을 발견할 수 있는 재미가 있다고 한다.

전기를 읽을 때, 후광은 책에 쓰여진 액면 그대로를 받아들이는 일이 거의 없다. 아무리 훌륭한 인물이라 하더라도 고칠 점이 분명히 있으며, 반대로 아무리 악역을 맡았던 인물이라 할지라도 본받아야 할 점이 있고 그렇게 악행을 해야만 했던 어쩔 수 없는 사정이 숨어 있기도 하니 말이다. 특히 역사는 때론 다분히 작위적이어서, 일단 주인공이 정해지면 주인공은 한없이 아름답게만 묘사되고 상대역은 굉장한 악역으로 그려지기 쉽다는 점에 주의해야 한다고 말한다. 역사는 특히 상대적이기 때문에 반대편의 관점에서 보면 오히려 주인공인 사람이 악당이 될 수 있다는 것이다. 사람을 쉽게 보거나 쉽게 판단하지 않는 후광다운 독서법이라 하겠다.

우리나라의 역사 인물 중 후광이 제일 존경하는 인물은 세종대왕과 이순신 장군, 그리고 전봉준 장군이다. 이 세 분은 후광이 오랫동안 변치 않고 존경하며 흠모해 왔다. 세계 그 어떤 위인과 견주어도 뒤질 바 없다고 누누이 강조하곤 한다.

세종대왕은 '한 사람의 제왕으로서뿐만이 아니라 정치·경제·과학·문화 각 방면에 걸쳐 지도자로서, 또는 창조적 실천자로서 너무도 뛰어난 인물'이라고 칭찬하곤 한다.

이순신 장군에 이르면 후광은 '인간이 가장 완전하고 위대하게 될 수 있는 그 정점의 모범'이라는 극찬이 나온다. 전략가로서, 전투 지휘자로서만이 아니라 위대한 발명가로서, 애민(愛民)의 지도자로서, 문인으로서, 경세가로서, 높은 경지에 이른 정신적 달인으로서 그 이상의 사람을 찾아볼 수가 없을 정도라는 것이다.

전봉준 장군은 우리에게는 '하나의 경이'라고 추켜세운다. 한낱 서당 훈장에 지나지 않던 그가 순식간에 수십만 명의 민중을 조직하고 궐기시켰을 뿐만 아니라 그가 요구하고 실천한 정책이 그 당시 우리나라가 나아가야 할 역사적 진로와 정확히 일치한 반봉건, 반외세, 그리고 민중을 위한 정부였다는 사실은 그의 잠재적인 지도자적 자질을 입증한다는 것이다.

후광이 아쉬워하는 것은 우리 역사 속에는 이런 분들

외에 또 다른 면, 즉 사상이나 정신세계를 깊이 탐구한 정신적 지도자가 많지 않다는 사실이다. 후광은 그 원인으로 우리 민족성이 낙천적이고 심각하게 고민하는 면이 부족하다는 점, 현세 기복주의적 성향이 강하다는 점, 대륙으로부터 밀려 내려오는 중국의 사상적·문화적 물결에 압도되어 자기 성찰의 여유를 갖지 못했다는 점, 학문의 목적이 주로 과거 합격을 위한 출세의 도구에 그쳐서 진리 탐구에까지 이르지 않았다는 점, 그리고 계속되는 외적의 침입 등 사회 불안으로 인해 사색할 정신적 여유가 없었다는 점 등을 들고 있다.

이런 중에서도 유독 돋보이는 인물로서 후광은 원효, 이율곡, 최제우를 꼽는다. 이 세 분은 단순히 사상적인 면에서만 위대한 것이 아니라 위대한 실천가로서, 고매한 인격자로서도 가히 두드러지는 분들이다. 후광은 우리 사상의 뿌리를 알기 위해서는 이분들부터 바로 이해하려는 노력을 해야 한다고 말하면서 그들을 다음과 같이 설명한다.

원효는 우리 한국인의 대표적 이상이다. 잘나고 똑똑하고 거칠 것 없이 자유로운 참다운 멋의 인간을 본다. 원효는 한국인의 대표인 동시에, 원효 앞에 원효 없고 원효 뒤에 원효 없다고 표현할 수 있다.

원효는 인도에서 서론적으로 뿌리 박고 중국에서 각론

적으로 꽃핀 불교를 한국에서 결론을 맺고 결실하게 했다. 그의 저술인 〈금강삼매경론소〉, 〈대승기신론소〉, 〈화엄경소〉 등은 한국은 물론 중국과 일본 불교에도 큰 길잡이가 되었다.

원효의 불교사상은 보편주의에 굳게 근거해서 전개되었다. 일체 중생이 다같이 불성을 가지고 있으며 누구나 그 죄과를 참회하면 불제자가 되고 승보에 속한다는, 기독교에서 말하는 보편 구원주의의 입장을 취했다.

원효는 철저하게 율법주의, 형식주의를 배격하는 무애도(無碍道)의 실천인이었다. 한 여성의 제도를 위해서는 그녀와의 동침도 마다하지 않았고, 승려로서는 치명적인 파계를 했으며, 필요하면 포항 바닷가에 가서 생선도 먹고 서라벌 시내의 주사(酒肆) 출입도 서슴지 않았다. 그러나 이 모든 것이 법도에 맞고 불법의 진수에 합치했다.

원효의 불교는 철저하게 현세에 살아 있는 중생의 제도에 바쳐졌다. 그는 신라통일 후에도 약 20년을 더 살았는데, 당시 신라의 백성들은 마치 로마 전성기의 농민들과 같은 처지였다. 통일 전쟁에서는 병사로서, 군량 조달자로서 승리의 원동력이었으며 가장 큰 희생자들이었지만 통일 후 모든 이득은 지배층이 독점해 버림으로써 절망과 분노 속에 헤매게 된 것이다.

이때 원효는 방황하는 중생들을 찾아 방방곡곡으로 돌아다니면서 부처님의 구원의 공덕을 설파하고 같이 불경을 독송했다. 물론 보기에 따라서는 민중을 회유, 무력하게 했다고 하겠지만 그 당시의 역사적 단계를 생각할 때, 그리고 원효의 순수한 중생제도의 비원을 생각할 때 그러한 판단은 천박한 주장이라고밖에 할 수 없다.

민중을 위로하고 그들에게 부처님의 참 희망을 주는 데 전심한 원효는 천민인 뱀복이와 벗이 되었으며, 그의 어머니가 죽었을 때에는 상여를 메고 가기도 했다. 아무튼 원효는 멋있고, 자유롭고, 거칠 것 없는 자랑스런 한국인의 대표적 인물이었다.

율곡은 선조 때의 고관으로 10만양병설을 주장한 사람이다. 조선시대의 유학에 대해서는 구 한말 망국의 책임을 지움과 더불어서 매우 부정적인 생각을 가진 사람이 많음을 알고 있다. 그런 가운데에서도 율곡에 대해서만은 긍정적으로 높이 평가해야 할 유학자로서 대할 뿐 아니라 지와 덕을 겸비한 위대한 인격자로서 존경해야 할 것이다.

율곡은 구도장원공의 수제자였지만 결코 재주에만 치우치지 않는 성현을 목표로 일생을 수양한 실천의 거울이었다. 〈성학집요〉 등 수많은 저술로 임금과 백성을 깨우치려고 힘썼으며, 국민의 복리를 위해 대동법·사창제 등을 주창·노력하는 실천인이었고, 조선 후기 실학의 선구자이기도 했다. 당쟁의 싹을 제거하고 화해와 용서가 가득한 정치를 펼치고자 몹시 애썼으며, 외적의 침입에 대비하고자 10만양병설을 주장한 선견의 인물이기도 하다.

오늘날 율곡을 가장 가치 있게 하는 것은 그의 유학에 있어서 독창적이고도 한국적인 철학체계를 세웠기 때문이다. 중국과 한국의 성리학을 집대성해서 새로운 창조의 경지로 승화시킨 것이다. 특히 기(氣) 중심의 그의 철학적 입장은 필연적으로 개혁의 경향을 짙게 했다고 볼 수 있다.

수운 최제우의 탄생은 참으로 우리나라에 있어 정신사의 이적이며 한국인의 사상적 창조성의 한 표본이기도 하다. 최수운의 사상을 니체의 생의 철학과 비견한 사람도 있고 현대의 실존철학과 비교한 사람도 있지만, 무엇보다도 근본적으로 한국 사상의 독창적 전개를 보여 준 대표적인 인물이라 할 수 있다.

최수운은 몰락한 양반의 후예로서 생활의 궁핍에 못 이겨 포목 행상으로 전국을 돌아다니는 가운데 민중의 곤고를 직접 체험하고, 그들의 구원을 위해 일어선 민중이 낳은 신앙가요, 철인이요, 실천가였다.

최수운의 주장은 개개인의 사욕을 버리고 천인합일(天人合一)을 이루어 인간성을 회복하여 현세를 바로잡아 지상 신선의 나라를 건설하자는 것이었다. 그가 창시한 동학의 핵심정신은 '하늘님을 모시면 조화가 정해지고, 하늘님을 영원히 잊지 않으면 만사가 저절로 깨달아진다'

라는 주문에 집약되어 있다 할 것이다. 이러한 논리는 당시 지배 이념이었던 유교의 시각에서 본다면 이단사상이며 천주교의 그것과 상통하는 파격적인 것이다. 사실 수운은 위장한 천주학쟁이로서 처형되었는데, 그의 공식적 부정에도 불구하고 천주교의 영향을 받은 흔적이 짙다.

그러나 최수운의 동학은 어디까지나 당시 농민을 위한 억눌린 자의 종교였으며, 반체제적이고, 민족적이고, 주체적이고, 저항적인 종교였다. 동학은 한국 전래의 샤머니즘을 바탕으로 기독교에서 이론을 받아들이고 유교·불교·도교를 모두 아우른 독창적인 민족 종교였다. 불과 포교 3년 만에 형장의 이슬로 사라졌지만, 그의 정신과 업적은 역사에 영원히 기록될 것이다.

역사를 보는 눈

후광이 가장 좋아하는 분야는 역사이다. 초등학교 시절부터 가장 자신 있는 과목이 역사였다고 고백할 만큼 그는 역사에 관심이 많다. 동양사·서양사·한국사를 가리지 않고, 고대사·근대사·현대사까지 두루 연구하며, 지구 반대편에 위치한 조그마한 나라의 역사에까지도 관심을 기울인다. 현재는 역사 위에서만 존재할 수 있으며, 따라서 바른 역사 의식을 가지고 있어야 올바른 길을 찾아나갈 수 있다는 것이다. 개인이든 국가든 민족이든 이것은 다 매한가지라고 생각한다.

그래서 후광은 어떠한 책을 읽더라도 항상 그 분야의 역사부터 먼저 살피곤 한다. 철학에 관한 책을 보더라도 철학이 발전해 온 역사부터 찾아서 읽기 시작하고, 심지어 경제에 관한 책을 새로 구해 보더라도 그 이전에 이어저 내려온 줄기부터 머리 속에 정리한 뒤에 읽는다는 것이다. 반대로 특정 분야에 관한 책을 읽을 때면 역사에 대한 기초 지식을 활용하여 그 분야를 이해하려고 노력한다. 당시의 시대 상황과 주변 정세를 잘 알고 있기 때문에 당연히 이해가 빠를 수밖에 없을 것이다.

또한 후광은 서로 상반된 견해를 가진 주장이 있을 때면 양쪽의 입장 모두를 꼭 챙기려고 노력한다. 예컨대 후광이 기독교 서적을 많이 읽는 반면에, 반기독교적인 성향이 매우 강한 버트란트 러셀 같은 사람의 서양사를 같이 읽는 것이다. 따라서 그는 기독교인으로서 기독교가 인류와 함께 발전해 온 역사를 누구보다 잘 알고 있지만, 반대로 교회가 역사 발전의 각 단계에서 사회에 끼친 해독에 대해서도 정확히 인식을 하고 있다. 이러한 객관적 시각의 확보는 매우 중요하다. 과거의 잘잘못에 대한 정확한 평가는 곧바로 올바른 미래를 향한 지침이 되기 때문이다. 중세 교회가 진화론을 탄압하는 잘못을 저질렀지만, 기독교 교인인 후광은 진화론적 신학을 펼친 데이야르의 많은 책을 읽음으로써 누구보다 정확히 그 잘못을 인지할 수 있었던 것이다.

그래서 후광은 역사책을 읽을 때는 항상 냉정한 자세를 갖기를 권한다. 냉정하지 못해서 잘못 알려진 역사도 너무 많다고 지적하고 있다. 그 일례로 그는 알렉산더, 나폴레옹, 진시황, 조조를 자주 꼽는다.

알렉산더는 21세의 젊은 나이에 시작하여 불과 10년 만에 그리스의 여러 도시국가에 대한 지배력 확립과 더불어 소아시아, 중동 일대, 이집트, 바빌로니아, 이란 등지에 이르는 페르시아 제국을 건설하고, 마침내 인도의 서반부까지 정복하는 업적을 올렸다. 그러나 그러한 정복행위는 수많은 사람에게 죽음과 파괴의 고통을 주었을 뿐 백성의 행복이나 역사의 발전에는 기여한 바가 없다.

오히려 알렉산더가 그 당시 해야 할 역사적 임무는 모험적이고 실효성 없는 아시아 정복이 아니라, 먼저 여러 도시국가로 나뉘여 있는 그리스의 확고한 통일을 이루어 국민에게 평화와 휴식과 번영을 주고, 더 나아간다면 날로 강성해 가는 서쪽의 로마에 대비하는 일이었다. 원정을 한다 해도 그가 나아갈 판도는 어디까지나 그리스 국가들의 생활권인 지중해 주변이었다. 다만 알렉산더의 동방 원정으로 생긴 부수적인 소득이라면 그리스 문명을 전파해서 후에 헬레니즘 문명을 이루게 했다는 점뿐이다.

알렉산더에 대해서는 B. 러셀이 그의 〈서양철학사〉에서 A. M. 벤의 글을 인용하면서 다음과 같이 성격을 묘사하였다. "그의 성격은 거만하고, 술을 즐기며, 잔인하고, 복수심이 강하고, 매우 미신적이다. 그는 잔악성과 동양적 폭군의 광증을 겸유하고 있었다"라고 한다(그러나 헤겔은 알렉산더의 생애는 철학이 얼마나 유용한가를 입증한다는 시각을 보이기도 했다).

알렉산더에 대한 미화와 찬양은 훨씬 후인 수백 년 뒤에 태어난 플루타크가 그의 저서인 〈영웅전〉에서 알렉산더를 극히 찬양하고 높이 평가한 데서 비롯된다. 객관적인 검증이 이루어지지 않은 채 이 책이 널리 알려지면서 오늘날 알려진 대로 찬양 일색이 되고 말았던 것이다.

나폴레옹은 그 개인으로만 본다면 천재라고 할 수 있다. 전략가로서 뿐 아니라 통치자로서도 아주 우수한 통찰력과 리더십을 가지고 있었다. 사실 나폴레옹은 그가 1804년 황제가 되기 전까지는 아주 긍정적인 역할을 해내고 있었다. 1799년 통일이 된 이래 1804년이 되기까지 전쟁과 국내외의 혼란에 시달리는 국민에게 평화와 질서를 가져다 주었으며, 외국의 침략 위협을 분쇄하여 국방을 튼튼히 했고, 폭락한 통화 가치의 안정을 위시하여 경제의 안정을 이루는 데에도 성공했다. 또한 나폴레옹 법전을 반포해서 신흥 부르주아와 실제 토지 소유 농민 간의 균형을 유지했고, 법 앞에 평등이라든가 소유권의 불가침, 신앙의 자유 등 근대 민주주의 정신이 고루 반영된 법 체제를 확보했다.

그러나 일단 황제의 자리에 오르자 그는 이제까지의 프랑스 혁명 옹호자에서 혁명의 배신자로 표변했으며, 자유의 수호자에서 그 말살자로 등장했고, 공화주의자에서 전제 군주주의자로 얼굴을 바꾸고 말았다. 그가 황제가 되어서 몰락하기까지의 10년은 프랑스 국민에게나 유럽의 모든 국민에게도 죽음과 파괴의 예속을 가져다 준 재앙의 근원이었던 것이다.

따라서 우리는 나폴레옹을 평할 때 황제가 되기 이전에 역사와 백성의 편에 섰던 위대한 나폴레옹과, 반대로 황제가 된 이후 타락하고 민중을 배신한 나폴레옹을 구별해서 평가해야 한다. 그의 정복사업까지 찬양하거나, 오히려 그 부분을 그의 위대함으로 표현하곤 하는 것은 매우 잘못된 일이다.

진시황은 현재까지도 가장 배척해야 할 폭군으로 몰리고 있다.

그가 그의 정책을 감행하기 위해 언론의 자유를 탄압하고(춘추전국 시대는 중국 역사상 가장 언론의 자유가 넘쳐났던 시기였다), 반대파인 유가(儒家)들을 소위 분서갱유(焚書坑儒)의 혹독한 보복으로 대했던 것도(후세의 과장된 정도는 아니더라도) 사실이다. 또한 천 년에 걸쳐 내려온 봉건제도를 일시에 뿌리뽑으려는 졸속주의를 취하여 오랜 전통의 봉건세력을 모조리 적으로 단합시키는 과오도 범했다. 무엇보다도 가장 중요한 과오는 바로 춘추전국 시대의 550년 전란으로 인해 시달릴대로 시달리고 약화될대로 약화되어 이제 휴식과 회복이 절실히 필요한 백성을 다시 채찍질하여 만리장성의 수축이나 운하의 굴착 등에

동원한 것이다. 거기다가 한걸음 더 나아가 명분도 없는 아방궁이나 여산능 같은 부당한 토목공사까지 벌여 민심을 이반(離反)시켜서 그의 사후 얼마 지나지 않아 진나라가 멸망하게 되는 원인을 조성했다.

그러나 그의 이러한 과오에도 불구하고 그가 중국 역사에 끼친, 그리고 중국 백성들에게 가져온 이득은 너무도 큰 것이었다.

첫째, 그는 지루한 전란을 종식시키고 천하 통일을 성취하는 대업을 이루어 오늘날까지 중국이 그가 세운 통일 국가의 체제를 유지하는 기틀을 만들었다.

둘째, 주나라의 천 년에 걸친 봉건제도를 종식시키고 군현제(郡縣制)에 의한 중앙집권적 관료제 국가를 창시했는데, 이 역시 그 이후 2천 년 이상의 중국 정치 형태를 결정한 것이다.

셋째, 도량형 · 화폐 · 법률 · 차궤(車軌) · 의관 · 문자 등을 개선하여 제정하고, 운하를 열어서 당시는 물론 이후의 중국 경제와 사회에 두고두고 막대한 영향을 주는 과업을 성취했다.

넷째, 당시의 제자백가 주장 중 법가(法家)의 사상과 정책에 의거해서 지금부터 2천1백년 전에 이미 합리주의 · 법치주의 · 부국강병주의를 채택하여 추진했다. 이는 서구의 근대화와도 일맥상통하는 정신이다. 어떻게 보면 그는 2천 년이나 앞서서 태어난 셈인지도 모르겠다.

이러한 커다란 업적에도 불구하고 진시황은 그저 그가 행한 과오만 부각되어 폭군의 대명사로 통하고 있음은 안타까운 일이다. 그가 죽고 난 이후 2천 년 동안 유가(儒家)들이 정치에 참여했는데, 이들이 진시황에게서 당한 탄압에 대한 보복으로 두고두고 그를 규탄한 것이 지금까지 그 시각으로 굳어진 것으로 보인다.

그러나 유가들의 편협한 지탄에도 불구하고 오늘날 진시황의 업적에 대한 재평가는 동서양의 역사가들 사이에서 활발하게 전개되고 있다. 특히 토인비는 진시황의 재평가를 매우 힘차게 역설하고 있다.

우리는 진시황제에 대한 오늘날의 재평가 추세를 보며 역사의 심판이 의미하는 것이 무엇일까 새삼스럽게 실감하게 된다.

조조는 진시황처럼 두드러진 업적을 이룬 사람은 아니다. 하지만 그렇다고 해서 그토록 괘씸한 악인으로 내몰리고 있을 만한 뚜렷한 이유가 있는 것도 결코 아니다. 그런데도 그가 악인으로 인식되고 있는 것은 분명히 역사 상식의 잘못으로 지적되어야 한다. 우리는 그의 경우를 보면서 역사는 조심스럽고 냉정하게 판단해야 한다는 것을 다시금 느낄 수 있다.

조조가 그토록 간웅(奸雄)으로 몰린 것은 소위 유교적 전통사상에 의하여 촉한의 유비 현덕을 같은 유(劉)씨라

해서 한나라의 전통 계승자로 삼았기 때문이다. 그러니까 그와 대항해서 싸운 조조는 자연히 후세 사람들에 의해 악당이 되어 버릴 수밖에 없는 것이다. 그러나 정사(正史)인 〈삼국지〉에서는 꼭 그런 것만은 아니다. 조조를 결정적으로 악인으로 규정한 것은 소설인 〈삼국지연의〉에서이다. 유비, 제갈공명, 관운장의 영웅화에서 오는 반사 작용이었던 것이다.

후광은 이처럼 그릇된 역사 상식의 잘못들을 지적하면서 상식에 지배당하지 말고 공정한 눈으로 재조명해서 자기의 주체적 판단으로 역사를 평가하는 자세를 가져야 한다고 강조한다.

이러한 안목에서 오늘날 최제우 · 전봉준 등 민중의 지도자들과, 이익 · 유형원 · 홍대용 · 박지원 · 박제가 · 정약용 등의 실학자들이 재평가되고 있는 것은 매우 바람직한 일들로 꼽았다. 아울러 근래에 탈춤이나 판소리 등의 민중예술이 새로운 시각으로 재조명되는 것도 좋은 현상으로 보고 있다. 그러나 아직도 시작에 불과하므로 항상 역사를 바라볼 때는 냉정하고도 공정한 시각이 중요함을 강조하고 있다.

도전과 응전의 인류사

책을 읽으면 아무리 하찮은 것일지라도 무엇인가를 느끼고 깨닫게 된다. 그리고 많이 읽으면 읽을수록 그 깨달음이 정리되어 차츰 하나의 줄기가 형성되게 된다. 그리고 그 줄기는 앞으로 살아가야 할 인생에 하나의 신념으로 자리잡게 된다.

어떻게 살아야 할 것인가. 동서고금의 수많은 국가와 사회들의 부침을 읽고 역사상 위대한 인물들의 전기를 통해 배우면서 후광은 분명한 답을 가지게 되었다. 그 답은 후광이 가장 존경하는 스승이라는 토인비의 역사철학의 바탕 위에 서 있다. 그래서 끊임없이 닥쳐오는 고난 앞에서도 그는 후회없는 응전을 해야 한다는 신념을 버리지 않을 수 있었다.

인간을 자연과학의 인과론으로 다룰 수는 없다. 물질

세계에서는 동일한 원인에는 시간과 장소의 구별 없이 반드시 동일한 결과가 나오지만, 인간에게서는 동일한 원인에 대해서도 응답하는 사람에 따라서 전혀 별개의 결과가 나오게 된다. 가난한 집안에서 태어난 같은 형제라 할지라도 타락과 범죄의 길로 빠져드는 사람이 있는가 하면, 오히려 분발해서 놀라운 성공의 길로 가는 사람도 있는 등, 인간의 역사는 이와 같은 무수한 변이와 예증을 제시하고 있다.

지금부터 5, 6천 년 전 아프리카 북부에 걸쳐 있던 강우선(降雨線)이 북쪽인 유럽 방향으로 이동해 가자 이집트의 나일 강 상류지역은 급속히 사막으로 변해 갔다. 이때 그곳에 살던 주민들의 응전 태도는 각양각색이었다. 어떤 무리는 강우선을 따라 유럽 쪽으로 향하다 처음 대하는 추위에 얼어 죽기도 하고, 더러는 땅 속으로 들어가거나 모피로써 혹한을 견디어 냈으며, 어떤 무리는 바다를 건너 크레타 섬으로 이동했다. 또 다른 무리는 남쪽의 원시림을 찾아 내려가 20세기가 될 때까지 원시의 상태 그대로 남아 있기도 했다.

가장 용감한 응전을 한 무리는 이집트 고대문화의 선조들이었다. 그들은 대담하게도 악어와 독사, 모기가 들끓는 나일 강의 늪지로 뛰어들었다. 그리하여 측량과 관개(灌漑), 개간의 힘든 과정을 거쳐 종전의 자연채집 생활에서 씨 뿌려 열매를 가꾸는 농업으로 발달시켜 마침내 풍요와 고도의 문화를 자랑하는 고대 이집트 제국을 건설하는 금자탑을 세운 것이다.

이처럼 인간은 그 상상력과 용기에 따라서 같은 조건에서도 전혀 다른 결과를 맺는다. 그 다양성의 장(場)이 바로 인류 역사의 무대라 할 수 있는 것이다. 같은 초원지대라 해도 중앙아시아와 중동에서는 유목문화가 발생했는데, 남북아메리카와 오스트레일리아에서는 전혀 그런 싹이 나타나질 않았다.

우리의 고대사인 삼국시대에서도 이런 경우를 볼 수 있다. 신라는 성공했지만 고구려와 백제는 실패했다. 먼저 고대 국가의 틀을 완성한 고구려와 백제는 중국의 선진문명과 가까운 지리적 이점으로 인해서 후발 주자인 신라보다 훨씬 더 우위에 있었다. 그러나 결국 신라에게 승리의 월계관을 빼앗긴 것이다. 이와 같이 된 데에는 물론 여러 가지 복합적인 이유가 있지만, 중국문화를 받아들인 응전의 자세에서도 크게 연유한다고 볼 수 있다. 고구려와 백제는 중국문화를 그저 수입한 반면에, 신라는 이를 선택적으로 취하고 또한 고유 문화(샤머니즘)의 주체성 위에 이를 재정립했다. 화랑도가 바로 그것이다. 특히 당시 사람들의 정신세계를 지배했던 불교의 영입에 있어서도 신라는 뚜렷이 다른 자세를 보였다. 앞의 두 나라는 임금에서 시작하여 위로부터 백성에게 전하는 피동성을 띤 반면 신라의 불교는 먼저 백성들 사이에 널리 퍼지고 귀족들의 반대로 이차돈의 순교까지 가져온 대립과 갈등 끝에 마침내 민중이 승리한 밑으로부터의 능동적 수용이었던 것이다. 이러한 삼국간의 차이는 당연히 삼국민의 정신력과 이를 기초로 하는 국력의 차이로 번져서 신라의 승리로 귀착된 것이다.

우주가 생긴 지 약 150억 년, 우리가 사는 지구가 생긴 지도 46억 년이 지났다고 한다. 그 동안 이 지구에는 수많은 식물과 동물이 생성하고 사멸했다. 한 고비 한 고비 계속되는 도전마다 응전에 성공한 것은 살아남고 단 한 번이라도 실패한 것은 사멸하고 말았다.

인류가 지상에 나타난 지도 약 2백만 년이다. 그 중 오늘날 인류의 조상인 호모 사피엔스가 나타난 것은 3만 년 전에 불과하다. 이 3만 년의 역사 속에서도 수많은 인종이 격변하는 환경의 도전에 못 이겨 사멸해 왔다. 우리가 원했건 원치 않았건, 그리고 인간이건 인간이 구성한 사회이건 살아 있는 한 계속되는 도전을 면할 수 없다는 것이 역사의 진실이다. 응전과 다음 응전 사이의 잠시의 휴식은 있어도 결코 영원한 휴전은 없다.

그런데 사람은 본질적으로 하나의 응전에 성공하면 그 성공에 안주하려 하는 속성을 가지고 있다. 그러므로 괴

테는 〈파우스트〉에서 파우스트를 시험하도록 허락해 달
라는 악마 메피스토 펠레스의 요청을 받은 하느님을 통해
다음과 같이 말하게 하고 있다.

"인간의 활동은 그렇게도 쉽사리 잠들기 쉽고, 인간은
무한정 휴식을 갈구하고 있다. 그래서 나는 기꺼이 인간
에게 집적거리고 격동시키며 불가불 악마의 방법으로 일
을 만드는 녀석을 붙여둔다."

이리하여 인간은 하느님의 지배에 의한 시련을 겪지 않
으면 안 되는 운명을 걸머지게 된 것이다.

아무튼 우리가 바랄 수 있는 안정은 움직이지 않는 편
안한 집 안방에서의 안정이 아니라 움직이고 전진하는 기
차의 객실 의자에 앉은 안정만이라는 것을 단단히 깨달을
필요가 있다.

도전에 대해서 적극적이고 창조적인 응전을 한다 해서
그 당대에 반드시 성공하는 것은 아니다. 아담 이래로 인
류의 죄악에 대한 예수님의 응전이야말로 가장 훌륭한 것
이었다. 그러나 그것 역시 당대에는 참담한 실패였을 뿐
이다.

하지만 그 실패는 장구한 역사에 비해 터무니없이 짧은
일시적인 환각에 불과하다. 예수님께서 행하신, 종래의
징벌의 하느님으로부터 사랑의 하느님으로서의 진리 설
파, 십자가에서의 인류 죄악의 대속, 죽음에서의 부활로
이루어진 일련의 응전은 인간의 역사를 완전히 바꿔 놓은

인류사상 최대의 승리였다.

우리 역사를 보더라도 사육신·최제우·전봉준·안중근·윤봉길·이봉창, 그리고 기독교 박해의 순교자들 모두 그 당대에서는 성공자라고 할 수 없다. 그러나 오늘날 그 누구도 그들이 당대 최고의 성공자였던 신숙주나 이완용보다 실패한 이들이라고는 꿈에도 생각지 않는다. 우리 역사에서 그들의 이름을 빼버린다면 얼마나 우리 역사가 적막한 황무지가 될 것이며, 또한 우리의 긍지를 빼앗는 일이 되겠는가.

그러므로 우리의 응전은 운명적으로 유한한 자기 당대에서의 성패에다 결승 깃발을 꽂는 근시안을 버리는 일에서부터 시작해야 한다. 하느님의 정의와 인간의 양심에 충실한 응전자에게는 일시적 좌절은 있어도 영원한 패배는 결코 없다는 신념이 우리가 살아가면서 늘 견지해야 하는 생의 태도가 되어야 한다.

우리의 응전이 언제나 당장에 승리할 수만은 없지만, 그러나 언제나 주도권을 쥐고 나갈 수 있으며 또 반드시 그래야만 한다. 역사상으로 볼 때 이러한 예의 가장 근접한 경우가 중국 민족이다. 그들은 몽고족에 의한 1백 년 지배와 만주족에 의한 270년의 지배를 받았다. 하지만 그들은 결코 정신적으로 굴복하거나 동화되지 않았고, 주어진 환경을 역이용하는 주도권을 발휘했다. 그 때문에 오늘의 내몽고 신강성까지 영토를 확대하고 만주와 만주족을 완전히 중국화하는 데 성공한 것이다.

한편, 슬기로운 응전이 반드시 능동적인 것만은 아니다. 경우에 따라서는 인내가 최대의 응전 효과를 내기도 한다. 역사상 가장 성공한 정치인으로 중국의 한 고조와 로마의 아우구스투스를 꼽는데, 그 두 사람의 공통된 특징은 초인적인 인내심과 끈기이다. 성경에 사도 바울이 "인내가 끈기를 낳고 끈기가 소망을 낳는다"라고 한 말이 생각난다. 자기 힘으로는 도저히 어쩔 수 없는 도전 앞에서는 상황의 변화가 올 때까지 인내하고 기다리는 슬기와 끈기가 또한 매우 중요한 것이다. 유태인이 기원 66년에 로마제국을 상대로 무모한 도전을 하지 않았던들 그 후 2천 년 동안의 수난은 면할 수 있었을 것이다. 아메리카 인디언 역시 서부영화에서 보는 것 같은 그런 무모한 응전을 하지 않았다면 그들은 오늘날 흑인 못지 않은 인구를 가지고 미국 사회의 중요한 주인이 되어 있을 것이다.

행동과 양심

후광이 좋아하는 석학 중에 피터 드러커란 사람이 있다. 그는 미국의 저명한 경제학자로서 〈단절의 시대〉라는 책으로도 우리에게 유명한 사람이다.

〈단절의 시대〉는 경제학 서적이 아니다. 그저 다가올 미래에 인류가 어떤 모습으로 살아가고 있을지 사색하면서 쓴 글이다. 도무지 경제학자가 쓴 글이라고는 믿어지지 않을 정도로 다양한 분야를 자유분방하고도 깊이 있게 펼쳐 보이고 있다. 읽는 동안 내내 저자가 얼마나 인류와 인류가 만들어 가고 있는 미래 사회를 사랑하고 걱정하고 있는지 느낄 수가 있다.

후광은 이런 사람을 좋아한다. 경제학자라 하더라도 따뜻한 눈으로 인간을 바라볼 줄 아는 사람이어야 제대로 된 경제정책을 세울 수 있다는 것이 그의 평소 지론이다.

그래서 그런 사람의 글이라면 전공과 상관없이 가볍게 쓴 에세이라 할지라도 챙겨 읽으려 노력하곤 한다.

드러커의 저서 중에서도 〈방관자의 모험〉이란 책은 후광이 곧잘 주위 사람들에게 들려주는 가벼운 이야기이다. 그렇지만 사회 구성원으로서의 인간이 어떻게 살아야 하는지 다시 한 번 생각하게 만드는 이야기이다.

드러커 박사는 원래 오스트리아 사람이다. 그는 히틀러를 피해 미국으로 건너가서 살았는데, 그 당시 자신이 만났던 사람들에 관한 이야기를 이 책에 담담하게 적고 있다. 히틀러를 도왔던 세 명의 지식인에 대한 이야기이다.

첫 번째 지식인은 드러커가 신문사에 있을 때 함께 근무하던 독일인 기자의 경우이다. 그 기자는 유태인 출신의 아름다운 아내와 결혼해서 평범하게 살고 있었다. 그런데도 출세를 위해 나치스에 가담한다. 그러고는 마침내 히틀러 친위대의 부대장까지 오르게 되었던 것이다. 그리고 수십만 명의 유태인을 학살하는 주범이 된다. 같은 독일인이라 할지라도 유전병을 앓고 있는 사람들은 열등하다는 이유로 함께 학살되었다.

그는 나치스에 가담하기 전에 드러커 박사에게 그 가담 이유를 밝혔다. 자기는 신문기자지만 다른 사람들에 비해 능력이 뛰어난 편이 아니어서 출세를 할 수 있을 것 같지도 않고, 그렇다고 히틀러를 피해 외국에 나가 살자니 어학 실력과 경제적 능력이 부족하여 어렵다고 고백했다. 그렇지만 이대로 가난하게 살기는 싫으니 차라리 무지한 자들의 집단인 나치스에 가담하여 한몫 볼 수밖에 없지 않느냐는 것이었다. 출세를 하기 위해 스스로 가담한 것이다. 결국 그는 사람을 학살하는 대악당이 되었고, 패전 후에는 스스로 목숨을 끊을 수밖에 없었던 것이다.

두 번째 사람은 앞의 기자와는 전혀 다른 이유로 히틀러에 가담했다. 히틀러 집단이 반인류적인 길로 질주하는 것을 막아 보고자 스스로 불 속에 뛰어든 사람의 이야기이다.

그는 베를린에 있는 저명한 신문의 주미 특파원으로서 미국과 유럽에 그 명성이 자자했다. 그런데 히틀러가 집권한 독일 정권이 그의 소속 신문사를 접수했다. 그리고는 그 신문사의 책임자가 되어 달라는 초대장을 보내온 것이다. 그는 이 초대에 응했고, 미국에서 독일로 날아가던 도중 영국을 경유했다가 마침 영국에 있던 드러커 박사와 만난 것이다.

그는 독일로의 귀국을 말리는 주위 사람들에게 이렇게 말했다고 한다.

"나는 호랑이를 잡기 위해 호랑이굴로 들어가는 것이다. 나는 히틀러와 손을 잡고 그의 독재를 내 힘으로 막을 것이다. 히틀러는 정권을 유지하기 위해서 경제건설을 반드시 이룩해야 한다. 그리고 경제건설을 위해서는 미국의 차관은 꼭 필요하다. 미국의 차관을 얻기 위해서 미국에 대한 나의 영향력이 필요한 것이다. 그래서 나를 부르는 것이니, 히틀러가 내 말을 안 들을 수는 없다. 히틀러는 자기가 살기 위해서라도 내 말을 들어야만 한다."

그는 실제로 그의 말처럼 독일에 입국하자마자 히틀러 정권에 의해 굉장한 환영과 대접을 받았다. 그러나 그뿐이었다. 히틀러는 그의 생각처럼 단순하지가 않았다. 오히려 히틀러에게 이용만 당했을 뿐, 그 가치가 떨어지자 주저없이 버림받고 말았다. 2년이 지나자 그의 소식을 아는 사람은 아무도 없었다.

후광은 이 대목에서 일제시대 이광수 같은 사람이 당초 일본과 손잡을 때 내세운 명분과 너무도 흡사하다는 데 놀랐다고 말한다.

마지막 세 번째 사람은 한 대학교수의 이야기이다. 그는 드러커 박사가 강사로 출강하던 대학의 저명한 교수일 뿐 아니라 독일 학계에서도 명성이 높은 사람이었다.

히틀러가 정권을 잡은 후 어느 날, 장학관이 그 대학에 와서 모든 교직자들을 불러모았다. 장학관은 그 자리에서 갖은 욕설과 위협으로 그 동안 대학의 지식인들이 보였던 반히틀러 경향을 맹공격했다. 그러고는 누구든지 하고 싶은 말이 있으면 해보라고 말했다.

모든 사람들의 눈이 그 존경하는 교수의 얼굴에 집중되었다. 평소 그의 인격이나 나치스에 대한 소신으로 보아 반드시 따끔하게 한마디 해줄 것을 기대했던 것이다. 그는 사람들의 시선을 한몸에 받으며 발언권을 얻어 앞으로 나갔다. 그런데 그가 한 말은 너무도 엉뚱했다.

"지금 하신 말씀은 잘 들었소. 그런데 나의 인류학과 예산이 적어서 연구에 지장이 많으니 선처해 줄 수 없겠소?"

그의 입에서 무슨 말이 나올까 경계하고 있던 나치스 장학관은 그 자리에서 즉시 그의 요구를 전적으로 수용해 주었다고 한다. 모든 참석자가 다 실망했지만, 그렇다고 해서 누구 한 명 그를 비난하려는 사람이 없었다고 한다. 비단 그 교수뿐이 아니라 다 마찬가지였던 것이다.

드러커 박사는 앞의 세 사람의 경우를 들면서, 독일에서 나치스가 그같이 악행을 자행할 수 있었던 것은 첫 번째 부류나 두 번째 부류 때문이 아니었다고 말한다. 출세주의자나 선의의 과대망상증을 가진 사람보다도 세 번째 사람들, 즉 양심을 가졌으면서도 악에 대해 침묵한 사람들 때문이었다고 지적하고 있다.

인간은 사회적 동물로 사회를 떠나서는 인간답게 살 수가 없다. 적극적이고 능동적으로 대처하진 못하더라도 수동적이나마 사회 속에서 생활해야만 하는 것이다. 대다수

의 사람이 아마 '나는 사회에 해악을 끼치지 않고 있다'
라고 생각하고 있을 것이다. 그러나 때로는 이런 생각이
더 나쁜 역할을 할 수 있다는 사실을 후광은 드러커 박사
의 이야기를 통해 깨우쳐 주려 한 듯하다.

위대한 정치가 자산(子産)

　책을 읽다 보면 때로 전혀 생각지도 못했던 부수입을 올릴 때가 있다. 무심코 들춘 오래 전 읽은 책의 책갈피 속에서 지폐 한 장이 떨어져 내릴 때처럼 말이다. 자산(子産)이라는 인물을 역사책 속에서 처음 발견했을 때의 후광이 그랬다. 그 당시 후광은 개울에서 멱을 감다가 반짝이는 유리 구슬을 발견한 어린아이같이 기뻐하며 여러 사람에게 자랑하고 다녔었다.

　자산은 2천5백 년 전 춘추시대의 사람이다. 성은 공손(公孫)이고 이름은 교(僑)이며. 정(鄭)나라라는 조그마한 국가의 재상이었다.

　큰 인물은 인류에게 이롭건 이롭지 않았건 간에 역사에 지울 수 없는 발자취를 남겨 많은 사람의 운명에 결정적인 영향을 주게 된다. 그중에서도 역사의 진행 방향과 발을 맞추면서 백성의 운명에 이해와 애정으로 뛰어든 사람은 시대를 초월해서 모든 사람의 존경과 사모를 받게 된다. 자산은 바로 그런 사람이다. 과거 정나라의 백성들뿐만 아니라 현대에 이르러서도 동서양의 많은 역사가들로부터 높이 평가받고 있다.

자산은 국가의 재상으로서 많은 일을 했다. 연중행사처럼 해마다 정나라를 괴롭혀 온 북의 진(晋), 남의 초(楚)를 능란한 외교로써 견제하며 주(周)왕실을 위한 완충지대를 만듦으로써 평화의 기반을 튼튼히 굳혔다. 그러나 자산이 당시 진과 초라는 두 강국을 단순한 외교력만 가지고 견제한 것은 아니다. 그러한 외교의 기반으로서 먼저 튼튼한 내치가 있었다.

자산은 특히 국민의 자발적 지지를 얻는 성공적인 국내 통치의 솜씨를 보여주었다. 그는 귀족간의 대립 분쟁을 조정하여 정국의 안정을 기했고, 나아가 백성을 위해 공정한 법치주의를 확립하였다. 세제와 토지제도를 개혁하여 관료와 탐관오리에 시달리는 백성의 입장을 개선하는 국정의 개혁도 단행했다.

그의 정치 윤리는 인륜(人倫)을 존중하고 정의를 확립한다는 데 있었다. 이와같이 그는 백성을 위한 정치, 법치주의, 제도의 합리적 개혁, 정의의 추구, 미신 배격 등 사회의 거의 모든 면을 완벽하리만치 개선하는 능력을 보였다. 흡사 오늘날의 국가들이 추구하는 이상 사회를 보는 듯하여 2천5백 년 전의 인물이라고 상상하기가 어려울 정도이다. 자산과 교우한 공자마저도 그에 대한 칭찬에 인색하지 않았다.

그러나 우리를 더욱 놀라게 하는 것은 언론자유에 대한 그의 태도이다. 후광이 굳이 2천5백 년 전의 남의 나라 인물을 사모의 대상으로 존경하는 이유도 여기에 있다.

자산이 재상으로 있던 당시 정나라에는 마을마다 학교가 있었는데, 농민들은 하루 일이 끝나면 학교 건물에 모여 여러 가지 세상 이야기를 주고받았다. 때로는 나라가 하는 일에 비판적인 견해가 오가기도 했는데, 이를 알게 된 자산의 부하가 자산에게 건의했다.

"백성들이 학교 건물을 사용하지 못하도록 해야겠습니다. 쓸데없이 모여서는 나라에서 하는 일이나 비방하고 다니니 안 되겠습니다. 그러다간 사회불안을 조성하게 될 것 같습니다."

그러나 자산은 이렇게 대답했다.

"백성의 입을 막는 것은 사회불안을 막는 것이 아니라 오히려 조성하는 길이 된다. 백성들이 자기 하고 싶은 말을 공개적으로 해버리면 그 불만이 내면으로 쌓이지는 않게 된다. 그러나 불만을 토로할 길마저 막으면 안으로 축적되었다가 어느 땐가 한꺼번에 터져서 수습할 수 없는 지경에 이르는 것이다. 그러니 불만이 있으면 그때 그때 말하도록 하는 것이 좋다. 뿐만 아니라 백성의 그러한 불만의 목소리는 나라로서도 아주 유익하다. 그들이 자유롭게 말하는 것을 우리가 귀담아 들으면 무엇이 잘못되었고 무엇을 원하는지 그대로 알 수 있기 때문에 얼마나 정치하기 편한가. 그런데 지금 만일 백성의 입을 막아 버리면 정부는 귀머거리가 되고, 백성은 원한과 불만으로 가득 차서 들고일어설 기회만 노리게 될 것이니 얼마나 위험하겠는가. 학교에 모이는 것은 절대로 금할 일이 아니다."

언론에 대한 자산의 이같은 생각을 물론 언론자유를 기본 인권으로 존중하는 현대 민주주의적인 이념과 비교할 수 없다. 그러나 그 당시는 노예제도에 의한 농경이 성행하던 시대다. 그런 사정을 감안한다면 그 정도의 생각만이라도 대단한 것이다.

오늘날 세계 각국의 통치자 중에서 이 정도도 생각하지 못하는 사람이 얼마나 많은가.

탐욕과 포악으로 가득 찬 지배자들이 횡행천하하는 역사책을 읽다가도, 이와같이 백성을 위해 그 시대 나름의 정의와 진보를 추구했으며 그 참신성이 긴 세월을 뛰어넘어 우리에게 공감을 주는 지도자를 만날 때 새삼스러운 삶의 보람을 느낀다. 인류가 그 숱한 고난의 역사 속에서 절멸하지 않았던 이유 한 가지를 실감하게 되는 것이다.

책 속의 길

정치가의 철학

후광이 제일 조심스럽게 생각하는 분야는 철학이다. 아무래도 인류의 사상과 정신적 세계, 그 근본 원리를 추구하는 철학 분야이기에 좀더 진지하고 신중해지는 것이다.

그는 플라톤, 아리스토텔레스의 저서들로부터 시작해서 현대 철학의 주류를 이루는 각종 명저들과 그것을 여러 가지 각도에서 바라본 다양한 분석서들까지 꾸준히 읽어 왔다. 그리고 과학적 실제론·과학적 경험론·과학철학에 이르기까지 빼놓지 않고 접하고 있다. 어떻게 보면 다른 책들보다 철학과 철학자에 관한 책을 가장 많이 읽고 있지 않나 하는 생각이 들 정도다. 나는 후광이 바쁜 시간 속에서도 철학책을 펼치고서 깊은 사색에 빠져 있는 모습을 종종 발견하고는 했다.

책을 읽고 토론하기를 좋아하는 후광이고, 또 실제로

철학 관련 책에서 읽은 구절도 자주 인용하곤 하지만, 막상 본격적으로 철학 이론을 이야기해야 할 때는 매우 조심스럽다. 아마도 그만큼 철학이 몇 마디의 말로써 표현하기에는 까다롭고 어렵기 때문이 아닐까 추측된다. 동시에 그것은 철학이라는 학문에 대한 외경일 것이고, 바로 그 자세가 가장 철학적일 수 있다. 존재의 본질을 파고들어 밝혀내야 하는 일은 비단 후광에게뿐 아니라 인류에게 가장 무겁고 어려운 숙제일 수밖에 없다. 아들들에게 좋은 책을 추천하는 일을 큰 즐거움으로 여기는 후광이지만, 철학 부문의 책을 추천할 때만큼은 비록 상대가 어린 아들이라 하더라도 무척 조심스럽다. '나는 잘 모르지만 김준섭 씨의 〈철학개론〉이 나와 비슷한 입장이니 한번 읽어 봐라' 하는 식이다. 확신할 수 없는 것은 함부로 얘기하지 않는 그의 성격이 잘 나타나는 대목이다.

그러나 학문이나 지식을 받아들일 때 주체적이고 비판적으로 받아들여야 한다는 지적 태도에 관한 후광의 원칙은 철학이라 해서 예외가 아니다. 비록 인류의 정신사적 지주가 되어온 위대한 인물이라 할지라도 보편적인 상식의 기준에서 지적되어야 할 부분은 있었다.

책은 같더라도 읽는 사람에 따라 받아들이는 각도는 저마다 다를 수밖에 없다. 정치 지도자인 후광의 기준은 만인의 행복이다. 그 기준으로 볼 때 너무도 그릇된 정치관이나 윤리관을 보인 인물이 우리 역사에는 의외로 많다. 후광은 책임 있는 철학자들의 비판을 바탕으로 해서 플라톤, 아리스토텔레스, 루소, 니체의 정치관을 매섭게 지적하기도 했다. 대략 간추리면 다음과 같다.

플라톤

아테네의 명문 집안에서 태어난 플라톤은 20세부터 28세까지 소크라테스에게서 학문을 배웠다. 스승인 소크라테스의 불행한 죽음에서 플라톤은 민주주의적 중우정치(衆愚政治)를 혐오하는 결정적 영향을 받았다고 한다.

그 후 유클리드와 피타고라스 학파에서 수학한 뒤 아테네 교외에 아카데메이아를 세우고 40년간 교육에 힘쓰다가 80세에 세상을 떴다. 플라톤은 그리스가 낳은 최대의 사상가로 이른바 유심론적 철학의 거두로 일컬어진다.

플라톤 철학사상의 핵심은 이데아론이다. 우리가 경험하는 이 세계는 가상이고, 만물의 원형인 진정한 세계가 이데아의 세계로서 그것은 우리의 경험 세계보다 훨씬 더 가치가 있는 세계라는 것이다.

그의 사상은 아우구스티누스 등 중세의 신학사상에도 막대한 영향을 주었다. 아우구스티누스의 〈신국론〉은 그의 사상에 바탕을 둔 것이다. 저서는 35종의 〈대화편〉, 기타 서간집들이 전해지고 있는데, 그의 정치관을 알기 위해서는 유명한 〈국가론〉이 검토되어야 한다.

플라톤의 국가관은 최초의 유토피아이다. 그는 거기서 철인정치를 지향하고 있다. 정치의 목표는 정의의 실현이다. 그러나 그가 말한 정의는 오늘날 우리가 말하는 평등을 전제로 하는 개념이 아니다. 세 계급이 서로 자기가 맡은 일에만 전념하고 다른 계급의 일에 간섭하지 않으며, 누구도 지나치게 분주한 사람이 없는 것을 말한다. 세 계급이란 통치에 종사하는 수호자 계급, 전쟁에 종사하는 군인 계급, 생산에 종사하는 평민 계급을 말한다.

수호자 계급은 세습된다. 그중 심하게 열등한 자는 격하시키고 밑의 계급에서도 아주 우수한 자는 격상시킬 수 있는데, 이는 어디까지나 예외이지 원칙은 아니다.

그는 또 수호자 계급에 대해서는 교육 · 경제 · 가족 관계 · 종교 문제 등에 관해서 다음과 같은 특별한 조치를 취한다.

교육의 목표는 엄숙, 예절, 용기를 기르는 데 있다. 문학에서는 호머나 헤시오도스의 작품 같은 것은 허용되지 않는다. 그 이유는 신들의 좋지 않은 작태를 묘사함으로써 악영향이 우려되고, 죽음에 대한 두려움을 묘사한 것은 용기를 저상(沮喪)시킬 우려가 있으며, 신들이 소리 높여 웃는 장면은 중용의 덕에 맞지 않고, 신들의 연회와 정욕 등은 절제에 해롭다는 것이다.

또 연극은 악인이 등장하기 마련이니까 보여서는 안 되며, 음악은 웃게 하거나 비애에 잠기게 하거나 환락적인 것은 허용하지 않는다. 생활에 있어서는 일정한 연령까지 추하고 악한 것으로부터 격리하며, 그 연령이 지나면 적극적으로 유혹에 내맡겨 의지를 기르고, 정서적인 것은 배격하며, 성장하기 전에 전쟁 장면을 현지 견학하고, 여자도 똑같이 전쟁기술까지 교육하되 능력에 따라 등용한다.

이렇게 플라톤의 교육은 그가 높이 평가한 스파르타식 그 자체이며, 한마디로 말해서 국가가 원하는 형의 사람을 만들자는 것이다.

가족 관계에 이르면 더욱 독특해진다.

첫째, 일정 수의 남녀를 입법자의 지령에 의해 동거하게 한다. 그들은 국가의 결정을 운명적으로 받아들인다.

둘째, 동거자들은 공동의 가정을 이룬다. 여자는 모든 남자의 공동의 아내요, 아이는 공동의 자식이다.

셋째, 친부모와 아이들은 서로 모르게 관리하며, 모든 아이는 연령에 따라 형제자매가 된다.

넷째, 병약자와 저능아는 어떤 비밀스러운 장소로 옮긴다.

다섯째, 아버지가 될 자격은 25세부터 55세, 어머니가 될 자격은 20세부터 40세까지이다. 이 연령 이외의 나이

에 출생한 자식은 부실하므로 낙태하거나 출산 후 살해
한다.

참으로 끔찍한 구상이 아닐 수 없다. 스파르타보다 더
철저한 처자 공유제를 주장한 것이다. 플라톤은 이러한
생활방식을 통해서 개인적인 소유의식을 없애고 공적 지
배를 용이하게 하려 했던 것 같다.

종교란 플라톤에게 있어서 정부가 국민을 믿게 하는 하
나의 신비주의와 같은 것이다. 의사가 환자를 속이는 것
같이 정부가 시민을 속이는 것은 정부의 특권이고, 피치
자는 물론 통치자까지도 속기를 바라는 하나의 충성스러
운 거짓이 필요하고, 국가의 가족배치 같은 결정을 운명
이라는 종교적 신앙심으로 받아들이도록 교육한다는 것
이다. 즉 신이 금 · 은 · 동(또는 철)의 세 가지 종류로 인
간을 만들었는데, 두말할 것 없이 금의 인간은 통치계급,
은은 군인계급, 동은 평민에 적합하도록 만들었다는 신앙
이다.

철학이란 철저한 지적 추구의 학문인데 플라톤 같은 위
대한 철학자가 이와 같은 지성에 배반되는 종교적 주장을
창안한 것은 놀라운 일이다.

그렇다면 플라톤은 과연 이러한 이상국가를 실현 가능
한 것으로 믿었을까. 놀랍게도 그는 매우 실현 가능한 것
으로 여겼다고 한다. 앞에서 제시한 내용의 상당부분이
이미 스파르타에서 실천한 것들이고, 철인정치는 피타고

라스와 그 제자가 예를 보였고, 또 당시 많은 그리스 국가들이 철학자를 초청해서 입법을 하곤 했던 것이다. 플라톤 자신도 비록 실패는 했지만 시라쿠사의 정치개혁에 두 차례나 참가한 적이 있었다.

플라톤이 이처럼 철저한 반민주사상에 입각한 전제정치를 내세운 데에는 귀족이라는 출신성분과 그 당시 아테네 직접 민주주의의 타락상을 반영하고 있는 것으로 보여진다.

또 그의 이상국가란 따지고 보면 국방력 강화와 식량 확보가 전부라 할 수 있는데, 이것은 당시 스파르타와의 전쟁에서 패한 후 경제가 궁핍해지고, 특히 식량난에 허덕이고 있는 아테네의 현실을 반증한 것이라 하겠다.

그래서 그는 승자인 스파르타에게서 배우고 그 이상 가는 철저한 국가 지배를 추구한 것으로 보인다. 하지만 이것은 아테네의 패배가 단순히 적의 강력함에 기인한 것이 아니라 아테네 자체의 내부적 부실에 더 큰 원인이 있다는 사실을 간과한 데서 나온 것이다. 당시 아테네는 귀족의 특권정치로 인한 민심의 이반, 이와 병행하는 직접 민주주의의 무질서와 타락상, 그리고 동맹국가에 대한 아테네의 교만과 배신이 초래한 국제적 고립 등 보다 근원적인 문제가 내포돼 있었던 것이다.

아리스토텔레스

아리스토텔레스는 마케도니아의 스키티아에서 태어났다. 부친은 궁중시의(宮中侍醫)였는데, 어려서 부모를 여의고 고아가 되어 친척집에서 자랐다. 17세에 아테네로 와서 20년간 플라톤에게서 배웠다. 플라톤 사후에는 아카데메이아 제일의 학두(學頭)로 추앙되었다.

마케도니아 왕 필립포스의 초청으로 그의 아들인 알렉산더의 가정교사가 되었다가 3년 후 알렉산더가 16세가 되어 왕위에 오르자 아테네로 돌아와서 교육에 힘썼다. 제자들에게 매우 인기가 있었으며, 제자들과 함께 소요(逍遙)하면서 가르쳤기 때문에 소요학파라고도 부른다.

아리스토텔레스는 미켈란젤로와 더불어 보기 드물게 다방면에서 뛰어난 천재였다. 그의 저서는 논리학 · 자연과학 · 윤리학 · 미학 등 당시 지식 분야 전반에 걸쳐 있으며, 중세의 사상 · 신학 · 정치 및 르네상스 운동에 지대한 영향을 주었다. 〈형이상학〉, 〈오르가논〉, 〈니로마코스 윤리학〉 등 저서의 대부분이 남아 있는데, 〈정치학〉은 8권으로 되어 있다.

아리스토텔레스의 국가관은 다음과 같이 일종의 국가지상주의이다.

국가는 인간 사회에서 최고의 지위를 차지하며, 그 목표는 최고선을 실현하여 국민의 행복과 명예로운 생활을 보장하는 데 있고, 가족은 손이 인체의 일부인 것같이 국가의 일부라는 것이다.

그는 또 플라톤의 국가론을 이렇게 비판한다.

통치가 지나치며, 공동의 자식이면 누구도 책임 있게 돌보지 않을 것이며, 공동 부부생활이란 간통을 조장하는 것이고, 공동생활을 하면 누구도 생활에 책임을 지지 않을 것이며, 공산주의는 이웃간에 시비를 조장할 것이므로 사유재산제 아래에서 자비로써 나누어 쓰도록 훈련해야 한다.

그러나 이러한 플라톤에 대한 비판은 근본적인 인간성에서 출발하는 것이 아니라 효용론의 입장에서인 것으로 보인다.

그는 또 가장 좋은 국가형태로 군주제를 꼽았고(입헌제 혹은 민주제를 지지했다고 보는 견해도 있다), 그 규모는 언덕에서 내려다보일 정도의 크기여야 한다고 주장했다.

시민의 자격은 매우 엄격하게 제한했다.

첫째, 상인과 직공은 시민의 자격이 없다. 그들은 생활을 위해 일해야 하므로 명예롭지도 도덕스럽지도 못하다.

둘째, 농부는 노예로 충당해야 한다. 그리스 인은 정신을 가지고 있으므로 노예에 적합하지 않고 그 외의 사람, 특히 남방 사람이 양순해서 적합하다.

셋째, 노예는 열등한 자가 되는 것인데 그 우열의 판단은 전쟁으로 결정한다. 승자는 우수함의 증거이고, 패자는 열등함의 증거이다. 길들인 동물이 주인 밑에서 행복하듯이, 열등인은 노예로 사는 것이 행복하다.

넷째, 사람은 태어나면서부터 통치자와 노예의 운명을 타고난다.

다섯째, 여자의 열등한 지위는 노예제도와 같이 아주 자연스러운 것이다.

이러한 차별적 태도에서 그 당시에 팽배했던 그리스 인의 직업관, 노예관, 여성관을 엿볼 수 있다.

아리스토텔레스의 정치관 중 가장 놀라운 것은 이미 그 가치를 잃어버린 도시국가의 설계도를 그리고 있었다는 것이다. 당시 그리스 반도는 북방의 마케도니아에게 정복당해 도시국가의 무용성이 완전히 증명된 판국이었다. 특히 그의 제자인 알렉산더 대왕에 의해 대제국 시대가 열리고 그리스 문명과 동방 문명의 통합에 의한 헬레니즘 시대가 열리고 있는 마당에, 그의 도시국가 재건설 운운은 시대착오적인 생각이었다. 명민한 그의 스승 플라톤도 그런 예견을 하지 못했던 것처럼, 다방면에 걸친 천재이자 절세의 지식인인 아리스토텔레스도 그 총명이 여기에는 미치지 못한 모양이다.

또 그의 노동을 경시하는 사상은 중세까지도 많은 악영향을 미쳤다. 그는 아테네의 병폐가 노동을 경시하고 노예에게만 의존하는 경제에 크게 연유했던 것을 통찰하지 못한 것 같다.

전쟁의 승패로 인간의 우열이 결정된다는 주장의 그릇됨은 더 이상 말할 것도 못 된다. 만일 그것을 그대로 받아들인다고 한다면, 필로폰네소스 전쟁에서의 패배를 겪은 아테네 사람들부터 모조리 노예가 되어야 할 것이다.

개인적인 아쉬움이 있다면 아리스토텔레스가 알렉산더의 스승이었으면서도, 그의 저서 어디에도 알렉산더에 대한 언급이 없다는 것이다. 그가 만일 알렉산더의 동향에 대해 조금만 더 진지하게 주목을 했다면 반드시 역사의 변화와 전환을 눈치챌 수 있었을 것이다. 그렇다면 그의 〈정치학〉 내용도 지금과는 상당히 달라서 보다 발전적이지 않았을까 하는 생각이 든다.

루소

인간에게 자연으로 돌아가라고 외쳤던 루소는 스위스 제네바에서 시계 수리공의 아들로 출생했다. 어려서 부모를 여의고 12세에 학교를 그만둔 뒤 빈궁 속에 여러 직장을 전전하며 청춘을 보냈다.

그러던 중 1750년, 과학과 예술이 인류에게 영향을 주지 못한다는 요지의 〈과학과 예술론〉이란 논문이 당선되어 일약 유럽에서 유명인사가 되었다. 하지만 저서 〈에밀〉

과 〈민약론〉으로 프랑스 정부의 미움을 받게 되자 유럽 각국을 떠돌면서 망명생활을 하다가 말년에 프랑스로 돌아온 뒤 정신불안, 광기와 싸우며 요양하다가 불행하게 생을 마쳤다.

　루소는 낭만주의의 창시자로 인간의 정서에서 인간 외의 사실을 추리하는 사상체계를 처음으로 세운 사람이다. 그의 이런 사상은 특히 신학에 많은 영향을 주었다. 플라톤 이래 신의 증명은 우주론적 증명, 목적론적 증명, 도덕적 증명 등 지적 논증이 일반적이었는데, 루소에 이르러 처음으로 인간의 정서에 의한 어떤 것, 즉 경외심, 신비감, 선악관념에 근거를 둔 신(神) 이론이 만들어진 것이다. 오늘날에는 평범한 것이 되었지만 그 당시로서는 아주 혁명적인 생각이었다.

　그의 말 중에서 자연으로 돌아가라는 말이 유명한데, 인간은 본래 선한 존재로 원시인도 배부르면 자연 및 동물들과 평화롭게 지내지 않느냐고 주장했다. 인간의 자연 상태는 만인의 만인에 대한 투쟁이 아니라 우정과 조화가 지배하고 있다고 설명하고, 이 자연 상태를 회복할 것을 주장한 것이다.

　그러나 루소의 정치사상은 일반인들이 많이 알고 있는 것처럼 철저한 민주주의 입장은 아니다. 가(假)민주적 독재정치 철학의 고안자로 보는 것이 옳다고 본다. 그러나 전통적인 군주에 의한 전제정치에는 단호히 반대한 것만큼은 분명하다.

루소의 정치관이 피력되어 있는 책이 바로 〈민약론〉이다. 여기서 그는 민주주의를 공치사하고 있지만, 다분히 전제정치의 경향을 보인다. 이로 인해서 그의 사상의 줄기에서 프랑스 혁명도 나오고 히틀러도 나오게 되는 것이다. 그는 자유를 주장하지만 자유를 희생하더라도 평등을 얻고자 했는데, 그것은 국민 모두가 일정 한도의 토지를 갖고 빈부의 차이가 없는 단일 계급의 사회를 원했기 때문이다.

적합한 정치제도로서 소국은 직접 민주주의를, 중간 크기의 나라는 귀족정치를, 대국은 군주제를 꼽았다. 우리가 오늘날 말하고 있는 대의제 민주정치를 그는 선임귀족 정치라고 했는데, 이것이 제일 이상적이지만 어느 나라에나 적합한 것이 아니어서 이를 실시하려면 기후도 온난해야 하고 생산이 지나치게 많아 사람을 부패시켜서도 안 된다고 했다.

그럼 루소가 주장한 사회계약설을 살펴보자.

첫째, 계약이란 각자의 모든 권리와 온갖 양보를 공동사회에 돌린다. 양보는 남김없이 해야 한다.

둘째, 공동사회는 일반의지(一般意志)를 가지고 있으며, 따라서 각자는 이에 절대 복종해야 한다. 복종하지

않으면 강제할 수 있다. 일반의지는 대중이나 국민의 뜻
이 아니라 공동적 인격으로서의 국가 의지로서, 결국은
공동체를 형성한 지도자의 의지가 되게 된다. 일반의지를
행사하는 주권력은 불양도성, 불분할성, 무류성(無謬性),
절대성을 가지고 있다.

셋째, 일반의지의 표현에 방해가 되는 부분적인 사회가
존재해서는 안 된다. 그러므로 국가 외의 각종 종교단체,
정치단체, 사회단체는 구성할 수 없다.

루소는 봉건왕조와 전통에 강력히 반대하였고, 심정적
으로는 가난한 사람들의 편이었다. 하지만 앞에서 본 것
처럼 그의 정치사상은 새로운 독재주의를 낳을 수 있는
요소를 심각하게 내포하고 있었다.

결국 루소의 정치사상은 헤겔이 프러시아의 전제정치
를 합리화하는 데 이용되었고, 바이런이나 칼라일의 영웅
숭배주의, 피히테의 국가주의 등을 거쳐 마침내 히틀러와
나치즘을 낳는 원류가 되었다.

이러한 루소의 〈민약론〉은 같은 사회계약을 주장한 사
상가 중 홉스와 가깝고, 로크와는 다르다고 할 수 있다.
홉스는 국민이 그의 자연권을 보호하기 위해 계약을 맺고
주권자에게 이를 넘겨 주는 것이며, 주권자의 권력은 절
대적이어서 계약자인 국민은 주권자에게 절대 복종해야
한다고 말했다. 여기서 홉스가 말하는 주권자란 사실상
절대군주를 의미하고 있으며, 따라서 그의 사회계약론은

민주주의와는 아주 거리가 먼 것이다.

반면에 로크는 홉스와 같이 자연권에서 출발하지만, 그는 자연권을 보다 완전하게 보전하기 위하여 서로 계약을 맺어서 권력자에게 권력을 위탁한다고 했다. 그러므로 계약 당사자인 통치자가 국민의 자연권을 보장하는 한 그의 권력은 정당화되지만, 그렇지 않을 때에는 국민들이 대항하기 위해 권리 위탁을 유보한다고 주장했다.

그래서 어떤 학자들은 로크를 루스벨트와 처칠의 조상, 루소는 히틀러의 조상이라고 부르기도 한다.

루소의 주장 중 가장 문제가 되는 것은 그의 사회계약설의 첫째와 둘째에서 나타난 대로 국민의 권리가 전적으로 유보되고 국가에 절대 복종해야 한다는 대목이다. 그렇게 되면 자유와 인권의 주장을 하기 어렵게 되고 저항도 원천적으로 불가능하게 된다. 물론 루소는 별도로 약간 유보적인 조항을 첨가했지만, 독재자의 악용을 막기에 충분한 것은 아니었다. 민주주의는 정치적으로는 국민이 주권자가 되어 권력을 주기도 하고 뺏기도 하는 것이 기본인데, 루소에게는 그것이 없었다.

루소의 〈민약론〉은 프랑스 혁명의 바이블이 되기도 했다. 그것은 왕권신수설이나 전통적 도덕 기준을 맹렬히 비난할 뿐 아니라 많은 민주적인 요소를 가지고 있었기 때문이다. 그러나 이와는 반대로 프랑스 혁명에서는 로베스피에르 같은 피에 굶주린 독재자도 역시 루소의 제자로서 나타났다. 결국 루소의 사상은 양날을 가진 칼 같은 것이라 할 수 있겠다.

한편으로 루소는 낭만주의의 창시자이며 주정주의(主情主義)자로서 주지주의(主知主義)에 반대했는데, 이것은 참 매력적인 일이기도 했지만 그만큼 위험도 큰 것이었다.

실제로 그에게 나타난 낭만주의는 현실에 입각했다기보다는 복고적이며 중세찬미적이었고, 때로는 정반대로 미래 몽상적인 경향을 보여서 영웅숭배주의, 배타적 애국주의, 민족의 신격화, 피의 순결 등이 강조되기도 했던 것이다.

니체

니체는 독일에서 목사의 아들로 태어났는데 5세에 아버지를 잃고 대학 진학 때까지 어머니와 누이, 두 명의 고모 등 여자들 속에서 자랐다.

대학에서 문헌학을 전공한 그는 뛰어난 재능을 보여서 24세에 스위스 바젤 대학의 정교수가 되었다. 하지만 지병인 눈병과 두통 등 여러 가지 질병에 시달리다가 34세에 대학을 그만두고서 이후 정신이상을 보일 때까지 유럽

각지를 전전하면서 요양과 집필의 세월을 보냈다.

정신병원에서 생을 마칠 때까지 니체는 여자와는 결코 가까이 지내지를 못했다. 일생에 두 번 청혼을 해본 적도 있지만, 그것도 직접 한 것은 아니고 편지나 대리인을 보냈는데 모두 거절당했다고 한다. 그 뒤로는 어머니는 물론 누이나 고모들, 기타 어떤 여자와도 원만한 관계를 유지하지 못했다. 그래서인지 니체의 여자에 대한 비판은 끝이 없을 지경이다.

"여자는 우정을 나눌 대상이 못 된다. 남자는 전쟁을 위해 훈련시키고 여자는 그 전사들의 심심풀이를 위해 훈련받아야 한다. 그대, 여자에게 가려면 회초리를 가지고 가라…."

이러한 여자에 대한 편협한 주장은 역사적 증명이나 개인적인 경험이 뒷받침된 것도 아닌데 그것 자체로서 유명한 편이다.

저서로는 〈비극의 탄생〉, 〈인간적인 너무나 인간적인〉, 〈짜라투스트라는 이렇게 말했다〉, 〈선악의 피안〉, 〈디오니소스 찬가〉 등이 있다.

철학적으로 볼 때는 존재론이나 인식론에 그다지 큰 특색이 없지만 윤리사상이나 종교비판에서는 이후로도 막대한 영향을 주었다.

그의 생의 철학은 쇼펜하우어에서 출발했지만 쇼펜하우어의 염세주의에 반대하고 생의 힘, 생의 충실, 생의 환희를 예찬하며 권력의 의지를 주장하였다. 즉 살려는 의지, 자기 자신을 표현하고 지배하려는 의지를 주창한 것이다.

삶에 관해서는 영겁회귀(永劫回歸) 속에서 모든 생의 무가치함을 주장했는데, "삶은 괴롭지만 피할 길이 없다. 죽어도 다시 나게 되어 괴로움은 못 피한다. 그렇다면 차라리 운명을 사랑하라"는 것이다. 종래에 인정되어 오던 가치나 도덕규범, 즉 이상이나 생활양식 등은 변화의 시대에서는 유용하지 않은 환상일 수밖에 없게 되었다는 니힐리즘의 대표적 사람이었다. 또 이런 무의미한 삶의 고통을 극복하고 새로운 활동과 생성, 창조를 향한 디오니소스적 강자, 권력 의지에 충만한 초인을 통해서 생의 의미를 찾아야 한다고 외쳤다.

그런데 이렇게 권력 의지의 초인, 디오니소스적 인간, 영겁회귀와 운명애 등 사상의 골격 아래 이루어진 니체의 주장은 구체적인 내용으로 들어가면 두려움을 넘어서 숨이 막힐 지경에 이른다.

- 한 사람의 위대한 인물을 만들기 위해서는 평범한 인간의 고통은 개의할 바가 못 된다. 다수는 소수 탁월한 자의 수단이며, 독자적인 행복을 다수가 요구한다는 것은 부당하다.
- 전 민족의 불행도 한 강자의 고통만 못하다. 프랑스

혁명은 나폴레옹을 낳은 데서만 정당화된다. 우리 세
기의 모든 희망은 나폴레옹에게 걸려 있다.
- 종래의 기독교 도덕 아래서의 선이라는 것은 악이요,
  악이라는 것은 선이다. 진정한 도덕이란 모든 사람을
  위한 것이 아니고 소수의 귀족만을 위한 것이다. 선
  과 악은 다같이 고귀한 소수에게만 속한다. 여타 대
  중에게는 문제가 되지 않는다.
- 고상한 사람은 대중에게 등을 돌리고 민주주의에 반
  대해야 한다. 민주주의란 속된 무리들의, 자기들이
  주인이 되고자 하는 음모인 것이다.
- 동정이란 약자의 도덕이다. 동정이니 사랑이니 하는
  것은 약자가 강자로부터의 해를 모면하기 위한 술책
  이다.
- 독일 정신을 확립해야 하며, 이것에 의해서 병든 사
  회는 쾌유된다.

이렇게 일견 터무니없는 니체의 주장을 어떻게 평가하
며, 또 그 유용성은 무엇이고, 가치는 어떤 것일까. 단지
정신병자의 망상에 불과하다고 치부해 버려도 좋을까.

그의 학설은 철학자보다는 예술가들에게 많은 영향을
끼쳤다. 또 그의 예언 중에는 대전쟁의 발발 등 적중한
것도 꽤 많았다.

한편 니체의 초인사상, 여자에 대한 경시, 기독교 윤리

의 부인은 모두가 그의 두려운 감정의 소산일 것이라는
데 몇몇 전문가의 의견이 일치하고 있다. 서양철학사를
쓴 버트란트 러셀이나 니체 연구서를 쓴 칼 야스퍼스, 또
니체의 전기를 쓴 프렌이 다같이 니체가 일생 동안 가지
고 있던 불가사의한 두려움을 지적하고 있다.

다시 말해서 그가 여자를 그토록 멸시한 것은 우리가
흔히 보는 것처럼 여자를 두려워하는 사람들이 여자를 비
난하고 멀리함으로써 자존심을 달래는 것과 같다는 것이
다. 또한 이웃에게서도 두려움을 느끼는 그가 기독교의
이웃 사랑을 두려움의 소산으로만 본 것이라는 주장이다.
이 세상에는 타인이 무서워서가 아니라 자발적이고 억제
할 수 없는 사랑 때문에 동정하고 봉사하는 성자가 있다
는 것을 그는 미처 깨닫지 못했다고 그들은 지적하고 있
다.

이러한 관점에서 니체의 초인사상 역시 결국 두려움의
산물이라고 해석되고 있다. 남을 두려워하지 않는 사람이
남에게 폭군이 될 필요는 없는 것이라는 설명이다.

니체는 이와 같이 자기를 강자로 위장했는데, 그의 고
귀한 사상이란 실은 무자비하고 냉철하고 잔인하며 타인
의 삶에 대해서는 아무 여지 없이 자기의 권력만 염두에
둔 주장이라는 비판도 함께 받고 있다.

니체가 이러한 특이한 사상을 보인 이유를 그의 건강
상태, 특히 정신병의 잠복기의 영향으로 보는 사람도 있

다. 그러나 니체의 기본 주장을 정신병자의 그것으로 보면 큰 오산이다. 그의 사상에는 정연한 논리가 있고, 여기서 유추한 많은 예언을 적중시키는 등 인간 세계를 보는 비범한 통찰력이 있기 때문이다.

글로벌 데모크라시

　최근 영국의 석학인 엔서니 기든스가 저술한 책 〈제3의 길〉이 유럽은 물론이고 한국을 비롯한 전세계에서 큰 관심을 끌고 있다.

　저자 앤서니 기든스는 현재 유럽에서 대단한 열풍을 일으키고 있는 '신중도좌파'의 이론적 토대가 되고 있는 사회학계의 세계적인 거목이다. 〈제3의 길〉은 '사회주의의 종말'을 경험한 인류가 어떤 구체적인 대안을 찾아야 할지에 대해 제시하고 있다. 영국의 토니 블레어 총리를 비롯해 프랑스의 조스팽, 독일의 슈뢰더까지 그가 제시한 길을 걷고 있다는 데서 그 관심의 도가 더해 가고 있다.

　20세기 초반 서구 사회가 개인주의와 자본주의에 대항해서 들고 나온 '사회주의 실험'은 쓰라린 실패로 마감되었다. 이후 '신자유주의'가 팽배했는데 여기에는 두 가지 흐름이 있다. 하나는 전통적인 가족상이나 교회 같은 도덕적 영역의 자율성을 강조하는 보수주의(혹은 신우익)이고, 다른 하나는 시장의 논리와 개인의 합리적 선택을 중시하는 경향이다. 이러한 신자유주의는 자유로운 시장원리보다 국가의 적극적인 개입을 필요로 하는 사회민주주의에 대해서는 매우 비판적이다.

〈제3의 길〉은 이와 같은 유럽의 오랜 사회민주주의 전통과 신자유주의를 다같이 초월해서, 범세계화라는 거대한 물결 속에서 인류가 부딪치는 문제들을 이해하고 풀어나가기 위한 새로운 비전을 찾는 데에 초점이 맞춰져 있다. 시장원리에 충실하되 소수로의 부의 편중을 막고 국민 복지를 추구하기 위해서는 국가의 개입이 필요하다는 것이다. 이미 유럽에는 영국과 독일, 프랑스 외에도 이탈리아, 스페인, 오스트리아, 스칸디나비아 등에서 중도좌파 정권이 들어서 있지만, 단순히 사회민주주의 전통을 따르는 것이 아니라 변동하는 세계에 부합되도록 재구성하는 데에 목적이 있다고 저자는 말한다. 이에 대해서 역자인 한상진 정신문화연구원장과 박찬욱 서울대 교수는 '좌도 우도 아닌, 혹은 둘의 장점을 취합한' 것으로 볼 수 있다고 설명하면서, 종래에 있던 여러 종류의 '제3의 길'과는 달리 기든스의 그것은 현재 인류 문명이 새로운 도

전으로 맞고 있는 '범세계화(Globalization)'의 문제를 적
극적으로 사고함으로써 세계주의적 민족, 정체성, 정치를
과감히 다루고 있는 것이 특징이라고 말하고 있다. 책 말
미에는 역자인 한상진 원장이 기든스와 직접 대담한 내용
이 첨부되어 있다. 책을 읽고서 궁금해 할 만한 내용들,
예컨대 한국이라는 특수한 상황에서는 어떻게 적용이 가
능한지에 관해서 등도 상세히 언급되어 있는 것은 편이
고, 이해를 돕기 위한 용어해설까지 친절하게 첨부되어
있다.

〈제3의 길〉이 국내에서 많이 읽히고 있는 이유는 물론
유럽 여러 국가들이 이 이념을 선택하여 적용하고 있다는
데 있을 것이다. 서구에서 태동한 사상들이 그 동안 근대
이후 세계 역사에 큰 영향을 끼치면서 주도해 온 것이 사
실이다. 따라서 오늘날의 유럽에서 일어나고 있는 이념의
변화는 세계인들 모두의 관심사가 될 수밖에 없다.

그러나 국내에서 이 책이 관심을 끄는 더 큰 이유는 후
광이 대통령 취임 전부터 취임 중반기에 접어든 지금까지
통치 이념으로서 일관되게 내세우고 있는 '민주주의와
시장경제의 병행발전'이 매우 구체적으로 〈제3의 길〉과
부합되고 있기 때문이다.

물론 후광이 주장하고 있는 '민주주의와 시장경제의
병행발전'이 기든스의 그것과 반드시 같다고는 볼 수 없
지만, 시장원리와 민주주의의 상호발전, 그리고 범세계화

혹은 지구화의 능동적인 수용이라는 두 가지 줄기에서는 맥락을 같이 하고 있다. 기든스의 〈제3의 길〉이 발간되기 오래 전의 일이지만, 후광은 자신과 그의 생각이 기본적으로 같다고 몇 차례 밝힌 적이 있다.

실제로 두 사람은 가까운 사이이기도 했다. 후광은 1993년 이후 영국 케임브리지에서 연구생활을 하는 동안 동 대학의 석학인 앤서니 기든스, 그리고 존 던 같은 사상가를 만나 이러한 문제들에 대해 깊은 토론을 벌였다. 기든스가 이와 같은 새로운 민주주의를 코스모폴리탄 데모크라시로 명명할까 생각중이라고 밝히자 후광은 자신의 생각과 함께 글로벌 데모크라시가 어떻겠냐고 제의했다. '세계적'이란 말은 아무래도 인간에게만 국한하는 감이 있는데, 이제 '지구'라는 개념을 강조할 때가 왔다고 보았기 때문이다. 지금은 지구가 존재하느냐 못하느냐의 환경 문제가 대두되고 있으며, 따라서 인간은 지구와 운명을 같이해야 한다는 사실을 다시금 부각해야 할 때라는 것이다.

이와 관련하여 후광은 세 가지 내용으로 구성된 신인도주의를 제창한 바 있다. 하나는 각 국가 내에서의 자유와 정의의 완전한 실현, 둘째는 제3세계의 모든 민족과 국민에게 선진국과 똑같은 자유와 번영 및 정의를 실현시키는 것이고, 마지막으로 지구상에 있는 모든 동물과 공기 · 물 · 흙 · 들판에 자라는 나무와 풀들에게까지 존재의 의

미와 생존권을 보장해야 한다는 것이다.

이러한 신인도주의를 바탕으로, 그리고 아시아적 시각의 일환으로서 후광은 21세기의 글로벌 데모크라시의 구상을 이렇게 밝히고 있다.

첫째는 민주주의를 국제적 시각에서 재조명하는 것이다. 국민국가 내부의 복지, 자유, 평등만을 추구하는 민주주의는 보편적·세계적인 시야를 갖춘 민주주의로 대체되어야 한다는 것이다.

서구 각국이 자국 내에서는 민주정치를 하면서도 타민족·타인종에게는 착취를 서슴지 않고 차별하며, 무자비한 학살과 탄압까지 가한 예는 무수히 많다. 우리는 비록 서구 민주제도의 틀을 수용하긴 했지만 그 철학적·이념적 분야에서만큼은 유교사상이 담고 있는 천하의 개념을 살펴보아야 한다. 공자·맹자·묵자·순자 등 제자 백가의 사상가들은 수십 개의 나라로 갈라진 중국의 봉건체제 속에서도 결코 한 나라에 구애받지 않고 모든 나라를 포용하는 천하의 개념으로 제후들을 설득하면서 통일과 백성을 위한 선정을 촉구했었다.

21세기의 민주주의는 이처럼 지구의 모든 나라들을 동등하게 생각하면서 각 민족, 각 개인의 독립과 권익을 존중하고 확장해 가는 방향으로 발전되어야 할 것이다.

둘째, 아시아 문화로부터 민주주의의 새로운 활력을 충전할 수 있다고 본다. 아시아인들은 지금 인권과 자유,

정의에 막 눈뜨고 있다. 마치 서구 사람들이 민주주의 초기 단계에서 흥분했던 것과 같은 심경으로 더 많이 민주주의에 대해 배우고 저축해서 가족과 민족과 더불어 자유롭고 정의로운 사회를 만들고자 한다. 특히 유교와 불교의 넓고 깊은 인(仁)과 자비(慈悲)의 정신과 도덕적 규범이 민주주의 발전의 정신적 원천이 될 수 있다고 본다. 이런 점에서 아시아에서의 민주발전이 서구사회를 포함한 세계 전체의 민주발전에 활력과 자극을 줄 것으로 믿고 있다.

셋째, 근대 민주사회에서는 인간의 존엄성에 대해서는 생각했지만 우리가 공존공생해야 할 지구에 대해서, 그리고 모든 생물과 존재들에 대해서는 그 권리를 인정하지 않았다. 우리는 그저 자연을 파괴하고 자연을 수탈하는 것을 인간의 당연한 권리로만 생각해 왔다. 태초에 하느님이 인간을 만드시고 당신이 창조한 만물을 다스리라고 한 것을 인간 자신의 건전한 생존과 발전을 위한 책임의 부과로 생각지 않고 만물을 멋대로 처리해도 좋다는 오만한 사고방식쯤으로 취급했던 것이다. 물론 요즘 와서 환경문제가 인간의 안전과 존립에 중대한 위협을 미치게 되니까 그제야 환경보존 운운하고 있지만, 그 이전에 만물의 존재가치에 대한 철학을 먼저 정립해야 할 것이다.

아시아 문화에는 자연과 인간을 분리할 수 없는 하나로 파악하는 특징이 있다. 서로 아끼고 같이 살아나가야 할

동반자로 생각한 것이다. 자연을 공경하고 어머니같이 생
각하면서 아끼고 보호해 왔다. 노자·장자의 가르침은 이
러한 점에 있어서 특히 두드러진다. 부처님은 자연과 인
간을 애당초 구별조차 하지 않았다. 자연 속에 생존하는
모든 존재들 속에서도 불성을 인정한 것이다.

이제 21세기를 맞이한 인류의 최대 과제는 이토록 참담
하게 파괴된 자연을 어떻게 치유하고 회생시킬 것인가 하
는 문제이다. 이것은 단순히 인간을 위한 환경보존의 차
원이 아니라 자연과 공생해야만 인류가 살아갈 수 있다는
절박한 필요에 의한 요구이다. 이러한 정신적 일대혁명을
수반하는 민주주의야말로 자연과의 일체 속에서 살아온
사상적 토양을 가진 아시아에서 창조되고 재정립되어야
할 것이다.

자유에의 의지

후광은 꽤 오랫동안 '사상이 불온하다'는 누명 때문에 무척 고생해 왔다. 지금이야 물론 이런 의심을 하는 사람이 없겠지만, 남북이 대치하고 있는 우리나라의 상황에서 정치인에게 이처럼 치명적인 오해는 없을 것이다. 사상이 나쁘다는 것은 곧바로 '적'이라는 등식을 성립시키니 말이다. 이 사실을 누구보다 잘 알고 있는 역대 군사정권은 선거 때마다 지지도가 높은 후광을 슬그머니 '적'으로 내몰았으며, 반란죄로 사형선고를 내리기까지 했던 것이다.

한국처럼 말 많고 모략 많은 정치계에서 제1 야당 대통령 후보를 네 번씩이나, 그것도 연거푸 차지한다는 것은 보통이 넘는 비상한 노력과 지략이 일군 인간 승리의 기록이다. 그런데 마지막, 그러니까 네 번째 도전 때도 당시 집권당 후보 캠프는 선거 하루 전 "우리는 서울 하늘에 붉은 정권이 서는 것을 용납할 수 없다"는 성명을 발표, 유권자들을 경악시켰다. 그래서 사람들은 그의 마지막 대통령 선거의 승리를 '역사의 섭리'라고까지 평한다.

후광은 자유주의자이다. 물론 민주주의 신봉자이기도 하다. 누구보다도 자유를 사랑하고 자유가 보장되는 민주주의를 사랑한다. 그렇기 때문에 누구나 자유롭게 사고하며 자유롭게 행동할 수 있는 민주주의를 위해 평생 동안 투사의 길을 일관되게 걸어올 수 있었던 것이다.

어쩌면 바로 이 점 때문에 쉽게 사상논쟁에 휘말리게 된 것인지도 모르겠다. 그 자신이 실천가로서 자유분방한 사고를 하며, 마찬가지로 다른 사람들의 자유로운 사고를 존중하기 때문에 말이다.

민주주의의 자유로움을 향유하고 있는 우리들은 자주 그 소중함을 잊기도 한다. 어디로든 갈 수 있는 정신적·육체적 자유가 우리에겐 늘 있다. 그 때문에 어디로 가야할지 때로는 막막해지기도 한다. 그때 누군가가 자신있게 나서는 사람이 있다면, 아무 생각 없이 자신의 자유로운 사고와 선택을 포기하고 무턱대고 따라가는 경우가 많이 있다. 후광은 그런 사람을 몹시 경계한다. 에리히 프롬이 그의 저서 〈자유로부터의 도피〉에서 지적하는 현대인의 불안정성을 보기 때문이다.

프롬은 이러한 현대인의 불안함을 지적하며 권위주의

와 자동인형의 두 가지 경우에 대해 설명한다.

그에 따르면 권위주의는 사디즘과 마조히즘의 두 가지 면을 동시에 가지고 있다고 한다. 사디즘은 자기보다 열등한 위치에 있는 자는 무조건 짓밟으며, 마조히즘은 반대로 자기보다 우위에 있는 자에게 철저하게 아부하고 복종하는 것이다. 이 현상은 나치스 치하에서 가장 두드러졌는데 히틀러조차도 예외가 아니었다고 한다. 히틀러에게는 짓밟을 대상만 있고 그 자신이 복종할 구체적인 대상이 없었다. 그래서 그는 '게르만 민족의 얼'이라는 환상을 만들어서 거기에 맹목적으로 복종하고 봉헌하는 우상숭배에 열중했다는 것이다.

자동인형은 카멜레온처럼 외부지향적이다. 늘 외부의 색상에 자기의 몸색깔을 맞추어 동조시키려 한다. 자기 자신의 주체성이나 주관적 판단, 인격의 독립성 등을 모두 포기하는 것이다. 세상의 모든 소식은 신문이나 기타 언론매체가 제공하고 평가한 그대로 받아들이고, 유행에 뒤질세라 남이 하는 대로 얼른 따라하며, 결코 혼자 고립되려 하지 않는다. 이렇게 군중 속에 끼어서 다른 사람들과 똑같이 행동해야만 안심이 되고, 그렇지 않고서 혼자 있게 되면 심한 불안감에 휩싸이게 된다는 것이다.

이런 지적은 사르트르도 그의 실존철학에서 명확히 하고 있다. 현대인의 '타인 지향성'을 언제나 '타인의 눈'을 의식하며 살고 있는 '자기상실'의 모습으로 묘사하고 있다.

프롬은 현대인의 대다수가 바로 이 자동인형의 모습을 하고 있다고 말한다. 모두가 자기를 상실하고 있다는 말이다. 우려할 것은 이들 자동인형은 기회가 오면 마치 히틀러 치하의 독일 국민같이 쉽게 권위주의적으로 바뀐다는 것이다. 무서운 일이 아닐 수 없다.

실제로 이러한 현대인의 두 가지 특성이 표리가 되어, 나치즘이나 공산주의 같은, 인간을 노예화하는 제도를 가능하게 하는 근본 원인이 되었다. 억압되어 있던 과거로부터 힘들게 자유를 얻은 인간이 마침내 자유를 구가하게 된 현대에 와서는 스스로 그 자유로부터 도피하려는 성향을 보이고 있는 것이다.

우리 한 사람 한 사람의 인격은 누구에게도 양도할 수 없다는 근원적인 성찰만이 우리가 이 시대를 주인으로 살아가게 할 수 있을 것이다. 특히 아직까지 공산국가와의 대결 속에 있는 우리는 다시 한 번 자유의 소중함을 되새기면서 어떠한 경우에도 자유를 굳건히 지키겠다는 의지를 다져야 하리라 믿는다.

관용과 이해의 정치

후광은 평소 관용과 이해의 정치를 피력해 왔다. 그가 대통령이 된 이후에도 그 소신을 지키고 실제로 실천해 오고 있는지에 대해서는 머지않아 정당한 평가가 내려지 겠지만, 어쨌거나 그는 정치란 그래야 한다고 늘 강조해 왔다.

앞서 둘째아들의 결혼에서 볼 수 있었던 것처럼 비록 정적이라 하더라도 관용을 보여 주면 후광은 그 고마움에 잊지 않고 감사한다. 어쩌면 늘 당하고만 살아온 약자의 입장이었기 때문에 그런 미덕을 더 추구할 수 있었는지도 모르겠다.

무려 세 번씩이나 죽음의 문턱에서 가까스로 살아올 때 마다, 그리고 사형을 선고받은 후 매일 밤 교수대에 서는 자신의 모습을 끌어안고서 잠들어야 하는 숱한 나날 동안

후광은 누구보다 더 강하게 그런 신념을 다지게 되었을
것이다. 관용과 대화, 이해와 공존의 정치, 후광이 대통
령 임기를 마치고 물러났을 때에 만인의 입에서 그가 그
런 정치를 위해 노력했다는 평가가 내려지기를 바라마지
않는다.

관용의 정치를 이야기할 때, 후광은 토인비의 에세이
〈역사는 인간의 편인가〉를 예로 들곤 한다.
영국은 17세기 중엽에 청교도 혁명이라는 대란을 치렀
으며, 그 끝에 청교도를 중심으로 하는 의회파는 국왕인
찰스 1세를 처형했다. 그런데 이러한 정적에 대한 극한적
인 처벌은 더 큰 후유증을 가져왔다. 즉 영국은 극도의
분열상을 보이다가 오히려 이전보다 더욱 독재적인 크롬
웰 정권이 등장했던 것이다.
영국 국민은 이러한 쓰라린 체험을 통해 반성을 했다.
그 반성은 그 후 명예혁명 때 실천으로 옮겨진다. 당시
찰스 1세의 왕권지상주의 노선을 답습한 그의 둘째아들
인 제임스 2세를 국왕의 자리에서 축출했는데, 이번에는
죽이지 않고 변장을 하게 해서 프랑스로 도망갈 수 있도
록 은근히 도와 주었던 것이다. 속을 모르는 어떤 어부가
도망가는 제임스 2세를 발견하고는 관헌에 신고했다가
야단맞은 일까지 있었다. 이렇게 해서 프랑스로 건너간
제임스 2세는 프랑스에다 망명정부를 세우고는 그 아들

에 손자까지 무려 3세대에 걸쳐 길고 긴 왕권수복 투쟁을 전개하며 영국 정부를 몹시 괴롭혔던 것이다.

물론 영국 정부가 이를 예상하지 못한 것은 아니었다. 하지만 이러한 고통은 정치적 복수에서 오는 사회적 후유증과 형벌에 비하면 훨씬 가벼운 것이라는 역사의 교훈을 익히 체험한 터여서 그런 관용의 결단을 내렸던 것이다.

이렇게 역사를 통해 얻어진 영국 국민의 교훈은 그 후로도 오랫동안 계속되었다. 그것은 자제, 즉 구체적으로는 대결을 극단으로 밀고 나가지 않는다는 것이다. 관용, 대화, 이해, 공존 등 영국 민주주의가 창조한 미덕은 바로 이런 수많은 시행착오를 거치면서 이루어진 것이다.

영국의 노동자들이 19세기 중엽 차티스트 운동을 일으켜 궐기했을 때 영국의 부르주아 정부는 일단 이를 탄압, 좌절시켰었다. 그러나 그로부터 불과 30년이 채 못 되어, 그것도 보수당의 당수 디즈레일리가 주동이 되어 노동자에게 선거권을 주었다. 그러한 집권자의 자세와 관용이 페비안 협회 중심의 온건한 영국 사회주의를 탄생시킨 큰 원인이 되었다. 뿐만 아니라 제1차 세계대전 이후에는 노동자들의 정당에 의한 정권 장악을 허용해 오고 있으며, 이 모든 것이 평화스럽게 이루어졌다.

이러한 극단을 피하려는 관용과 이해에 의한 영국의 정치는 오늘날까지 봉건유제(封建遺制)인 영국 왕실을 반석 위에 서 있게 했다. 또한 귀족제도가 그대로 이어지고,

심지어 노동당 지도자까지도 정계에서 은퇴할 때는 기꺼이 귀족의 작위를 받아들이는 풍토를 조성하는 데 성공한 것이다.

이와 대조되는 나라가 이웃한 프랑스이다. 프랑스의 왕과 귀족들은 혁명 전에도 그랬고, 혁명 후 잠깐 동안 왕정 복고가 이루어졌을 때에도 결코 시민 계급과 타협하려 하지 않았다. 증오와 보복만 일관되게 일삼았던 것이다. 그러니 그렇게 당한 부르주아 역시 왕족과 귀족들로부터 정권을 빼앗은 뒤에 관용을 보일 리가 없었다. 왕을 비롯한 수많은 귀족을 처형했을 뿐만 아니라 마침내 혁명 세력 상호간의 피의 숙청이라는 아수라장까지 만들어 내고야 말았던 것이다. 그 후로는 부르주아와 노동자 계급의 투쟁(파리 코뮌 등)을 비롯해 여기에 왕당파, 부르주아, 노동계급의 3자간의 타협 없는 투쟁이 겹쳐서 150년 동안이나 이어져야 했다.

이건 비단 남의 나라 이야기만이 아니다. 우리나라 조선조 5백 년의 당쟁의 참극과 그 정신적 폐해가 아직도 우리 사회에 배회하고 있다는 사실을 우리는 너무나 잘 알고 있다.

영국인이 배운 또 다른 역사적 교훈이 있다면 미국의 독립전쟁을 꼽을 수 있다. 당시 영국연방 본국이 조금만 아량 있는 대응을 했던들 전쟁에까지 이르는 불행한 사태는 막을 수 있었다는 것이다. 사실 미국 2대 대통령 존 애덤스가 기록해 놓은 것을 보면 독립선언 당시 미국인의 3분의 1만이 이에 찬성 가담했고, 3분의 1은 국왕을 지지했으며, 나머지 3분의 1은 중립이었다고 한다. 또 다른 역사의 기록을 보면 독립선언조차도 영국 국왕이 선처만 하면 타협할 태도를 표시했다는 것이다. 그러나 당시 영국 국왕과 의회는 옹졸하게 대응했으며, 마침내 전쟁이라는 엄청난 비극을 초래했고, 결국 미국 식민지는 독립을 쟁취하고 말았다.

당시 세계 최강국이던 영국으로서는 전례 없는 큰 타격을 입었다. 하지만 영국은 이 사건의 교훈을 놓치지 않았다. 자립할 준비와 결의가 되어 있는 식민지는 결코 억압만으로 누를 수 없다는 사실을 배웠던 것이다. 그래서 1849년에 캐나다에 자치를 허용하고, 이어서 오스트레일리아, 뉴질랜드에도 이를 허용했다.

제2차 세계대전 후에 프랑스가 인도차이나에서, 그리고 네덜란드가 인도네시아에서 식민지 독립을 요구하는 현지민들과 무력대응을 벌이고 있을 때, 영국은 인도를 위시하여 파키스탄, 스리랑카 등 아시아에 있는 식민지, 그리고 아프리카와 남아메리카의 거의 모든 식민지를 평화리에 독립시켰다. 그 결과 이들 식민지는 독립 후에도 기꺼이 영국연방의 일원으로 대부분의 나라가 남아 있게 된 것이다.

제국주의 국가의 식민지에서의 죄악은 영원히 역사에 남겠지만, 다른 한편으로 영국의 통찰력과 미덕에 넘친 이러한 조치도 역사에 기록될 것이다.

영국은 지금 강국이 아닌 2류 국가로 전락해 있다. 경제 상태도 썩 좋지는 않다. 그러나 영국 국민의 생활은 과거 어느 때보다 고르게 향상되어 있으며, 사상적으로도 안정과 활기를 유지하고 있다. 그것은 분명 오랜 고통과 혼돈을 겪은 후에야 누릴 수 있는 축복을 받고 있는 모습일 것이다.

동양의 민본사상

서구 사람들의 시각에서 보면 동양에서 과연 민주주의가 성공할 수 있을까 의심스러워할 수도 있다. 지금까지도 아시아의 여러 나라가 정치적으로 불안한 모습을 보이고 있는 것이 사실이고, 무엇보다 유교적 전통의 뿌리가 깊다는 것을 큰 원인으로 꼽고 있기 때문이다. 그리스 시대 이래로 오랜 전통과 수많은 시행착오를 겪은 서구 사회와는 분명 다르다는 것이다.

후광도 이런 질문을 많이 받아왔다. 그들 입장에서 보면 자기네들이 만든 민주주의를 먼 극동 지방의 조그만 나라에서 실현하겠다며 평생을 싸우다가 여러 차례 외국으로 쫓겨 나오는 후광이 못내 안쓰럽게도 보였을 것이다. 승산 없는 무의미한 싸움으로 비쳐지기도 했을 것이다.

이러한 의구심을 대할 때마다 후광이 들고 나오는 책이 〈맹자〉다. 지금으로부터 무려 2천3백 년 전에 맹자는 이미 서구 민주주의가 말하고 있는 사회계약설을 주장했던 것이다.

현대 서구 민주주의의 이론적 지주들 중 하나가 17세기 말엽에 나온 존 로크의 사회계약론이다. 통치자는 주권자인 국민과의 계약에 의해서 정치의 실천을 조건으로 정권을 수임하며, 국민은 집권자가 바른 정치를 하면 계속 그 임무를 맡기고 그렇지 못하면 위임을 철회하고 집권자를 바꿀 권리가 있다는 것이다.

그런데 맹자는 이보다 2천 년이나 앞서서 이렇게 말했다.

"천자(天子)는 하늘의 아들이다. 하늘이 그 아들을 내려보내서 백성을 위한 선정을 베풀도록 위임했다. 그런데 만일 그 하늘의 아들이 선정을 하지 않고 나쁜 정치를 할 때는 백성은 일어서서 그를 쫓아낼 권리가 있다."

이것이 곧 방벌론(放伐論)인데, 하늘의 뜻에 따라 역성혁명(易性革命)을 백성이 대신한다는 것이다.

이처럼 맹자는 봉건사회에 태어나 살았으면서도 나라의 주인은 임금이 아니라 백성이라고 분명하게 강조하고 있으며, 여러 봉건 제후들의 스승으로서 이 가르침을 설파하고 다녔다.

"임금과 백성은 함께 즐겨야 한다."

"백성이 가장 귀하고, 사직이 그 다음이며, 임금은 가볍다."

"무왕이 한 사내 주(紂)를 죽였다는 말은 들었지만, 자기 임금 주왕을 죽였다는 말은 들어본 적이 없다."

지금의 시각에서 보아도 참으로 통쾌한 발언이 아닐 수 없다.

맹자는 이러한 민본사상을 바탕으로 한 왕도정치를 주장했다. 통치자가 백성을 힘으로 억누르고 이웃 나라를 힘으로 정복해서 그 나라의 왕 노릇을 할 게 아니라, 백성을 사랑하고 생활을 안정시켜 민심을 얻으면 온 천하가 저절로 덕을 지닌 왕에게 돌아온다는 것이 그의 정치 핵심이었다. 이러한 그의 사상은 오랫동안 이상적인 정치철학으로 받아들여졌으며, 민주주의가 보편적 가치로 추구되고 있는 오늘날에도 되새겨야 할 부분을 많이 내포하고 있다.

그러나 맹자 당시의 대부분의 왕들은 여전히 봉건적 사고에서 선뜻 헤어나지 못했다. 막상 정권을 손에 쥐게 되면 그 힘에 스스로 노예가 되어 맹자의 가르침에 제대로 따르지 않았다. 단지 당대의 큰 스승을 모시고 있다는 명예욕을 채우려고 맹자를 초대해서 자기 나라에 머무르게 한 왕도 있었고, 많은 재물로 그의 환심을 사려는 왕도 있었지만, 그의 가르침을 듣기만 했지 실천하는 왕은 드물었다.

하지만 맹자는 그들과 영합하지도 않고 현실에 좌절하지도 않았다. 다른 유서객처럼 먼저 왕을 찾아가는 일도 없었다. 왕이 예우를 갖추어 초대할 때에만 응해서 자기의 사상과 주장을 떳떳하게 가르치고 깨우치려 애쓸 뿐이었다. 그리고 끝내 어느 왕도 자신의 왕도정치를 따르려 하지 않자 말년에 이르러 제자인 만장, 공손추 등과 함께 〈맹자〉를 저술한 것이다.

맹자 외에도 후광은 동양 고전에서 민주주의와 상통하는 부분을 모두 찾아내어 일일이 예로 들면서 민주주의와 동양의 전통사상 사이에 관계가 깊음을 역설했다.

유교에서는 "민심이 곧 천심이다(民心卽天心)"라고 하면서 "하늘에 복종하는 자는 흥하고 거역한 자는 망한다(順天者興 逆天者亡)"고 했다. "백성이 곧 하늘인 것이다(以民爲天)." 불교에서 부처님은 태어나실 때 "이 세상에서 내가 제일 존귀하다(天上天下 唯我獨尊)"고 했다. 이는 모든 사람 각자가 절대적인 인권을 가지고 있음을 선언한 것이다. 얼마나 엄청난 주장인가. 그리고 "사람은 누구나 평등하다(一切衆生平等)"고 했으며 모든 만물에는 부처님(佛性)이 깃들여 있다고 하여 함부로 사물을 살생하지 못하도록 하였다.

동양에는 이러한 철학적·원리적 주장만이 아니라 민주주의의 실천적인 면과도 상통하는 많은 전통사상이 있다. 우리나라에서도 신라와 가야의 건국 설화를 보면 각 부락의 촌장들이 모여서 왕을 추대했다고 한다. 그리스의 직접민주제와 비할 수 있는 좋은 예이다. 가야에서는 왕자 중 두 사람은 왕비의 성을 갖게 함으로써 여권존중의 싹을 보여 주었다. 물론 이런 점들을 역사적 사실로 입증할 수는 없다. 하지만 우리 민족에게 바람직한 전통으로 면면히 기억되고 전해져 왔다는 사실만으로도 우리 민족의 정서에 민주적 싹이 움트고 있었다는 걸 알 수 있다.

조선시대에는 사간원과 사헌부를 두어 각기 임금과 고관들의 잘못을 비판하고 시정을 촉구하는 전담기구의 역할을 하게 했다. 이러한 집권자를 감시하는 대간(臺諫)의 임무를 맡은 사람들이 그 직분을 등한시했을 때는 일종의 직무유기에 해당되어 엄한 처벌을 받게 되어 있었다.

또 조광조와 이율곡은 무엇보다도 언론의 자유를 가장 소중하게 생각했는데, 특히 율곡은 말의 길이 열리고 닫힘에 따라서 나라의 흥망이 결정된다고까지 단언했다. 이러한 언론자유의 신념은 선비정신의 기본이었다. 비록 끊이지 않는 당쟁을 벌여 많은 비판을 받았지만, 자신의 신념을 굽히지 않고 주장할 수 있고 토론할 수 있는 장이 항상 마련되어 있었다는 사실 역시 놓치지 말아야 할 것이다.

이렇게 동양이나 특히 우리의 역사를 살펴볼 때 현재 우리가 민주주의를 지켜내려는 노력은 우리 본연의 보편

적인 사상을 되찾는 일과 다를 바 없다는 것을 알 수 있
다. 그저 이름만 민주주의라고 바뀌었을 뿐이지, 그것은
우리의 핏줄 속에 끝없이 이어지고 있는 뿌리 깊은 미풍
(美風)인 것이다.

우리 민족의 장단점

후광은 일기의 중요성에 대한 자주 강조하고 있다.

사실 일기의 소중함은 누구나 다 초등학교 시절부터 귀에 못이 박히도록 들어서 잘 알고 있다. 작게는 하루하루를 반성할 수 있는 시간이 될 수 있다는 것, 나아가서는 개인의 삶의 역사가 된다는 것쯤은 모두가 인식하고 있는 사실이다. 하지만 막상 일기장을 펼칠 만한 여유로움을 찾기가 늘 쉽지는 않다. 마음먹고 써보려다가도 곧 덮고 마는 것이 대다수 사람들의 일기장일 것이다. 혹여 서랍을 뒤지다가 지난날 몇 자 끼적여 놓은 일기장이라도 발견되면, 왜 그리 부끄럽고 민망스러운지…. 지나고 나면 별것도 아닌 일을 가지고서 마구 흥분한 날도 있고, 잘못 판단해서 엉뚱한 사람 욕을 써 놓았는가 하면, 엉엉 울면서 쓴 글귀도 보인다. 눈물 자국과 함께 말이다. 그리고는 이내 식구가 보기라도 할까봐 얼른 감춰버리게 된다.

그런데 후광은 바로 그 부끄러움을 즐기는 모양이다.
"기록이란 참 묘한 데가 있습니다. 그때 당시 겪을 때
에는 어디가 어딘지, 뭐가 뭔지 도통 흐름이 보이지 않고
그저 당황하고 분하고 슬프고 그랬는데, 한참 지나고 나
서 이렇게 한눈에 더듬어 보면 뒤늦게 어떤 방향이나 대
처할 길이 분명히 보이니까 말입니다."
일기란 지난날을 정리한다는 의미보다는 앞날의 보다
나은 선택을 위해서 필요하다는 것이다. 그래서 바쁘면
바쁜 대로 한 구절씩이라도 적어 놓으라고 후광은 권한
다. 훗날 가만히 일기를 들여다보노라면 그 당시의 자신
의 행동과 선택이 옳았던 것인지 그릇된 것이었는지 한눈
에 들어오기 마련이고, 이렇게 함으로써 자신을 좀더 분
명히 파악하게 되어 보다 좋은 앞날을 맞이할 수 있다는
것이다.

일기가 개인의 역사라면, 우리 민족의 역사는 국사이
다. 국사를 찬찬히 돌이켜보면 우리 민족이 어떤 장점과
어떤 단점을 지니고 있는지도 볼 수 있을 것이다. 후광은
역사를 살펴보면 우리 민족만의 돋보이는 장점과 아울러
고쳐야 할 점도 함께 볼 수 있다고 지적한다.
우리 민족의 장점 중 몇 가지를 꼽아 본다면 다음과 같

다. 첫째는 우리 민족이 신라가 통일을 이룬 이래 1910년 일제 침략시까지 무려 1천3백 년 동안 독립을 유지해 옴으로써 세계 그 어느 곳에서도 유례를 찾아볼 수 없는 위대한 능력을 보였다는 점이다.

세계의 어떤 강대국들도 이러한 능력은 가지지 못했다. 중국은 원·청을 비롯한 외세 지배를 수백 년 동안 받았다. 인도는 기원전 4세기 초 마우리아 왕조 때와 기원후 4세기 굽타 왕조 때 수백 년 동안만 자민족 통치를 했고, 나머지 전 역사는 이민족의 지배에 맡겨졌었다. 찬란한 문화를 가진 이집트 역시 기원전 4세기 말 알렉산더의 정복 이래 2천 년 이상 외세의 지배하에 놓여 있었다. 영국은 로마와 덴족과 노르만의 지배를 받았으며, 프랑스 역시 마찬가지 운명이었고, 독일이나 이탈리아도 19세기 중엽 통일이 되기까지 외세의 지배나 국가가 사분오열되는 고통을 오랫동안 겪었다.

대륙에 딸린 작은 반도국에 불과한 우리나라가 당나라의 야망, 거란의 침입, 몽고의 거칠 것 없는 정복을 이겨내고, 임진왜란과 병자호란의 시련을 겪으면서도 독립을 유지한 것은 세계 역사에 유례가 없는 기적 같은 성취라 하겠다. 더욱이 한때 중국 천하를 지배했던 몽고족이나 만주족이 그 후 중국화된 것을 생각해 보면 더더욱 우리 조상들의 위대한 저력을 느끼게 된다.

사대주의를 우리는 매우 부끄럽게 생각하지만, 우리 역

사를 객관적 시각으로 바라볼 수 있는 외국의 어떤 학자
는 한국의 사대주의를 대륙의 압력 아래서 자기의 생존을
유지하려는 슬기로운 지혜라고 평가하기도 한다.

둘째, 우리 민족은 비록 외형상으로는 사대를 한 것이
분명하지만, 내부적으로는 결코 아니었다. 특히 국민들은
자기의 주체성을 튼튼하게 유지했다. 월등한 중국문명의
영향 속에서도 문화 전반의 뚜렷한 자기 특색을 보존해
왔다. 의복, 음식, 언어, 주거 등등 생활 전체에서 분명한
우리 민족만의 특색을 간직해 왔다. 경제면에서 보더라도
세계 경제에 막강한 영향력을 발휘하고 있는 화교의 침투
를 완전히 봉쇄했다. 동남아시아의 경제권이 화교의 손에
좌지우지되고 있는 현실을 감안할 때 우리는 우리 조상에
게 감사하지 않을 수 없을 것이다.

셋째, 우리 조상들의 높은 교육열이야말로 천번 만번
감사해야 할 일이다. 우리나라는 중국문명권에 속해 있는
데, 그 교육 수준이나 문화 수준이 결코 중국에 뒤지지
않는다. 이러한 전통이 있기에 1970년대에 다른 중국문명
권 국가들인 홍콩·대만·싱가포르와 함께 중진국 대열
에 설 수 있었음을 누구도 부정하지 못할 것이다.

넷째, 우리 민족의 강한 동화력을 들 수 있다. 평안도
와 함경도의 상당부분은 세종대왕 시대에야 완전히 우리
나라에 편입되었다. 그 지역에는 여진족 등 이민족도 상
당히 포함되어 있었는데, 이를 흔적도 없이 동화시켜 버

렸다. 또 얼마 전까지만 해도 백정이니 무당이니 하는 천민계급이 별도로 구분되었고, 특히 소위 노비계급은 전인구의 20~30퍼센트에 이르렀는데, 지금 우리 사회에서는 이러한 계급 구분을 전혀 찾아볼 수가 없다. 당연히 그렇게 되어야 할 일이지만, 결코 쉬운 일은 아니다. 일본이 아직도 소위 부락민을 천민으로 차별하고, 또 임진왜란 때 필요해서 끌고 간 우리 민족의 후예를 받아들이지 못하고 있는 모습과 비교해 보면 자랑스러움을 느낄 수 있다.

다섯째, 우리 민족은 매우 지적이고 유능한 민족임이 틀림없다. 우리 역사 곳곳에서 그 증거를 찾을 수 있지만, 특히 중국에서 전래한 불교와 유교를 우리 입장에서 한층 승화 · 발전시킨 원효대사나 율곡 선생의 예에서 더욱 자명해진다. 또 세계적으로도 그 과학성이 입증된 한글의 창제, 인류의 역사발전에 빼놓을 수 없는 공헌을 한 인쇄술 발명, 도자기 기술의 발전 등에서도 얼마든지 볼 수 있다. 특히 최근에 우리 민족이 국제사회에서 드러내고 있는 우수한 기질은 비교민족학 입장에서도 증명할 수 있는 일이다.

반면에 이러한 크나큰 장점과 대조해서 우리 민족의 단점 또한 짚고 넘어가야 한다.

그 첫째는, 우리나라의 정치가 너무도 편협하고 관용을 베풀지 않았다는 사실이다. 특히 조선왕조의 유교정치가 그랬는데, 유교는 민족 전래의 종교인 불교를 유린하고,

구국의 신흥종교라 할 수 있는 동학을 짓밟았다. 또 우리의 근대화에 결정적 역할을 한 천주교도에 대한 모진 탄압이 1백 년에 걸쳐 1만 명에 달하는 교인을 학살하면서까지 강행되었다. 그뿐 아니라 같은 유교 안에서도 주자학 이외에는 사문난적(斯文亂賊)으로 억눌러 천시했고, 사소한 예송(禮宋) 문제 따위로 남인·북인·소론·노론의 소위 사색 당파로 갈려서 피로 피를 씻는 보복전을 나라가 망하는 그날까지 자행했다. 물론 이러한 당파적 편협성은 우리 민족 전체의 특성이라기보다는 지배계급인 양반들의 악습이었지만, 그러한 불행한 전통이 오늘날까지도 우리나라에 큰 해독을 끼쳐온 것은 다같이 지적하고 개탄하는 사실이다.

둘째, 우리 민족은 민족의 본질을 지키는 데에는 적극적인 모습을 보였지만 앞으로 나아가려는 진취성은 턱없이 부족했다. 이러한 예는 우리 역사 곳곳에서 찾을 수 있다.

고구려의 장수왕이 수도를 압록강 건너의 국내성에서 대륙 쪽으로 한 발짝 더 나가기는커녕 오히려 반도 안 평양으로 옮긴 것부터 아쉽기 그지없고, 신라가 통일 후에 대동강 이북의 만주땅 동반부를 포기하고 수도를 경주에서 한 발짝도 북진시키지 않은 것도 다 진취성이 부족해서이다. 이성계가 고려 말엽의 북진 정책을 몸소 겪고서도 오히려 수도를 개성 이남으로, 그것도 도참설의 미신에 현혹되어 끌고 내려온 것도 마찬가지로 우리 민족의 진취성 부족을 단적으로 증명하고 있다.

또한 국토의 삼면이 바다로 둘러싸였으면서도 큰 바다로 뻗어나가려는 적극적인 모습은 역사책 어디에서도 별로 찾을 수가 없다. 신라 말엽의 장보고만이 떠오를 뿐, 오히려 왜구에게 시달리는 모습만 줄줄이 기록되어 있다.

이러한 모습은 심지어 가장 선각적인 역할을 했던 실학자들, 즉 유형원·이익·홍대용·박제가·박지원·정약용 등이 남긴 많은 저서에서도 발견된다. 그들은 백성들의 삶을 향상시키기 위해 노력했지만, 정작 그들이 위하는 서민 대중이 쉽게 이해할 수 있는 국문으로 기록할 생각을 하지 않았다 .

그러나 이러한 단점은 오늘날 우리 국민들 사이에서 상당한 변화를 보이고 있다.

셋째는, 우리 민족의 지나친 형식주의이다. 우리는 그동안 명분만을 따져 실리를 등한시했고, 체면을 차리기 위해 허세를 부리고 낭비를 하는 일에 익숙해져 왔다. 이러한 형식주의는 결국 관료주의적 폐단을 발전시킬 뿐이고 창조성을 억압해 사물의 외형만을 중시하게 만든다.

넷째는, 심각성의 부족을 꼽을 수 있다. 우리 민족은 늘 명랑하고 낙천적인 성격을 자랑해 왔다. 〈위지 동이전〉에 보면 일하러 가고 올 때도 노래하는 소리가 끊이지 않았다고 묘사되어 있다. 하지만 이처럼 긍정적인 면이 있는 반면에 인생과 사물을 심각하게 생각하고 고민하는 경향이 매우 부족했다. 그래서 철학적 전통이 매우 약하고, 종교도 불교건 유교건 오로지 현세의 복락만을 바라며 따르는 모습을 띠었으며, 쉽게 샤머니즘과 결탁하게 되었다. 이러한 경향은 오늘날의 기독교 신앙에서도 자주 보여진다.

우리 민족은 이와 같이 장점이 많은 반면에 단점도 많이 가지고 있다. 세계 어느 민족에 비해서도 손색이 없는 기본적인 장점을 가지고 있으나, 단점을 하나하나 꼽다 보면 우리가 그렇게 뛰어난 민족도 아니라는 사실을 깨닫게 된다.

우리 민족의 전통이나 능력으로는 얼마든지 선진국의 대열에 참여하고 민족 최대의 염원인 통일도 이룰 수 있다. 지금은 무엇보다 관용과 이해를 통한 국민적 화해와 상호협력의 기풍을 마련하는 것이 중요하다. 그렇지 않고는 통일과 함께 이어질 세계로의 위대한 도약을 기약하기 어렵다.

21세기는 동아시아 시대

역사를 읽으면 현재를 알 수 있고, 또한 미래까지 볼 수 있다고 흔히들 말한다. 역사책을 좋아하는 후광 역시 미래에 대한 분명한 확신을 가지고 있다. 국가의 미래에 대한 확신, 민족에 대한 확신, 그리고 인류의 미래에 대한 확신까지.

미래라는 것은 불확실하다, 속성만으로도 늘 불안할 수밖에 없는 것이지만, 역사의 큰 흐름을 제대로 파악하고 있는 사람에게는 그리 두려운 것만은 아니다. 나아갈 분명한 길이 보이면 그 방향에 대비해 미리 준비를 할 수 있기 때문이다.

세계 유수의 많은 석학들이 21세기에 대한 나름의 전망들을 펴고 있다. 후광이 좋아하는 앨빈 토플러도 그렇고 피터 드러커도 그렇다. 후광은 그들의 책을 거의 모두 읽

는 편이다. 그렇게 함으로써 자신이 그려가고 있던 미래
의 그림을 다시 수정하기도 하고 보완하기도 한다. 그리
고 그 그림들을 보여 주면서 같이 토론하기를 즐기기도
한다.

후광이 바라보는 인류의 사회는 늘 밝다. 밝은 길로 국
가와 민족을 이끌겠다는 지도자적 의지 때문이라고도 볼
수 있지만, 그보다는 인류의 예지와 양심을 믿고 역사발
전을 통해 보여 온 진취적 기상을 믿으며 인간 본연의 선
한 기질을 믿기 때문이다.

물론 누구나 앞날을 예언한다는 것은 어려운 일이고,
원칙적으로는 불가능한 일이다. 그것은 기계적으로 반복
되는 자연세계와는 달리 인간사는 예측 불가능한 자유 의
지에 의해 움직이기 때문이다. 그러나 후광은 오래 전부
터 다음 정도는 어느 정도 확실성이 있다고 보며 충분히
내다볼 수 있는 사실이라고 말해 왔다.

후광은 우선 21세기는 단순히 20세기와 한 세기가 다르
다는 시간적 차이가 아니라 근본적인 변혁의 세기로 들어
가고 있다는 점에서 질적인 개념의 차이에 염두해 두어야
한다고 강조하고 있다. 일찍이 토플러가 〈제3의 물결〉에
서 지적한 바와도 같이 역사상 이와같이 큰 변혁이 일어
난 시기는 찾아볼 수가 없다.

20세기는 민족국가가 역사의 주 활동무대였다면 21세

기는 그야말로 전면적인 세계사 시대가 펼쳐질 것이다. 세계화의 추세는 물론 20세기에서 이미 시작되고 있었다. 그러나 21세기는 모든 분야에서 세계화가 이루어지고 보편화되는 시기가 될 것이다. 또 지금까지 크게는 국가 혹은 민족 그리고 기업체·학교 같은 집단이 중심이 되었다면, 앞으로는 개인을 중심으로 세계적 흐름이 변해 가고 있다. 그리고 국가의 힘이 군사력과 경제력으로 표출되던 어제와는 달리 이제는 경제력 그리고 문화적 역량으로 넘어가고 있다. 이제 군사력은 더 이상 국력의 중추가 아닌 것이다. 더 나아가서 인간의 관심과 활동의 중심도 경제에서 문화, 종교의 방향으로 넘어가고 있다고 보기까지 한다. 그러나 어느 누구든지 인류의 앞날에 대해서 대략적인 것만 추측할 뿐 자세한 것은 알 수 없다. 다만 분명한 것은 전통 농업사회가 산업사회로 넘어왔고 산업사회가 다시 오늘의 탈공업사회로 넘어왔듯이, 21세기는 정보사회가 될 것이라는 사실이다.

21세기의 특징을 각 분야별로 대강 살펴본다면 우선 정치적으로 전면적인 민주주의 시대가 열릴 것이다. 그것은 넓이와 깊이에 있어서도 완전히 전면적인 것이다. 아시아부터 시작해서 아프리카에 이르기까지 빠짐없이 민주제도가 실현될 것이다. 비단 정치적 민주주의뿐만 아니라 경제·사회·문화에 이르기까지 심도 있는 민주주의를 지향해 나갈 것이다. 그러면서 국가·기업·학교 등 대중

적 조직을 중심으로 한 민주주의로부터 각 개인의 인권과
복리가 중요시되는 인간 중심의 민주주의로 이행될 것이
다. 20세기의 민주주의가 대량생산체제의 산물이었다면
21세기의 민주주의는 다품종 소량생산을 반영한다고 볼
수 있다. 따라서 지금까지 국가나 사회, 민족의 이름 아
래 희생되어 오던 소외계층 사람들의 민주적 권리도 보장
되는 상황에서 민주주의는 질적으로 더욱 충실해질 가능
성이 짙은 것이다.

　그러나 문제점 또한 없지 않다. 이것은 21세기의 문제
점이라기보다 20세기에서 해결되지 않고 넘어가는 문제
이다. 첫째는 각 국가 내의 빈부격차 문제이다. 개발도상
국은 물론이고 중진국이나 선진국에서도 흔히 볼 수 있는
문제로 미국에서조차 집 없는 사람·실업자·걸인 등이
사회적 문제로 대두되고 있다. 프랑스와 영국의 실업률은
15퍼센트에 이르고 있다. 개발도상국은 그나마 제한된 부
가 소수 특권층에 집중되어 일반 서민들이 절대적·상대
적 빈곤에 허덕이고 있는 것은 말할 필요도 없다. 이런
근본적인 불평등을 그대로 두고서 시장경제와 민주주의
의 성공이 과연 어떤 의미가 있을 것인가.
　둘째는 남북 문제로 일컬어지는 국가간의 경제 불균형
이다. 지금 세계적 부의 대부분은 북쪽에 치우쳐 있다.
국제화시대 이후 경쟁이 더욱 치열해지고 있어서 국가

간·지역간 불평등이 더욱 심화되지 않을까 하는 우려마
저도 여기저기서 쏟아져 나오고 있다. 이것은 20세기의
시장경제가 거둔 많은 성취의 이면에 있는 가장 큰 모순
이자 한계라고 할 수 있다. 그리고 인류의 공존·공영을
위협하는 가장 큰 폭발적인 요소이기도 하다.

셋째는 환경파괴이다. 일찍이 인간이 지구에 출현한 이
래로 20세기처럼 고통을 당한 적이 없었다. 오늘날 과학
문명은 크게 발전되었지만 지구는 더욱더 빈사상태에 빠
져 버렸다. 자연을 정복의 대상으로 여겨 온 근대 과학과
산업사회의 가장 큰 단견이 여기에 이르게 한 것이다.

21세기 경제 분야의 가장 큰 특징으로는 우선 20세기와
달리 체제간의 경쟁이 없어진다는 점을 들 수 있다. 모든
국가나 기업이 자유시장 경제체제 속에서 국경을 초월해
전면적인 경쟁을 벌이게 된다. 또한 21세기 경제는 정보
지식산업이 중심이 되는데, 이 정보화시대에서는 컴퓨
터·신소재·반도체·비디오텍·케이블 TV 등이 주종을
이룬다. 거기에다 생명공학과 우주항공산업 같은 첨단 산
업이 큰 몫을 하게 될 것이다. 아울러 화이트칼라들의 집
단적인 사무실 근무는 더더욱 축소되고 재택근무가 주종
을 이루게 될 것이다. 공장에서는 전 공정의 자동화가 이
루어지고, 노동자의 수는 격감할 것으로 보인다. 모든 기
업의 경영과 생산 그리고 유통은 정보매체를 통해서 이루

어지고 있음은 이미 자명해지고 있다. 소비자의 다양한 기호에 맞추어 다품종 소량생산을 하게 됨으로써 제품의 수명은 매우 짧아지고 기업을 구성하는 단위는 수명 혹은 수십 명 정도가 보편화될 것이다.

무역과 투자 그리고 금융과 서비스는 벌써부터 세계적 규모 안에서 완전 개방체제로 접어들고 있다. 따라서 어쩌면 오로지 1등만이 살아남고 2등은 도태되는 시대가 올지도 모른다. 이제는 국산품을 보호할 길도 없고 수출을 지원해 줄 정책도 없다. 어느 나라든 국제화 시대에서 살아남으려면 최고의 제품과 최상의 서비스를 누가 많이 세계시장에 내다 팔고 그 이익으로 다른 나라의 일등품을 사서 쓰는 데 성공하느냐에 달린 것이다. 이러한 과정에서 남북문제, 약소국의 생존권 문제, 농업의 파탄 문제 등 허다한 문제가 제기될 것은 분명한 일이다.

21세기는 개인의 인권과 복리가 얼마나 존중되고 사회의 인간화가 어떻게 이루어질 것인가가 가장 큰 과제가 될 것이다. 또한 큰 사회적 변화로 탈농촌화와 정반대로 도시로부터 대량 탈출하는 탈도시화 현상이 심각해질 것이다. 모든 업무의 컴퓨터 처리가 가능한 시대에 직장인들은 더 이상 환경오염이나 교통난에 시달리면서까지 도시에 거주해야 할 이유를 찾지 못하는 것이다. 따라서 농촌에 전원도시를 만드는 경향이 크게 증가할 것으로 보인다. 이렇게 되면 도시의 아파트는 사람이 살지 않는 유령의 집이 되고 그 철거에 애를 먹게 될지도 모른다.

인간의 생산능력은 이제 기본 생활을 충족시킬 수 있는 단계에 이르렀으며, 21세기는 이를 실천할 수 있는 인류 사상 최초의 세기가 될 것이다. 다만 우리 인간이 그러한 의지와 도덕성을 가지고 모두가 더불어 잘사는 시대를 건설할 수 있을 것인가는 더 많은 검토가 필요하다.

또한 여성들이 모든 분야에서 남성과 대등한 활동을 하게 되고 동등한 지위와 권익을 확보하게 될 것이다. 이것은 오랫동안 계속되어 온 가족단위의 생활에 큰 영향을 미칠 것으로 전망된다. 결혼을 전제로 하지 않는 동거생활의 형태가 유행할 가능성이 있고, 무엇보다도 독신생활을 즐기려는 사람들이 크게 늘어날 것이다. 이러한 변화가 인간의 심리적 · 정서적 욕구 그리고 윤리 규범에 어떤 영향을 미칠지는 아직 미지수로 남아 있다. 아마도 윤리 자체를 새롭게 규정해야 될지도 모른다.

또한 문화는 20세기의 대중문화로부터 개성과 취향이 살아 있는 고급문화로 발전할 것으로 보인다. 20세기의 사회는 한마디로 대량생산 체제가 주도하는 사회였다. 여기에 맞추기 위해서는 노동자와 사무원 그리고 소비자의 대량생산이 필수적인 요구사항이었다. 초등학교에서 대학교에 이르기까지 모든 교육체제 역시 여기에 맞출 수밖에 없었다. 대중문화로 대표되는 문화가 20세기를 휩쓸었는데 여기서 필연적으로 저속하고 얄팍한 대중문화가 양

산되었다. 그러나 이제 대량생산 체제는 끝나고 개성 있고 다양화된 상품의 생산시대가 시작되고 있으며, 문화도 당연히 여기에 영향을 받을 수밖에 없다. 또한 저속한 대중예술은 점차 사라져 갈 것이며, 고급화된 대중예술만이 살아남을 것이다. 아울러 수준 높은 고급예술에 대한 수요가 크게 늘어날 것으로 보인다. 그러한 현상은 이미 시작되고 있다. 선진국에서는 미술·클래식·오페라·무용 등에 대한 수요가 꾸준히 늘고 있다. 우리나라에서도 고급문화를 지향하려는 경향이 각종 예술분야에서 일어나고 있다. 생산의 다양화와 더불어 문화도 지극히 다양화될 추세이다. 텔레비전의 경우를 보더라도 케이블 TV가 보편화되면서 분야별 전문채널 시대를 벌써 맞이하고 있다.

철학에도 큰 변화가 올 것으로 보인다. 헤겔에서 시작해 마르크스에서 절정을 이룬 합리주의적·경험주의적 사고의 경향은 크게 퇴조하고, 이제는 감성과 이미지가 지배하는 시대가 올 것으로 보인다. 요즘 유행하는 포스트 모더니즘이나 신세대 문화의 등장도 이런 맥락에서 파악될 수 있다.

21세기에는 종교의 영향력 또한 다시 커질 것으로 보인다. 물론 중세의 종교와는 다른 모습으로 다가올 것이다. 그 이유는 먼저, 인류가 오랫동안 신을 부정해 온 물질주의·경험주의·합리주의적 사고에 염증을 느끼고 있다는 점, 격변하는 과학기술과 시대적 변동에서 위기의식을 느끼는 사람들이 종교에서 마음의 안식처를 찾고 해답을 구하려는 경향이 늘고 있다는 점, 불행한 일이지만 많은 사람들이 사이비 종교단체의 단순하고도 반복적인 선탁(宣托)과 현세기복의 유혹에 말려들어가고 있는 점 등에서 찾을 수 있다.

교육은 이제까지의 대량생산과 획일화된 교육으로부터 벗어나 개성있고 전문적으로 지식을 탐구할 수 있는 교육으로 변모하고, 고학력 추세로 이어질 것으로 보인다. 무엇보다도 평생 교육이 보편화되어서 급변해 가는 사회와 생활환경에 보다 쉽게 사람들이 적응할 수 있을 것이다. 평생교육은 자기 계발을 가능하게 하여 개인적인 갈등을 창조적인 방향으로 이끌고 현실 적응 역시 가능하게 한다. 따라서 21세기의 교육은 국가와 사회의 입장뿐 아니라 개인적으로도 가장 중요한 문제가 될 것이다.

그렇다면 21세기에는 어느 나라가 패권을 쥐게 될까. 미국이 그대로 패자의 위치를 유지할 것인가, 아니면 미국을 대신할 새로운 국가가 나타날 것인가, 아니면 몇 개 세력이 병립할 것인가. 여기에 대한 예측은 전문가들 사이에서도 매우 분분하다. 21세기의 지배세력에 대한 전망은 대체적으로 3극화, 또는 3자 중에 하나 아니면 둘, 이렇게 견해가 엇갈려 있다.

예일 대학의 폴 케네디는 〈강대국의 흥망〉에서 21세기에 진입할 준비가 된 국가는 한국과 일본을 비롯한 동아시아의 무역 국가들과 독일·스위스·EC·스칸디나비아 제국이라고 지적하고 있다. 일본 미쓰비시 연구소의 마키노는 아메리카에서 아시아(혹은 일본)로 경제적 비중이 이동하고 있다고 말한다. CIA 국가정보협의회 의장을 지낸 하버드 대학의 조셉 나이 교수는 〈21세기의 미국 파워〉에서 미국이 여전히 미래를 주도할 것으로 보고 있다. 앨빈 토플러도 〈권력의 이동〉에서 미국의 강세를 점쳤다. MIT 대학의 레스터 더로우는 〈세계 경제전쟁〉에서 미국·일본·EC 중 현재는 일본이 가장 앞서지만, 21세기는 유럽연합의 세기가 될 것으로 전망했다. 유럽 부흥은행의 총재였던 아탈리도 〈21세기의 승자〉에서 일본 중심의 태평양권과 유럽권이 미국을 밀어내고 그 자리를 차지할 것으로 내다보고 있다.

이렇게 의견들은 다양하지만, 그 가운데 공통점은 국력의 척도로서 군사력이 아닌 경제력과 지식 정보를 들고 있다는 점이다. 그리고 미국·일본·유럽의 3개 세력이 21세기 주역을 다툴 것이라는 점도 일치한다. 그러나 상당수 사람들은 이 3개 세력 중 하나나 둘이 패권을 차지한다기보다는 3극체제를 형성할 것이라고 예측하고 있다. 다니엘 벨의 〈2000년대의 세계질서〉는 유럽·북미 대륙 경제권·일본 중심의 태평양권이 거대한 영토와 인구를 가진 경제적·정치적 단위가 될 것이라고 내다보고 있다.

물론 전혀 다른 의견도 있다. 세계은행이 내놓은 전망을 보면 21세기는 중국의 무대이다. 중국의 GDP(국내 총생산액)는 2002년에 9조 8천억 달러로 뛰어오른다. 그러나 미국은 그때 9조 7천억 달러에 그쳐서 중국에게 역전을 당하는데, 이후 그 격차는 더욱 크게 벌어진다는 것이다.

또 이러한 국가 경제력을 바탕으로 한 일반적인 전망과 달리 앨빈 토플러는 "종교집단·마약 카르텔·무국적 기업 등이 국민국가의 권력에 도전하고 있다. 우리는 지금 개별적 국민국가 또는 국민국가 집단으로부터 이들 지구촌의 검투사들에게 권력이 이행해 가는 것을 목격하고 있다."고 말하고 있다.

그런데 이러한 견해는 대부분 서구인이 서구인 시각에서 조망한 것들이다. 지난 2, 3백 년과 같이 21세기를 여전히 서구 중심의 잣대로 잴 수 있을까? 후광은 여기에 분명한 반기를 들고 있다.

후광은 21세기 초에는 EC·북아메리카 경제권·아시아—태평양 경제권의 3극체제 현상을 보이다가 머지않아서 아시아—태평양의 단독 시대가 올 것으로 예견하고 있다. 그 이유는 이렇다.

먼저, 문명사적으로 보아 그렇다. 인류 역사는 지금부터 5, 6천 년 전부터 시작된 하천문명의 시대를 거쳐 연안 내해의 문명시대를 거쳤고, 지난 3, 4백 년 동안은 대서양 문명시대를 경험했다. 그러나 이제 서구·사회는 그 활력을 잃어가고 있다. 이런 징후로 보아서 아시아 – 태평양 시대가 곧 열릴 것이다.

둘째, 아시아 – 태평양 중에서도 특히 동아시아가 주축이 된다. 이 지역에는 세계 인구의 30퍼센트가 몰려 있다. EC나 NAFTA의 인구는 각기 6, 7퍼센트에 그치고 있다는 점에 비한다면 놀라운 잠재력을 보유한 지역인 것이다. 뿐만 아니라 동아시아 지역의 사람들은 노동력으로서도 그 질이 대단히 높다. 근면하며 교육수준이 높고, 성취욕도 강하다. 지식정보 시대에는 이런 고급 노동력이야말로 가장 큰 재산인 것이다.

셋째, 앞으로는 창의성을 발휘하는 노동력이 절대적으로 필요하다. 한자(漢字)야말로 바로 그런 문자인 것이다. 따라서 앞으로의 지식정보 산업과 첨단산업 시대에 있어서는 한자를 사용하는 유교문화권이 절대적으로 유리한 위치를 차지할 수 있다. 지금 동아시아 지역의 경제를 주도하고 있는 것은 바로 일본·한국·중국·대만·홍콩·싱가포르 등 한자 사용 문화권의 나라와 화교들이라는 점에 주목할 필요가 있다.

21세기를 아시아 – 태평양권이 지배할 조짐은 이미 조금씩 현실화되고 있다. 지금 아시아 – 태평양 지역은 전 세계 GDP의 50퍼센트를 점유하고 있으며, 교역량은 40퍼센트에 이른다. 그리고 이런 비중은 날로 더욱 확대되어 가고 있는 추세이다.

평생을 우리의 역사, 동양의 역사, 세계의 역사를 읽던 후광이 얘기하는 확신에 찬 목소리를 들으면, 우리는 미래에 대해 자못 희망적인 꿈을 가질 수밖에 없다.

제4장

DJ의 독후감

김대중 대통령은 많은 책을 읽었을 뿐만 아니라 많은 글을 썼다. 역대 대통령 중에서 가장 많은 책을 펴낸 대통령이며, 세계적으로도 드문 경우이다. 그의 글은 학문적 깊이가 있는 경제학 논문부터 시작해서 일반인을 대상으로 쓴 수필집까지 매우 다양하다.

여기에 수록한 독후감들은 후광이 펴낸 책들 중에서 독서와 관련이 있는 것들을 다시 간추린 것이다. 김대통령은 많은 글 속에서 책을 읽고 느낀 감상을 적고 있다. 그가 책을 읽고서 어떤 사색을 하는지 엿보기 위해 몇 편만을 간략히 모아 보았다.

〈소유냐 존재냐〉 - 에리히 프롬

에리히 프롬의 〈소유냐 존재냐〉를 읽는 가운데, 주는 사랑과 받는 사랑에 대한 깨달음이 커서 독서의 중요성을 새삼 절감했다.

젊은 남녀가 서로 사랑할 때는 그토록 아름답고 훌륭해 보이던 것이, 결혼하면 왜 환멸을 느끼고 심하면 이혼까지 하게 되는가. 부모 자식간도 자식이 어렸을 때는 그토록 사랑 속에 일체화되었는데, 자식이 커 갈수록 왜 소원해지고 서로 불만과 비난을 토로하기에 이르는가. 학교 때 다정했던 벗이 사회에 나오면 거의 남이 되고 우정은 식어 버린다. 왜 그럴까.

우리는 이것을 불가피하고 어쩌면 당연한 일로도 생각한다. 그러나 이것은 결코 불가피하고 당연한 일이 아니다. 우리의 사랑 자세의 잘못된 변화에서 연유한 것이라고 생각된다.

결혼 전의 교제 때는 우리는 오직 자기의 애인을 위하는 데만 마음을 쓴다. 즉 주는 사랑에 시종하며, 또 그로써 만족을 한다. 거기에는 사심도 욕심도 없다. 그러니 그러한 이기심 없는 거룩한 사랑의 상대가 아름답고 훌륭해 보이는 것은 당연하며, 실제로 사람은 사랑을 주면서 살 때는 그 용모까지 아름다워진다고 한다.

그러나 일단 결혼을 하고 나면 남편은 아내에게 아내로서의 봉사와 의무를 다하도록 요구하는 자세로 돌변한다. 받는 사랑인 것이다. 아내도 남편에게 남편으로서의 책임과 구실을 다하도록 요구하는 자세가 된다. 남자보다는 덜하겠지만 역시 받는 사랑인 것이다. 그러니 부부가 다 같이 결혼 전의 '그', '그녀'와는 다르다는 환멸이나 불만을 갖게 되고, 둘 사이는 냉각되어 갈 것이다.

부모 자식도 자식이 어렸을 때는 부모도 주는 사랑뿐이고, 자식도 세상에 자기 부모밖에 없는 것같이 따르고 사랑하지만, 일단 자식이 크기 시작하면 부모는 자식이 부모의 명예와 기대를 위해서 잘 해주기를 바라며 부모에게 효도를 해주도록 요구하게 된다. 자식도 부모를 비판적으로 보고 다른 부모와 비교해서 불만을 갖게 된다. 양쪽 다 받는 사랑이 주가 되며, 그러한 가운데 관계는 소원해지고 악화되는 것이다. 친구 관계도 마찬가지라 할 것이다.

그러므로 우리가 좋은 관계를 유지하려면 이전의 주는
사랑으로 되돌아가야 할 것이다. 행복한 부부생활을 이룩
하려면 결혼 전과 같이 주는 사랑을 유지해야 한다. 서로
사랑하고 아끼는 부모 자식간의 관계를 유지하려면, 또
평생의 벗으로서의 친구 관계를 이어가려면, 당초의 주는
사랑을 계속 지켜나가야 할 것이다. 부부, 부모 자식, 교
우간의 관계에서 성공한 사람들은 이러한 주는 사랑의 실
천자들이라 할 수 있다.

이문열의 〈선택〉을 읽고

작가 이문열의 소설 〈선택〉에 관한 논란이 사회적으로 큰 파장을 일으킨 적이 있었다. 주로 여성 독자들이 많은데, 소설이 나온 초반부터 여성들의 공격이 심하더니 베스트셀러가 된 이후에는 논쟁이 계속되다 못해 인신공격까지 일어나는 추세이다. 책을 구해서 읽기 시작했다.

소설은 한 여인의 위대한 삶을 그리고 있다. 조선 선조와 숙종 시대를 살았던 정부인 장씨는 작가의 말대로 퇴계학의 한 종사이고 숙종조 영남 남인의 영수였던 갈암 이현일의 어머니이다. 남편과 아들, 그리고 손자 3대에서 칠산림을 배출한 현모양처로서 영남 지방에서는 신사임당과 나란히 추앙받는 실존 인물인데, 소설의 기본 줄거리는 그렇게 복잡하거나 길지 않다.

양반 사대부 집안의 외동딸로 태어난 장씨가 어릴 적부

터 뛰어난 집중력과 총명함으로 주위 사람들을 놀라게 하더니 〈명심보감〉, 〈소학〉 등을 깨치고, 16세 때 이미 한시를 읊조리는가 하면 서화에도 빼어난 재능을 보인다. 이렇듯 출중한 기예와 학문적인 성취를 보이던 장씨는 어머니가 장티푸스를 앓게 되면서 여자의 삶에 눈을 뜨게 된다.

어머니 대신 집안일을 도맡으면서 결혼, 임신, 출산, 자녀 양육, 봉제사, 접빈객 등 당시 여성의 길을 되돌아보던 장씨는 '아내로서 이 세상을 유지하고 어머니로서 다음 세상을 준비하는' 새로운 '선택'을 감행한다. 즉 19세에 이르러 학문의 길을 버리고 아내와 어머니의 길을 선택한 장씨는 7형제를 훌륭하게 키우며 또 다른 성취의 기쁨을 맛보게 된다.

여기까지가 줄거리인데, 정부인 장씨가 살다 간 삶을 두고 작가는 '위대한 선택'이라고 말하고 있다. 하지만 나는 그것을 선택이라고 말하고 싶지가 않다. 선택이란 개념은 선택을 하는 사람에게 자유 의지가 있거나 혹은 자유 의지가 최대한 보장되는 경우에 성립하고, 또 다른 여러 가지 선택할 것이 있을 때라야 한다. 그런 점에서 작중 인물이 살았던 삶의 경우 선택이라고 보기에는 어렵다는 생각이 든다.

여성의 권리나 사회적 혹은 학문적 활동이 거의 막혀 있던 당시의 역사적인 상황을 생각해 본다면 정부인 장씨

는 주어진 운명을 비관하지 않고 긍정적으로 받아들여
'최대한 훌륭하게 살아내는 자세'를 '선택'했다고 하는
쪽이 더 정확한 말일 것이다.

아무튼 소설 속의 주인공은 큰 여성으로서 훌륭한 삶을
살았다. 이 자체로서는 큰 논란의 여지가 없다. 그런데
문제는 소설의 각 장 서문에 속하는 부분 때문에 발생하
고 있었다.

각 장마다 붙어 있는 서문에는 작중 인물인 장씨가 다
시 살아나 현대 여성들에게 교훈을 이야기해 주는 형식으
로 되어 있다. 따라서 작가의 생각이 많이 들어갈 수밖에
없는데, 바로 이것이 문제였다.

정부인 장씨가 했던 말 중에 이런 것이 있다.

앞서 말했듯이 너희 논객들은 입을 모아 말한다. 자기
의 일을 가져라, 자아를 되찾아라, 남편과 아이로부터 벗
어나라, 가정에서 해방되라. 그런데 내게는 그런 권유들
이 마치 자기 성취를 원하는 여성에게 가정은 감옥이고
남편은 폭군이며 아이들은 족쇄라고 외치는 것처럼 들린
다. 현모양처란 무능과 불행의 다른 이름이고 내조와 양
육은 허송세월의 동의어인 듯하다.

작가는 이 소설의 집필 이유를 "우리 삶에 한 본보기가
될 만한 인물을 역사 속에서 발굴해 내는 데 있었다"고

한다. 그런데 나로서는 솔직히 한 여성의 위대한 삶을 소개하는 자리에 왜 이런 극단적인 표현이 나와야 했는지 모를 일이다.

그리하여 그들이 이런저런 단체가 좌판처럼 펼쳐 놓은 싸구려 문화강좌나 벌써 오래 전부터 정원미달인 하류 대학의 대학원에서 혼자 황홀한 몽상에 젖어 있는 사이에, 또는 연고 판매에 의지할 수밖에 없는 조악한 상품의 외판원이 되어 친지들을 괴롭히고 다니거나 나이든 비숙련공으로 헐값에 노동력을 팔고 있는 사이에 가정은 뿌리째 흔들린다. 점심을 라면으로 때운 아이들은 갑작스레 늘어난 자유시간 동안 만화가게나 비디오방에서 폭력과 음란부터 익힐 것이고, 남편은 썰렁하고 성의 없는 저녁 밥상머리에서 역시 아무 이룬 바 없이 늙어가는 자신을 새삼 우울하게 돌아보게 될 것이다.

여성들의 사회활동이 평등하게 보장되지 않는 작금의 현실에서는 인용된 것처럼 비극적인 현상도 나타나는 것이 사실이다. 정부인 장씨는 수많은 여성들로 하여금 자신의 현실을 망각하고 무분별하게 사회 활동에 참여하라고 종용하는 값싼 자본주의의 어떤 무리들을 향해 준엄하게 경고하는 듯하다.

이렇게 물러서지 않을 듯한 강한 주장이 소설의 본 줄

거리 앞뒤에 실려 있다. 그러니까 이 소설 〈선택〉이 문제시된 것은 본 줄거리보다는 이러한 격한 주장들 때문으로 보여진다.

논쟁은 신문이나 잡지 등의 지면을 통해 끊임없이 이어지더니 급기야 서로간의 인신공격까지 불사하는 '전투적' 인 양상으로 발전되었다.

문학에 있어서 전문가적 식견이 없는 까닭에 내 생각이 이 논쟁에 낄 만한 것은 아니지만, 이 차에 평소 내가 가지고 있던 소신을 정리하고자 한다.

먼저 나는 이 소설을 둘러싼 논쟁이 페미니스트와 반페미니스트 간의 주장 대립으로 머물지 않기를 바란다. 격하게 치밀어오르는 분노로 인해 문제의 핵심을 간과하게 될지도 모른다는 우려 때문이다.

'저속하게 이해되고 천박하게 추구되는 페미니즘' 을 비판했을 뿐이라는 작가의 말이 있기는 했지만, 그 전제조건이 눈에 보이지 않을 만큼 여권 운동가들의 분노가 컸으리라는 짐작이 간다. 한편으로는 여성의 권리에 대한 관심과 또 여권운동의 힘이 그만큼 양적으로나 질적으로 크게 변화되었다는 사실을 반증하기도 한다.

앞서 나는 정부인 장씨가 자기 운명을 선택했다고 보기보다는 주어진 운명에 최선을 다하는 삶의 자세를 선택한 것으로 본다고 말했다. 나의 관심은 바로 그 정부인 장씨에게 가 있다. 그분이 실제로 살아서 지금의 현실을 본다면 과연 어떤 말씀을 하셨을까. 과연 책에서처럼 말씀하셨을까.

내 판단으로는 그분이 살았던 당대의 현실과는 현격하게 달라진 지금의 현실을 보시면 적어도 책에서처럼 말씀하시지는 않으실 것으로 보여진다. 어쩌면 오히려 여성 인권운동을 위해 노력하고 있는 후손들에게 보다 진취적인 사회 참여를 주장하지 않으실까, 하는 생각이 든다. 왜냐하면 정부인 장씨는 현모양처가 지상 최대의 덕목이기 때문에 선택한 것이 아니라 자신의 현실에서 가장 훌륭하게 사는 길이기 때문에 선택한 것일 테니까 말이다.

그때의 상황과 지금의 상황은 많이 다르다. 정부인 장씨의 시대가 선택의 폭이 너무 좁고, 또 기회가 막혀 있었던 때라면, 지금은 선택을 위한 자유 의지가 얼마든지 가능하다. 지금의 상황에서도 정부인 장씨가 같은 길을 선택할지도 모르는 일이긴 하지만, 한 가지 분명한 것은 역사적으로 보다 훌륭한 업적을 남기실 수도 있다는 것이다.

작가는 천박하게 추구되는 페미니즘을 비판했다고 하지만, 그보다 먼저 여성의 권리와 사회활동을 가로막는 묵은 제도나 오래 된 악습을 비판해야 하지 않았을까 하는 생각이 든다.

진정한 적은 바로 거기에 있다. 여성의 사회 참여는 가사나 육아와 관련하여 전통적으로 여성이 담당하고 있던

역할에 대한 사회복지적 차원의 뒷받침 없이는 어려움이
많다. 여성의 능력 개발을 위한 교육과 훈련, 그리고 제
도적 뒷받침이 필요한 이유는 5천 년 동안 짓눌려 와서
쉽게 자력으로 일어나지 못하는 측면이 있기 때문이다.
그리고 그보다 먼저 전통적으로 우리 남성들이 봉건 의식
을 가지고 있어서 여자에 대한 소유 의식, 태도 또는 여
자의 인격을 인정하지 않는 잘못된 사고 방식이 문제이
다. 거기에 더하자면 군사문화 체제하에서 인간의 존엄성
또는 남의 인격에 대한 외경심이 약해진 것, 물질 우선주
의, 폭력을 조장하는 문화, 이런 것들이 다 포함된다.

이 땅의 여성들은 칠거지악 시대를 기억한다. 병들어도
쫓겨나고, 남편이 첩 얻었다고 투기해도 쫓겨나고, 아들
못 낳아도 쫓겨나는 시대를 겪어왔다.

그러나 이 모든 굴레 속에서도 여성 해방 운동은 발전
해 왔고 오늘날 큰 질적 변화를 이루었다. 이런 모든 변
화의 주체가 바로 정부인 장씨의 후손들인 것이다. '훌륭
한 여성'의 '훌륭한 딸'들이다.

그렇다고 현모양처의 삶을 폄하하고자 하는 것은 결코
아니다. 지금이야말로 진정한 선택의 시대라는 것을 말하
고 싶은 것이다. 우리 시대의 가장 중요한 작가 중의 한
사람인 이문열의 〈선택〉은 그 논란의 과정이나 내용과는
별도로 우리 여성들 앞에 그야말로 선택의 시대가 도래했
음을 말해 주고 있다.

〈춘향전〉 가치의 정당한 인식

　우리 한국 사람들에게는 비교적 내 것을 소중히 여기지 않는다는 중요한 결점이 있다. 〈춘향전〉의 경우도 지금보다는 훨씬 더 높이 평가되고 소중히 다뤄져야 할 뿐만 아니라 국민적으로도 널리 보급시켜야 한다고 생각한다.

　춘향전은 알다시피 18세기 영·정조 시대에 창극에서 시작되어 19세기 중엽 고종 때 전북 고창 사람인 신재효(申在孝)라는 분에 의해 오늘의 형태가 이루어져 지금까지 전해져 오고 있다. 〈춘향전〉은 작가나 뚜렷한 원문이 있는 것이 아니어서 구전으로 전해 내려오는 동안 그 내용에 많은 변천이 있었다. 하지만 무엇보다도 이도령과 성춘향의 생명을 건 아름다운 사랑의 이야기임에는 변함이 없을 것이다.

　흔히 〈춘향전〉을 한국판 〈로미오와 줄리엣〉이라고 하

는 말을 듣는다. 그러나 〈춘향전〉에서는 〈로미오와 줄리엣〉에서 볼 수 있는 사랑 이야기 이상의 것을 볼 수가 있다.

그 첫째는 〈춘향전〉의 형성 과정에 숨어 있는 민중성이다. 〈춘향전〉은 작가가 따로 있지 않으며, 따라서 원본이 없다. 17세기 숙종조 이래 천민계급인 광대와 청중인 민중의 합작에 의해서 만들어진 것이다.

광대가 장터 같은 데서 흥 나는 대로 이야기를 엮어가면 청중은 그 내용에 따라 '좋다', '얼씨구' 등의 추임새로 반응을 한다. 광대는 이러한 청중의 반응에 따라 다시 개작해 나간다. 그러므로 춘향전을 비롯한 판소리는 소리 하는 사람과 소리 듣는 사람의 합작품인 것이다.

어떻게 보면 중세 유럽에서 성행한 영웅시와 같을 수도 있다. 그러나 영웅시는 음유시인이 시만 낭송하지만, 판소리는 소리 자체로만 끝나지 않고 연기까지 더해진다. 사설(아니리)도 엮고 무용적인 몸짓(발림)도 한다. 1인 3역의 다채로운 것이다. 이렇게 민중의 예술로 승화된 것이 〈심청전〉, 〈흥부전〉, 〈적벽가〉, 〈변강쇠전〉, 〈배비장전〉 등 12가지, 즉 소위 '판소리 열두 마당'으로, 〈춘향전〉은 그중에서도 으뜸이라 하겠다.

둘째, 〈춘향전〉은 단순한 사랑의 이야기에만 머물러 있지 않다. 사랑 그 자체도 물론 아름답고 고귀하게 그려져 듣는 이로 하여금 가슴이 미어지게 하고 있지만, 그 속에는 위대한 민권 의식이 속속들이 배어 있다. 당시의 엄격하기만 한 봉건체제 아래서 인격이 철저히 무시되어 있던 여성, 그것도 천하디천한 기생의 딸이 생명을 걸고서 자기가 사랑하는 사람을 위해 정절을 지키는 위대한 민권투쟁의 이야기인 것이다.

춘향이 사또인 변학도에게 '기생이라고 정조 지키는 권리마저 없다는 말이냐'고 꾸짖고, '나는 남편 있는 유부녀다. 대전통편(당시의 법전)에 유부녀를 강간하라는 법도 있느냐'며 대드는 장면은 통쾌하기 그지없다. 지금 들어도 시원한데, 그 당시 억압되고 눌려 있던 민중들의 가슴은 오죽이나 시원했을까. 조선 후기에 일어난 우리 조상들의 근대적 각성을 잘 엿볼 수 있다.

셋째, 〈춘향전〉은 당시 부패한 관권에 대한 민중의 강한 항쟁과 야유의식을 나타내고 있다. 그들은 스스로 권력자를 건드릴 수가 없으므로 암행어사가 된 이몽룡의 입을 빌려 유명한 금준미주(金樽美酒) 운운하는 탐관오리의 탐학과 백성의 신고를 시로 짓게 하는가 하면 암행어사 제도를 이용해서 탐관오리를 봉고파직시킨다.

아쉬운 점은 부정에의 항거가 직접적인 것이 못 되고 암행어사를 빌렸다는 점, 부정에의 항거가 체제 자체에 이르지 못하고 단순히 남원 부사 한 사람에만 머물렀다는 점, 그리고 그의 파면만으로 해피엔딩이 되어 버린 점 등이다. 그것은 당시 시대와 민중의식의 한계성, 또 무엇보다 양반 앞에서까지 공연해야 하는 공연물이라는 어쩔 수 없는 제약성 때문일 것이다.

넷째는 〈춘향전〉의 독특한 예술성이다. 이 문제는 전문가가 아니므로 직접적으로 거론하기 어렵지만, 다만 판소리 자체가 앞서 말한 대로 민중이 함께 어우러져 만들어 낸 민중예술의 극치라는 점은 어렵지 않게 말할 수 있다. 또한 그저 청중의 한 사람으로서 보더라도 참여해 있는 사람의 마음을 즐겁고 흡족하게 하는 무엇이 항상 들어 있다. 춘향이와 사또간에 이루어지는 대화의 긴장성, 암행어사와 농민의 상봉 장면에서 느낄 수 있는 서민적 활기, 거지로 가장한 이어사가 춘향 어미를 찾아간 대목의 해학성, 암행어사 출두 장면에서 변사또 이하 각 읍 수령의 추태에 대한 리얼한 야유성 등은 쉽게 되새길 수 있다.

책 속에서 만난 여인들

　책 속에서 만나게 되는 여인들은 너무도 아름답고 사랑스럽다. 때로는 거칠고 괴팍한 성격의 못난이로 그려지기도 하지만, 또는 좋아하는 주인공에게 해를 끼치는 악역을 맡아 얄미울 때도 있기는 하지만, 현실이 아닌 가상 세계여서 그런지 다 읽고 나면 그마저도 연민의 정이 가는 것을 어쩔 수 없다.

　아마도 예술이라는 것의 위대함 때문일 것이다. 인간의 추한 모습마저 예술이라는 과정을 일단 거치고 나면 사랑의 눈으로 보게끔 만든다. 그리고 아마도 그 위대함은 바로 예술가의 마음에서부터 출발하는 것으로 보인다. 비록 실제의 모습이 추할망정 예술가가 그 인간을 이해하고 사랑하는 눈길로 보면서 작품을 만들면 그 작품을 읽는 사람도 같은 마음이 되는 것은 아닐까.

또 한 가지, 책 속의 여인들이 한결같이 모두 아름다운 것은, 그 속에 그네들의 고단하고도 진실한 삶이 녹아 있기 때문이다. 21세기를 맞고 있는 아직까지도 우리는 여자가 걸어가야 하는 일생이라고 하면 고통에 얽매인 어떤 수난자의 모습을 떠올리게 되는 것이 사실이다. 그 고통스러움 때문에 때로 괴팍하게 행동하기도 하지만, 바로 그것을 느낄 수 있기 때문에 아무도 미워할 수가 없다.

책에서 만난 여인 하면 나는 모파상의 〈여자의 일생〉을 먼저 떠올리게 된다. 동서양을 막론하고 가장 보편적이고 또 비극적인 여성의 운명을 감당했던 주인공 잔느를 만나지 않고서는 다른 주인공을 이야기할 수가 없을 것 같기 때문이다.

천사와 같이 아름답고 순결한 잔느. 그녀는 남작 가문의 외동딸로 태어나 양친의 자상한 보살핌 속에서 5년 간의 수도원 생활을 끝내고 나온 청순한 소녀였다. 그녀의 해맑은 표정에는 아무런 그늘도 찾아볼 수가 없었다. 오직 자신의 피부 색깔처럼 아름다운 미래를 장밋빛 꿈 속에서 그릴 뿐이었다. 그러나 이 행복한 처녀의 꿈은 '한 남자에게 매인 일생' 으로서 그 첫발을 내딛기가 무섭게 차례차례 속을 찢기고 짓밟히고 만다.

믿고 있던 남편 줄리앙이 그녀의 몸종 로잘리를 범하게 되자, 그녀는 '두 사람의 인간이 결코 영혼까지 교합할 수는 없다'는 사실을 깨닫고 '인간의 영혼은 절대로 고독하다'는 생각을 하게 된다.

남편에게 배신당한 거의 모든 여성이 그렇듯이 그녀 또한 이혼을 결심하지만, 때는 이미 늦어 그녀의 뱃속에서는 줄리앙의 아이가 자라고 있었다.

그녀의 일생이 길고 긴 굴레에 묶이게 된 것이다. 곤경에 처한 여자는 대부분 친정 어머니나 친구, 아니면 자식의 장래에서 구원을 찾으려 하기 마련이다. 그러나 잔느는 친구에게서도, 또 아들 폴에게서도 배신과 절망 이외에 아무것도 찾을 수 없게 된다. 그야말로 철저하게 희망을 봉쇄당한 인생이었던 것이다.

소설의 맨 마지막에 와서 잔느는 이렇게 말한다.

"세상이란 사람들이 생각하는 것처럼 그렇게 좋지도 나쁘지도 않은 것 같아요."

아무런 잘못도 없이 평생 시련을 겪어야 하는 모진 운명. 그러나 결코 인생을 저주하거나 자포자기하지 않고 받아들이는 그 마지막 한 마디가 참 오랫동안 잊혀지지 않는다. 측은한 아름다움까지 느껴지는 말이다.

나는 잔느라는 여인보다는 그녀가 안고 있는 여성으로서의 숙명에 한참 동안 생각이 머물곤 했다.

많은 젊은이들이 사랑을 이야기할 때 감성적인 측면만을 강조하곤 한다. 특히 텔레비전 드라마라든가 영화를 통해 요즘의 대중문화를 가만히 들여다보면 격정에 불타는 사랑이 많이 묘사되고 있다.

정열 없이 밋밋한 사랑이란 나 역시 심심하긴 마찬가지다. 그런데 모든 일에는 매듭이란 게 있듯이 격정으로 시작한 사랑 역시 이성이라는 매듭으로 완성되어야 하지 않을까 생각한다.

그런 면에서 나는 타치아나라는 여인을 다시 한 번 떠올리게 된다.

푸슈킨의 〈예브게니 오네긴〉을 두고 '이성간의 지고지순한 사랑을 운문으로 완성한 소설'이라고들 말한다. 그러나 나는 '지고지순한' 사랑이라기보다 '이성과 감성이 잘 조화된' 사랑이라고 말하고 싶다.

타치아나는 아름답고 활기찬 동생과는 달리 조용하고 드러나지 않는 매력을 가진 여인이다. 그녀는 예브게니 오네긴이란 귀족 청년을 사랑하게 되는데, 그녀의 뜨거운 정열과 사무치는 그리움은 가엾게도 메아리가 없다.

밤새워 망설이고 망설이다 쓴 사랑의 편지는 예브게니의 차가운 거절로 허무한 종잇조각이 되고 만다.

세월은 흐르고, 그녀는 다른 남자와 결혼을 하게 된다. 그리고 어느 날 무도회장에서 예브게니 오네긴을 다시 만나는데, 이번에는 남자 쪽에서 그녀의 아름다움에 완전히 반하게 된다.

이윽고 예브게니는 타치아나에게 뜨거운 사랑의 고백

을 하기에 이른다. 하지만 그녀는 이렇게 대답한다.

"저는 지금도 당신을 사랑하고 있어요. 감춰도 소용없고 나타내도 이젠 소용이 없지만요. 그러나 저는 결혼한 몸, 저의 뒤를 좇는 것만은 제발 그쳐 주세요. 소원입니다. 당신을 사랑하지만 제 남편에게 일생을 바칠 각오에는 흔들림이 없을 것입니다."

오랜 세월을 그리워하던 연인이 무릎을 꿇고 눈물로써 사랑을 호소하지만, 타치아나는 이렇게 이성의 힘으로 견디어 내고 만다. 긴긴 그리움도 끝낸 셈이다.

나는 타치아나에게서 균형잡힌 사랑을 본다. 어느 한쪽으로 치우쳐 뒤뚱거리는 사랑이 아니라 이성과 감성이 적절히 균형을 이룬 탄탄한 사랑의 힘 말이다.

열정으로 불타던 시절의 타치아나도 아름답지만, 이성으로 절제할 줄 아는 타치아나 역시 빛나는 아름다움을 지닌 것이다.

〈바람과 함께 사라지다〉는 영화와 소설이 모두 성공했는데, 그 성공의 가장 큰 열쇠는 뭐니뭐니 해도 스칼렛이라는 여성의 독특한 개성 때문이 아닌가 싶다. 스칼렛은 아마도 전세계적으로 가장 많은 사랑을 받은 여성일 것이다.

〈바람과 함께 사라지다〉는 자부심 강한 남부인들이 남북전쟁과 이에 뒤따른 혹독한 '재건'에 의하여 정복당한 시기를 배경으로 하고 있다.

여주인공 스칼렛 오하라는 양친으로부터 아일랜드인의 강한 기질과 프랑스인의 감수성을 이어받은 강렬하고 대담한 성격을 가졌다. 부유한 농가의 딸이었으나 전쟁에 휘말려 고향이 북군에게 유린되자, 고난과 빈곤의 밑바닥으로 전락하게 된다.

천진난만하면서도 자부심 강한 열여섯 살의 스칼렛은 전쟁의 고통을 치르는 동안 억척스럽고 약삭빠르며 탐욕스러운 여인으로 변해간다.

그녀의 첫사랑이었던 애슐리 윌크스와 이별하게 되고, 전쟁 미망인이 되어 죽음의 고비를 넘겨야 했으며, 고향의 농장들은 모두 북군의 손에 폐허가 되었다. 뿐만 아니라 그녀가 사랑하는 타라는 적군의 사령부로 사용되고 있었다. 정신착란을 일으킨 아버지와 나머지 가족들을 데리고 식량을 구하기조차 막막했던 극한 상황 속에서 살아남기 위해서 스칼렛은 그렇게 변할 수밖에 없었다. 황무지로 변해 버린 농장의 흙을 움켜쥔 채 그녀는 절대로 다시는 굶지 않겠다고, 식구들과 하인들 역시 굶기지 않겠다고 맹세하면서 철저한 현실주의자가 되어간다. 그리고 과연 수단과 방법을 가리지 않으며 예전의 재산을 하나씩 하나씩 되찾아 모두 자신의 소유로 바꿔놓고 만다.

그러나 낙마 사고로 딸을 잃고 난 뒤 남편 레트 버틀러마저 실의에 잠겨 그녀의 곁을 떠나가자, 이렇게 말한다.

"내일 타라에 가서 생각하기로 하자. 그러면 견딜 수 있을 거야. 내일 그를 되찾을 방법을 생각하기로 하자. 내일은 내일의 태양이 뜰 테니까."

사실 스칼렛은 서양식, 아니 서부 개척시대를 지나온 미국식 히로인이다. 동양적인 여인상과는 거리가 멀다. 그녀의 인생은 어찌 보면 여성이라는 사회적·역사적 조건과의 치열한 투쟁으로 볼 수 있다.

그녀가 인식했건 인식하지 못했건 그녀는 빼앗긴 것들을 되찾는 과정에서 이미 남성 이상의 능력을 발휘했고, 또 모든 것을 되찾은 뒤에도 무엇인가 아직 되찾지 못한 게 있는 양 끝없이 소리지르고 달리고 싸웠던 것이다.

'내일은 또 다른 날의 시작이 아니냐' 라는 소설의 마지막 대사는 그러한 그녀의 의지가 영원하리라는 것을 암시하고 있다. 모든 것을 잃은 뒤에 다시 되찾은 스칼렛이 끝내 되찾으려고 했던 것은 사랑일 수도 있고, 또 어쩌면 여성의 권리일 수도 있을 것이다.

인간으로서, 여성으로서 끝없이 도전하고 쟁취하는 인물 스칼렛은 나에게 그렇게 인식되어 있다.

〈토지〉를 이야기할 때 '우리 소설' 이란 말을 앞에 붙이면 언제나 자랑스러움이 느껴진다. 〈장길산〉과 〈태백산맥〉도 나에겐 모두 자랑스런 우리 소설이지만, 유난히 〈토지〉에 애착이 가는 것은 두 남녀의 가슴 아픈 사랑 이야기 때문이다.

〈토지〉에는 수많은 사람들이 등장한다. 그리고 모두들 저마다의 운명을 충실히 짊어지고 살다 간다. 그들 중에 월선이와 용이가 있다.

월선이와 용이는 어린 시절부터 서로가 그리워하는 사이다. 그러나 용이 어머니는 월선이가 무당의 딸이라는 이유로 결혼을 반대했고, 결국 용이와 월선이는 평생 바라만 봐야 하는 그런 사랑을 하게 된다.

만주에서 용이가 산판일을 할 때 월선은 국밥 장사를 하면서 용이의 아들을 친자식처럼 키운다. 그들은 자주 만나지도 못한 채 그저 그리움만 삼키며 살아간다. 월선은 거친 세상을 살아가면서 다 주고 다 빼앗겨도 사랑만은 끝내 내어 주지 않는다.

이들의 금지된 사랑은 월선이 병으로 죽어갈 때가 되어서야 끝을 맺는다. 다소 긴 감이 없지 않지만 여기 내가 읽으면서 밑줄 친 부분을 아낌없이 인용한다.

마루에 올라선 용이는 털모자를 벗어 던졌다. 솜을 두어 누덕누덕 기운 반두루마기도 벗어 던진다. 그러는 동안 말 한마디 없을 뿐만 아니라 누구 한 사람 거들떠보지도 않았다. 몸 전체에서 뿜어내는 준엄한 기운에 세 사람은 압도되어 선 자리에 굳어 버린 채다. 방문은 열렸고 그리고 닫혀졌다. 방으로 들어간 용이는 월선을 내려다본다. 그 모습을 월선은 눈이 부신 듯 올려다본다.

"오실 줄 알았입니다."

월선이 옆으로 다가가 앉는다.

"산판일 끝내고 왔다."

"야, 그럴 줄 알았입니다."

"임자."

얼굴 가까이 얼굴을 묻는다. 그리고 떤다. 머리칼에서부터 발끝까지 사시나무 떨듯 떨어댄다. 얼마 후 그 경련은 멎었다.

"임자."

"야."

"가만히."

이부자락을 걷고 여자를 안아 무릎 위에 올린다. 쪽에서 가느다란 은비녀가 방바닥에 떨어진다.

"내 몸이 찹제?"

"아니오."

"우리 많이 살았다."

"야."

내려다보고 올려다본다. 눈만 살아 있다. 월선의 사지는 마치 새털같이 가볍게, 용이의 옷깃조차 잡을 힘이 없다.

"니 여한이 없제?"

"야, 없입니다."

"그라믄 됐다. 나도 여한이 없다."

머리를 쓸어주고 주먹만큼 작아진 얼굴에서 턱을 쓸어주고 그리고 조용히 자리에 눕힌다.

용이 돌아와서 이틀밤을 지탱한 월선은 정월 초이튿날 새벽에 숨을 거두었다.

이 슬프도록 아름답고 깊은 사랑의 묘사에서 나는 독특한 한국의 여인상을 본다.

모든 것을 바치면서 조금도 후회하지 않는 여성. 그리고 슬픈 운명을 감내하면서도 사랑만큼은 끝내 움켜쥔 여성을 본다.

흔히 말하는 순종형의 조선 여인을 말하는 게 아니다. 나머지 것들은 아낌없이 버리면서도 자신이 택한 최고의 가치 하나만큼은 결코 타협하지 않는 '부드럽고도 강한' 우리나라 여성의 이미지를 이야기하는 것이다. 월선의 경우 사랑은 물리적인 양이 아니라 마음속에서의 일체가 얼마나 중요한가를 가르쳐 주고 있다.

정신적인 결합이야말로 가장 이상적인 사랑의 형태라는 진실을 말이다.

〈태평양 전쟁〉을 읽고서

요즈음 국내외적으로 큰 말썽이 되고 있는 일본의 교과서 문제는 매우 중요한 문제이다. 교과서 문제는 결코 우발적인 사건이 아니다. 일본인, 특히 집권층 내부에 뿌리 깊이 남아 있는 과거에 대한 무반성과 향수적 정신자세에 연유한 것이다.

나는 연전에 일본인 작가가 쓴 〈태평양 전쟁〉이라는 많은 권수에 달하는 전쟁기를 읽은 일이 있다. 그 작가는 〈도쿠가와 이에야스〉를 써서 아주 유명해진 작가인데, 그가 쓴 〈태평양 전쟁〉을 읽고서 나는 깜짝 놀라고 말았다.

그 책은 일본의 침략에 대한 반성은커녕 오히려 그 불가피성 내지 정당성을 도처에서 주장하는가 하면 한술 더 떠 그 침략전쟁을 미화하는 내용으로 일관하고 있던 것이다. 이러한 자세는 결코 그 작가 혼자만의 것이 아니라는 사실을 우리는 미시마 유키오 사건으로도 잘 아는 터이다. 일본의 이러한 자세는 같은 침략국가였던 독일의 철저한 반성과 대비해서 아주 큰 대조를 이룬다.

독일은 교과서에서 그들이 인류에 끼친 죄악을 반성하고, 자라나는 세대들이 그 사실을 알게 하여 교훈을 얻도록 하고 있다. 그들은 지금도 유태인 학살의 범죄자를 발견하면 자기들 손으로 처단하고 있는 것을 우리는 안다.

이와 같은 독일에 비해 일본은 자기의 과거에 대한 반성이 부족할 뿐만 아니라 피해를 준 인접국가에 대한 태도에서도 그 동안 이해할 수 없는 면모를 보였다. 그들은 중국과의 국교 정상화 때는 중국침략에 대한 사과의 뜻을 공식적으로 밝혔지만, 그 침략의 시기에 가장 야만적이었던 우리와의 국교 정상화 때에는 끝내 공식 사과를 하지 않았다.

나는 교과서 문제 시정 과정에서도 중국에 대한 것과 우리나라에 대한 것이 종국에는 다르지 않을까 걱정하고 있다. 아무튼 우리는 한·일 양국의 진정한 우호 관계의 재정립을 위해서도 이 문제는 바르게 해결짓는 것이 절대 필요하다고 생각한다. 만일 이번에 다시 굴욕을 참는다면 왜곡된 한·일 관계는 아주 굳어져 버리고 말 것이다.

우리는 이 문제가 우리 민족의 체면과 권위를 위해서만이 아니라, 일본의 진정한 정신적 갱생을 위해서도 필요하다는 것을 믿는다.

여기서 우리가 강조하고자 하는 것은 일본에도 그러한 그릇된 복고적 자세에 반대하는 많은 국민과 지도적 인사들이 있다는 사실이다.

우리는 우리가 그 동안 주로 접촉해 온 자민당 내의 우파가 이런 교과서 문제의 주도세력이며, 일본에는 그러한 무반성의 태도에 반대하는 층이 재야 정당은 물론 자민당 내에도 상당히 있다는 것을 알고 장래 접촉의 폭을 넓혀 가야 할 것이다.

교과서 문제를 보는 시각이 만일 그대로 두면 장래의 일본이 침략국가로서의 재등장을 두려워하는 것이라면 그것은 완전한 것이 못 될 것이다. 과거와 같은 영토 침략의 시대는 지났다. 그럴 필요도 없고 가능성도 희박하다. 일본의 교과서 문제 같은 무반성과 오만은 지금 당장 우리 목전에서 횡포를 부리고 있다. 무역 문제, 재일교포 문제, 관광객 문제와 차관 과정에서의 가지가지 부정한 작폐들이 우리의 목전에서 행해져 왔다. 신판 제국주의인 것이다.

그러나 우리는 남을 비난하는 데만 가혹하지 말고 자기 반성에도 엄격해야 한다. 조선조 멸망에서 우리 자신의 책임 또한 무척 컸다는 점을 상기하고, 국교 정상화 과정에서 또는 정상화 이후 오늘날까지 우리가 일본의 교만을 키우고 당연시하는 자세는 없었는지, 일본 내의 양식 있

는 인사들이 우리를 지지하고 협력에 나설 만큼 우리는
존경받을 태도를 지켰었는지, 이 기회에 큰 반성이 따라
야 할 것이다.

만델라의 〈자유를 향한 머나먼 여정〉

올해(1997) 우리 당 전당 대회 때 저는 참으로 의미 있는 선물을 받았습니다. 내빈으로 참석한 넬슨 만델라 남아프리카 공화국의 대통령 딸이 아버지를 대신해 손목시계를 선물한 것입니다. 그 시계는 만델라 대통령이 인권 운동을 벌이다 투옥되었을 때부터 감옥에서만 27년 동안 차던 것이었습니다. 저는 만델라 대통령의 친서도 전해 받았습니다. 거기에는 이렇게 씌어져 있었습니다.

"이 시계는 남아프리카 공화국의 정치적 기적과 민주주의를 지켜본 상징적인 것입니다. …이 시계를 통해 우리의 우애와 인류애, 민주주의를 확인하는 바입니다…."

저는 답례로 제가 들고 다니던 낡은 가죽 가방을 전했습니다. 그 가방은 제가 유신과 망명시절 20여 년 동안 가지고 다니던 애장품으로 역시 한국 민주주의를 지켜본 상징물이라는 설명과 함께.

만델라는 민주화와 인권 신장 경향이 두드러진 20세기의 세계 인류 가운데 우뚝 솟은 영웅입니다. 또한 그는 인간 평등과 민주주의에 대한 확고한 신념을 가지고 남아프리카인만이 아니라 전체 아프리카 민중을 위해 일생 동안 헌신한 행동하는 양심입니다.

그는 앞으로 인권과 민주화를 실현시키기 위해 싸우는 모든 이들에게 불멸의 이정표가 될 것이라고 저는 굳게 믿습니다. 만델라는 소수 백인 통치와 그들의 인종 차별 정책에 불사조같이 맞붙어 싸운 자유의 투사입니다.

2년 전, 나는 만델라의 자서전 〈자유를 향한 머나먼 여정〉을 번역·출판했습니다. 우리 젊은이들이 행동하는 양심으로서 모든 것을 바치고 두려움 없이 살아온 그의 인생 역정에서 값진 교훈을 얻길 바라는 마음에서였습니다.

번역을 하면서 나는 우리 두 사람이 너무나 똑같은 길을 걸어왔다는 사실에 묘한 감동을 느꼈습니다. 나라와 국민은 서로 달랐지만 인권과 민주주의와 민족 독립(통일)을 위한 평생의 헌신과 고난의 역경은 서로 같았습니다.

오랜 감옥 생활, 연금, 반역죄 재판, 사형선고, 망명생활, 가족과의 이별 등…. 이러한 가운데서도 우리는 불굴의 신념을 가지고 생명을 포함한 모든 것을 내놓으면서

대의의 길을 걸어왔습니다.

나는 6년 동안 네 번의 죽을 고비를 겪었지만, 만델라는 나의 6년의 옥살이와 10년의 연금·망명에 비해 훨씬 긴 27년간의 감옥생활을 했습니다. 그 동안의 정신적·신체적 고통이 어떠했겠는가를 생각할 때 존경과 흠모의 정을 금할 수 없었습니다.

그 책에서 나는 자유 투사 혹은 정치 지도자로서뿐만 아니라 아들로서, 아버지로서, 남편으로서 고뇌하는 만델라의 너무도 인간적인 모습을 보았습니다.

오랜 감옥생활이 가져다 주는 고독과 가족에 대한 그리움, 도피생활에 따르는 두려움과 죽음에 직면해 찾아드는 공포, 가족과 동지의 고통을 보며 느끼는 안타까움 등 자유 투사들이 공통적으로 겪는 모든 인간적인 고뇌를 만델라는 진실하면서도 감동적으로 그려내고 있습니다.

만델라는 그 책을 통해 좌절과 패배의 참된 의미까지도 이야기해 주었습니다. 나아가 그는 모든 이들에게 자신이 일생을 통해 몸소 깨달은 인간의 존엄성과 자유라는 숭고한 가치를 일깨워 주었습니다.

또한 보복과 미움에 대한 화해와 관용의 정신을 말해 주었습니다. 한 인간으로서 최고의 경지에 이른 그의 모습은 우리를 존경과 감동 속으로 이끌어 가기에 충분합니다.

무엇보다 만델라는 27년의 옥고를 치르고도 박해자들

을 용서하고 그들과 화해했습니다. 용서는 용기 있는 사
람만이 할 수 있습니다. 만델라는 우리 시대가 가진 최고
용기의 표상인 것입니다.

제5장

애독서 다이제스트

김대중 대통령의 독서량은 일반인이 상상하기 어려울 정도로 방대하다. 그리고 그중 상당히 많은 양이 두 번, 세 번 읽은 책이다. 이런 책들에는 한결같이 밑줄이 그어져 있고, 메모지가 붙어 있으며, 간지가 꽂혀 있다. 언제든지 다시 찾아서 읽기 편하게 하기 위해서다. 따라서 특별히 후광의 '애독서'라는 것을 고르기는 사실상 어렵다.

여기서는 김대통령이 그 동안 '가장 감명을 받은 책' 혹은 '인생에 큰 영향을 준 책'이라고 소개한 것들과 가족, 특히 자식들에게 꼭 읽으라고 권유한 책을 주로 선정하였고, 최근 화제가 된 책 약간도 추가하였다. 본문에서 소개된 책은 가급적 배제하였다. 다소 오래 된 책이 많은 것은 이러한 선정 기준 때문임을 밝힌다.

사회일반

〈불확실성의 시대〉—존 K. 갈브레이드

갈브레이드는 미국의 진보파 경제학자로서 특이하게 비주류에 속하는 사람이다. 제2차 세계대전 전후에는 정부의 요직을 맡았다가, 이후 하버드 대학교에서 후학들을 가르치며 저술하는 일에 몰두했다.

갈브레이드의 사상적 기조는 한마디로 표현하기 어렵다. 다만 그가 면학과 연구의 나날을 보낸 시기가 대공황이 세계를 휩쓸던 무렵이고 이후 제2차 세계대전과 냉전 시대가 이어졌으므로 그 시대 미국의 사상적 환경에 큰 영향을 받았을 거라고 추측할 수 있다.

갈브레이드의 학문적 영역은 매우 광범위하다. 따라서 그의 사상에 도움을 준 이념 등을 딱 꼬집기는 어려운데, 대체로 도스타인 베블렌의 기술주의적 사회개혁론, 조셉

슘페터의 기업개념, 뉴딜에 있어서의 '윌슨 브랜다이즈 철학의 기각'의 사상, 존 케인즈의 신중상주의 등이 꼽히고 있다. 그는 이와 같은 사상적 교양을 기초로 미국 경제 현실을 직관적으로 파악하고, 또한 그것의 전체 모습을 독특한 방법으로 만들어내고 있다.

갈브레이드는 오늘날의 케인즈 학파에 대해서는 매우 비판적이고, 미국 경제에 대해서는 경제에 대한 국가의 개입을 확대시키는 혼합경제 체제를 전제로 하여 낙관적인 태도를 취하고 있다.

이 책은 그런 갈브레이드의 생각을 한데 모은 결정판이라고 할 수 있으며, 특히 경제학에서 역사의 시점을 강조하여 경제사와 사회사상사를 서술해 나간 것으로 유명하다.

갈브레이드는 '일류 경제학자와 이류 경제학자의 차이는 역사적 관점이 있느냐 없느냐에 달려 있다'고 단언한다. 이 책은 그런 관점에서 지난 2백 년에 걸친 경제의 변화와 그에 따른 경제사상사를 역사와 관련지어 쉽게 다룬 한편, 내일에 대한 저자 나름의 전망을 제시한 책이라고 이야기할 수 있다.

제목 〈불확실성의 시대〉에서 제시하는 바와 같이, 현대 사회는 온갖 문제가 공존하는 불확실성의 시대이다. 지난 세기에는 모든 것이 명확했다. 자본가는 자본주의의 번영에, 사회주의와 제국주의자는 각자 이념에 확신을 갖고

있었으며, 지배계급은 그들이 지배계급으로서의 운명을
타고났다는 데 의심을 하지 않았다. 그러나 현대는 이 모
든 것의 경계가 더 이상 존속하지 않고 어쩔 수 없는 불
확실성 속에서 지탱되고 있는 것이다.

이 책은 이러한 지난 세기의 경제 · 사회 사상사를 한눈
에 되짚어 보면서 오늘의 사회를 조망하는 데 더없이 많
은 도움을 주고 있다.

후광이 '일생을 두고 재독 삼독할 책'이라고 평가한 것 중의 하나
이다.

〈단절의 시대〉—피터 F. 드러커

드러커는 미국의 저명한 경제학자이다. 그는 철학의 차
원에서 사회의 동태를 분석하는 것으로 유명하다. 경제학
자라고 하면 경제를 진단하고 그 방향을 제시해야 하는
것이 중요한 임무이고 또한 보람인데, 여기에는 반드시
실증적으로 사고하는 방법론이 필요하다. 그런 보편적인
시각으로 볼 때, 드러커는 특이하다 할 수 있고 또한 자
못 동양적이라고도 할 수 있다.

사실, 사물의 시차적 · 단면적 상호관계에 있어 그 인과
율이 겹치고 있는 것이 사실이라면, 그 본질을 간파하기

에는 비약의 논리가 체계적으로 구성될 수 있는 철학의 세계가 아니면 불가능하다.

〈단절의 시대〉는 그 초점을 미래 사회의 투시에 두고 있다. 지금까지 인간 사회에 어떤 일이 일어났는가, 그리고 그 일은 앞으로의 과업과 기회에 어떤 영향을 줄 것인가 하는 것이 이 책의 핵심이다. 그러나 막연한 추상과 상상은 엄격히 배제되어서, 여기서 다루어진 사례들은 모두 사실들이며, 이루어야 할 과업들은 필요성이 더욱 절실해지는 것들이다.

저자는 '미래란 언제나 지뢰가 묻혀 있는 게릴라 지역과 같다'고 말한다. 당장은 대수롭지 않은 전혀 뜻밖의 일로 인해서 틀림없는 추세가 빗나간다는 것이다. 드러커는 이 책이 불확실한 미래에 대한 조기경보기의 역할을 하기를 기대한다고 밝힌다. 정치·경제·사회의 구조와 의의를 변혁시키고 있는 비연속성에 미리 대비하자는 것이다.

저자가 내세우고 있는 견해들은 익히 알려져 있는 것들이다. 그런데도 그 하나하나의 생각을 모아 보면 거기에 나타나는 미래 사회의 풍경은 너무도 낯설기만 하다.

이 책에서는 우리가 예측할 수 있는 것, 즉 어제의 수치를 조금 더 넓히면 예상할 수 있는 단편적인 것들은 다루지 않는다. 이러한 것은 미래의 한 측면이고 현재의 한 단면이기 마련이며, 진정 중요한 것을 예측해 주지는 못

하기 때문이다. 따라서 저자는 수량적인 것과는 다른 차
원으로서 질적인 것과 구조적인 것, 의미와 가치, 기회와
우선 순위 같은 것을 고찰하였고, 그 대상은 사회적 사상
(事象)으로 한정하되 경제와 정치, 사회문제, 기술, 나아
가 교육과 지식의 세계까지도 폭넓게 다루고 있다.

드러커 박사의 책은 후광이 아주 좋아하는데, 그중에서도 이 책은
후광에 의해 '일생을 두고 읽어야 할 책'이라는 평가를 받고 있다.

〈제3의 물결〉─앨빈 토플러

21세기를 맞이하는 지구촌의 인류에게 너무도 많은 변
화가 주체할 수 없는 급한 속도로 밀어닥치고 있다. 경
제, 사회, 정치, 문화, 사상 등 모든 분야에서 이러한 변
화가 일어나고 있다. 그래서 우리는 지금의 시대를 표현
할 때 대전환이라든가 대변혁이라는 수사어를 자주 붙이
기도 한다.

앨빈 토플러는 그 말을 '제3의 물결'이라고 명명했고,
누구보다 가장 먼저 인식한 선각자이다.

그는 먼저 지구촌 곳곳에서 두서없이 일어나는 이런 기
현상들, 이전까지의 시각으로는 전혀 설명될 수 없는 동
시다발적이고 비연속적인 변화 속에서 하나의 질서를 찾

아냈다. 그것은 이러한 모든 현상들이 모두 '제3의 물결' 때문에 일어나고 있다는 것이다.

그가 설명하는 제1의 물결은 농경문화이다. 동물들과 어울려 동물처럼 살던 인류의 조상이 농경문화를 발달시키면서 일대 대변환을 맞이하게 된다. 인류는 이 문화에 의존해서 촌락을 형성하였고, 농업경제의 의식구조를 가지고서 수천 년을 살아왔다.

제2의 물결은 산업혁명에 의해 발생되었고, 현재까지 유지되고 있다. 이때도 마찬가지로 인류는 이전까지의 농경문화에서 산업화 사회로 이전해 가는 과정에서 전례 없이 큰 혼란을 겪어야 했다. 사상과 문화, 정치, 철학, 경제에 이르기까지 모든 것이 한꺼번에 뒤바뀌느라 생긴 일대 혼란이었다. 이 혼란을 거친 뒤에야 오늘날까지 이어지는 안정을 이루었고, 현대 기계문명의 규격에 스스로를 맞추어 살아가고 있는 것이다.

제3의 물결은 지금 밀려오고 있다. 다른 물결이 그랬듯이, 제3의 물결 역시 이전까지 우리가 가지고 있던 기준들, 보편적인 것으로 생각되고 있던 사상, 문화, 기술, 정치와 경제, 심지어 지식 일반까지도 그 밑바닥부터 송두리째 뒤흔들고 있다. 이 물결은 우리의 생활 전체를 뒤흔들면서 새로운 생활양식과 거기에 맞는 정치·경제 구조, 인생관과 윤리와 도덕까지 바꿀 것을 강요하기 시작했다는 것이다.

또한 제2의 물결을 고수하려는 자와 벌써 제3의 물결을 수용하고 있는 선두주자들 사이에 심각한 충돌이 일어나고 있으며, 국가와 국가 혹은 사회와 사회 사이에서도 이런 대립이 일어나 세계 각처에서 정치적 불화가 발생하고 있다고 한다. 이런 현상이 예측을 할 수 없을 정도로 다반사로 발생하기 때문에 많은 사람들이 갈피를 잡지 못하여 말세라고 단언하기도 하고, 세상이 미쳤다고 손을 들어 버리는 학자도 생겨나게 되었다.

그러나 이미 그 현상을 명쾌하게 분석하고 있는 저자의 시각은 매우 희망적이다. 이미 인류는 두 번씩이나 슬기롭게 극복한 경험이 있기 때문에 이번에도 이를 슬기롭게 헤쳐나갈 수 있으리라 믿는다.

후광은 '평생을 두고 읽을 책' 중 사회경제 부문에서 이 책을 가장 먼저 꼽았다.

〈21세기 지식경영〉—피터 F. 드러커

피터 드러커는 〈단절의 시대〉로 이미 소개한 저자이다. 다방면의 폭넓은 연구와 인류에 대한 애정을 통해 현재를 살고 있는 사람들이 나가야 할 길을 밝혀주고 있다.

그는 1909년 오스트리아에서 출생했는데 영국에서 공

부한 후 독일에서 신문기자로 근무하면서 공법 및 국제법 법학박사 학위를 받았으며, 영국의 국제은행에서 경제전문가로 근무했다. 제2차 세계대전이 발발하자 히틀러를 피해 미국으로 건너가서 많은 경영 관련 저서와 문학작품의 저술 활동을 했으며, 월 스트리트 저널의 논설 집필자로, GM의 상담역과 마셜플랜에도 참여했다. 교수로서의 활동도 활발해서 베닝턴 대학에서 철학 및 정치학 교수, 뉴욕대 대학원의 경영학 교수, 그리고 1971년부터 현재까지 캘리포니아 클레어몬트 경영대학원의 사회과학 석좌교수로 재직하고 있다.

〈21세기 지식경영〉은 90세의 노학자가 그의 탁월한 혜안을 발휘해 '21세기 지식사회'를 위해 인간 개개인 혹은 조직 각자가 무엇을 어떻게 준비해야 하는지를 자상하게 일러주고 있는 책이다.

21세기는 지식사회가 될 것임은 저자가 이미 오래 전부터 일찌감치 예견한 바 있는데, 지금은 누구도 부정하지 못하는 현실로 다가와 있다. 그런데도 대다수의 현대인들은 미처 준비를 갖추지 못하고 있으며 마음만 조급해 하고 있을 따름이다.

저자는 이 책에서 21세기의 사회가 어떻게 될 것이라든가, 정치가 어떻게 될 것이라든가, 혹은 경제 구조와 문제, 그 정책에 대해서는 더 이상 말하지 않고 있다. 그저 개개인이, 또는 각 조직이 당장에 어떻게 해야 옳은지에 대해 충고하고 계획을 세우는 데 도움을 주려 하고 있을 뿐이다.

드러커는 21세기 지식경제 사회에서 성공하려면 무엇보다도 개인이나 조직이 소유한 강점과 가치관, 그리고 무엇이든 최선으로 수행할 있는 방법을 알아야 한다고 강조한다.

정보기술은 여전히 중요하지만, 정보의 개념은 계속해서 변화할 것으로 보고 있으며, 따라서 '사람은 변화를 관리할 수 없고, 오직 변화를 앞서갈 수 있을 뿐'이라고 한다. 비록 지식 근로자라 하더라도 지식의 변화를 따라잡기 어려우므로 인생 후반부를 위해 제2의 경력을 준비하라고 충고하기도 한다.

드러커는 특히 한국판 서문에서 한국이 '그런 변화를 기회로 바꿀 수 있을 만큼 충분히 준비된 유일한 국가'로 지목한 뒤, 그 이유로서 '지난 50년 동안 한국보다 더 잘 교육받고 성취감 넘치며 미래지향적인 엘리트 지식 근로자를 개발한 국가가 없기 때문'이라고 지적하면서 희망적인 견해를 피력했다.

후광은 대통령 취임 이후 이른바 '신지식인 운동'을 일관되게 추진하고 있는데, 드러커의 이 책이 그 이론적 뒷받침이 되어 주고 있다. 인터넷 시대에 뒤떨어져 보이는 우편 집배원이라 하더라도 컴퓨터를 활용하여 자신만의 노하우를 새로운 가치로 창조해 내는 후광의 '신지식인'은 분명 드러커 박사가 말하는 '21세기 지식경영' 시대를 앞당겨 준비하는 사람임에 틀림없을 것이다.

한국 문학

<장길산>―황석영

황석영은 1943년 만주 신경에서 태어나 영등포초등학교와 경복중학교를 거쳐 경복고등학교에 입학했다.

하지만 입학한 지 얼마 되지 않아 퇴학당하고 가출한 후 방황을 거듭하다가 19세 때 <입석부근(立石附近)>이란 소설로 사상계 신인문학상을 받았다. 그 후 여러 곳을 떠돌며 막일을 하였고, 동래 범어사를 거쳐 금강원에서 행자로 수도하다가 어머니에게 끌려 내려오기도 하였다. 제대 후 1970년에 조선일보 신춘문예에 단편 <탑(塔)>이 당선된 이래 <객지>, <돼지꿈> 등 역사의 흐름 속에서 깨어 있고자 하는 작가의 노력이 형상화된 작품을 발표했다.

<장길산>은 그의 작가적 역량을 결집하여 1974년부터 10년간 한국일보에 연재한 것이다.

　장길산은 비록 어느 한 도적의 이름이지만, 작가의 말처럼 특정한 주인공이 따로 있는 것이 아니다. 그 시대의 각종 계층, 각 신분의 사람 모두가 주인공인 것이다. 작가가 작품에서 형상화시키려고 애쓴 것은 그들이 조화되어 이루는 인간의 생활 자체이다. 또 여기에 덧붙여서 작가가 취합한 우리의 구전 민요·설화·민담·야사 등을 줄거리나 원형 그대로 소개하는 데도 힘을 기울였다. 명실공히 당시 사람들이 살아가고 생각하고 어울리던 모습 그대로를 그리려고 애쓴 것이다.

　장길산은 신분제도의 해체가 서서히 시작되던 조선조 효종 말엽, 도망하던 여비(女婢)의 몸에서 태어난다. 노상에서 길산을 낳은 생모는 그 자리에서 죽고, 구월산 광대들의 손에 기탁된 길산의 삶의 출발은 당시 유민계층이 천민세력의 핵심이 되어가는 시대의 박명(薄明)과도 같은 상징이 된다. 성장한 길산은 서로 다른 여러 출신의 패거리를 만나 규합해 가고, 창기(娼妓)로 팔려갔던 묘옥이라는 여성과 사랑도 나누면서 차츰 구월산의 패권을 잡아나간다. 그리고 봉건 계급 사회에서 천대받고 멸시받던 자들의 힘이나마 모아지면 얼마나 강한지를 똑똑히 보여주며, 그 임무를 위해 파란만장한 삶을 살다 간다.

후광은 〈장길산〉을 〈태백산맥〉, 〈토지〉와 함께 '자랑스런 우리 소설' 이라고 말하곤 한다.

〈태백산맥〉—조정래

조정래는 전남 승주군 선암사에서 태어났다. 동국대학교 국문과를 졸업한 뒤 1970년 현대문학을 통해 작품활동을 시작한 그는 초기부터 역사의식적이고 사회의식적인 두 갈래 길을 작품의 주제로 삼아 줄기차고 올곧게 개성적인 창작세계를 확대시켜 왔다.

이러한 그의 인식은 민족의식으로 합일되며, 그 결과 그는 누구보다 뚜렷한 국적을 가진 작가로 평가되고 있다.

〈태백산맥〉은 이러한 작가 의식을 바탕으로 이 땅의 분단 비극을 총체적 시각으로 파악하고 객관적 인식으로 형상화시켜 나가고 있는 대하소설의 진수이다.

이 소설의 규모는 비단 4부 10권에 원고지 1만 6천 5백매의 무게로 설명할 수 있는 성질의 것이 아니다.

여기에는 각계 각층 60여 명의 파란만장한 인물이 등장하는데, 그 인물 하나하나의 사상과 삶이 모두 조망되어 있다. 어떻게 보면 터무니없는 작가적 욕심으로 비칠지도 모르지만, 거기엔 그만한 당위성이 있고 필연성이 엄존한다.

이 소설은 해방 이후 여순반란사건부터 시작되어 한국전쟁이 끝나는 해 10월까지를 그리고 있다. 이 시기는 흔히들 말하는 대로 '민족사의 매몰시대' 혹은 '현대사의 실종시대' 그대로이다.

그것은 곧 그 시대가 그만큼 치열했고 격랑이 심했으

며, 우리 분단사 속에서 또 그만큼 왜곡과 굴절이 심했던 시기가 없었음을 의미한다.

'그 시대의 진실과 참모습을 얼마나 객관적으로 복원하고 되살리는가'를 최대의 목표로, 또는 작가적 양심으로 지키고자 했던 조정래는 따라서 어느 한편의 손을 처음부터 들어줄 수가 없었다. 비록 글의 흐름을 지키기 위해 무게의 편중은 있다손 치더라도 작가는 끝까지 개입하지 않겠다는 의지를 지켜냈다.

이 막대한 사업을 혼자서 이룩하기 위해 그는 매달 열흘 이상 지리산을 탔으며, 시대의 현장에서 살아남은 사람의 증언을 듣는 등 확인에 확인을 거듭했다고 밝히고 있다.

그런 철저한 준비 과정을 거치고도 만 6년의 세월을 필요로 했고, 그 동안 초등학생이던 아들은 고등학생이 되어 아버지가 쓴 소설을 읽을 수 있게 되었다고 한다.

〈태백산맥〉의 '진정한 작가는 누구인가'라는 질문에 대해 평론가 김철은 조정래가 아니라고 말한다.

이 소설의 진정한 작가는 사람다운 삶의 실현을 위해 싸우다가 지리산 자락에서 숨겨간 수많은 영혼들이라는 것이다.

그들의 꿈, 그들의 아픔, 그들의 눈물, 그들의 외침이 작가의 손에 의해서 고스란히 되살아나고 있으니 진정한 작가는 그들 자신일 수밖에 없다.

바로 이 점이 이 소설을 이른바 다른 '분단 소설'과 구분짓는 중요한 특징이다.

후광이 '자랑스러운 우리의 소설'이라고 일컫는 작품이다.

〈토지〉—박경리

박경리는 1926년 경남 충무에서 태어나 진주여고를 나왔다. 소설 〈김약국의 딸들〉로 널리 알려지기 시작했으며, 장편 대하소설 〈토지〉는 그를 명실공히 한국의 대표 작가로 발돋음시켰다.

〈토지〉는 조선조 말엽 최참판댁을 구성하고 있던 가족과 그 구성원들이 사회적 변혁기를 맞아 해체되는 과정부터 시작된다. 조선의 양반을 세계인의 표준어로 말하자면 중세 봉건사회의 귀족계급일 것이다. 이러한 신분제도는 이미 지구촌 곳곳에서 사라지고 있었지만, 아직도 존속되고 있던 우리나라, 그리고 최참판댁 가계는 한꺼번에 밀려 들어오는 거대한 시대 조류에 휩쓸려 산산이 부서져 버리고 만다. 당연한 것으로 받아들여지던 오래 된 관습과 함께 전통적인 가치관이 무너진다는 것은 상상할 수 없는 큰 충격이었다.

이전의 관념으로는 있을 수 없는 일들이 벌어지는데,

최참판의 아내는 불륜 끝에 달아나고, 최참판은 그의 재산을 노리는 사람들에 의해 살해당하며, 집안의 큰어른 윤씨 부인은 때마침 찾아온 역병으로 죽음을 맞게 된다. 혼자 남게 된 별당아씨 서희는 이 엄청난 혼돈을 극복해 내야 함과 동시에 최씨 집안의 가계를 이어야 하는 무거운 짐을 짊어지고서 고아 출신의 하인인 길상 등과 함께 만주로 떠난다.

하지만 이 소설이 비단 서희만 좇아다니는 것은 아니다. 조선 말기에서 해방까지 긴 시간이 이어지는 동안 그 힘든 변혁을 맞이한 수많은 종류의 인간들이 어떻게 살아왔는지에 대한 족적을 저자는 그다지 통제하거나 개입하려 하지 않고 관찰자로서 따라다닌다.

〈토지〉는 소설로 시작했지만 그 영역을 끊임없이 확장하고 있다. 〈토지〉 속의 주인공들은 버겁기 그지없는 제 몫의 운명을 스스로의 힘으로 개척해 나갔고, 그 안타까움 때문에 저자는 작품을 시작한 초기에 3시간에 걸친 암 제거 수술을 받고서도 붕대를 감은 채 다시 책상에 앉아야 했다. 그 아픔 때문에 주인공들의 삶이 더욱더 넓고 깊어져 간 것이 아닐까.

〈토지〉는 저자가 이야기를 꺼내기 시작했지만 어느 순간부터는 주인공들이 〈토지〉를 이끌기 시작했다. 시간의 그물망 속으로 흩어지고 퍼지는 수많은 이야기, 저마다가 모두 접지점이고 다시 분기점이 되어 작가의 숨소리는 점

점 그들 속으로 잦아들어가는 것이 〈토지〉의 가장 큰 매
력이다.

후광은 자랑스러운 우리의 소설로 〈장길산〉, 〈태백산맥〉, 〈토지〉
를 우선 꼽는데, 그중에서도 그 가치의 크기를 떠나 심정적으로 가
장 좋아하는 것은 〈토지〉라고 밝힌다. 거기에는 남녀간의 애틋한
사랑이 있기 때문이라는데, 특히 용이와 월선의 애틋한 사랑에는
몇 번이고 눈물을 흘렸다고 한다.

세계 문학

〈전쟁과 평화〉―톨스토이

톨스토이는 러시아가 낳은 위대한 예술가이자 사상가이다. 세습귀족의 아들로 태어나 아스타포의 한 시골 역사(驛舍)에서 숨을 거둘 때까지 전인류를 위하여 전인류와 함께 전인류 속에서 산 금세기 최후의 구도자적인 작가이다.

그는 자기의 생활 체험과 삶의 편력을 처녀작 〈유년시대〉를 비롯해 〈전쟁과 평화〉, 〈안나 카레니나〉, 〈부활〉 등에서 불멸의 예술적 형상을 통하여 구체화함으로써 기적적인 예술을 창조해 냈다는 평을 얻고 있다.

또한 현대문명을 비판한 〈고백〉, 〈나의 종교〉, 〈인생에 대하여〉 등을 통하여 기독교적 아나키즘과 인간애, 악에 대한 무저항, 자본주의 및 국가에 입각한 문명을 부정하는 인도주의적 사상을 확립했다.

〈전쟁과 평화〉는 1863년에 월간 종합지 '러시아 통보(通報)'에 첫 부분을 기고한 이래 6년간의 산고 끝에 완결되었는데, 〈부활〉, 〈안나 카레니나〉와 함께 톨스토이 문학의 백미라고 할 수 있다.

〈전쟁과 평화〉는 역사소설이자 가정소설이며 민중소설인데다 역사비판과 전쟁철학을 한데 아우른, 전혀 그 전례가 없는 장려한 문학 형식을 창조하여 어떤 장르에 포함시켜야 할지 모를 서사시적 소설이다.

작품의 무대는 1805년의 나폴레옹 전쟁부터 1812년 대(對)나폴레옹 조국전쟁, 러시아 짜르 체제의 타도와, 농노제 폐지를 내걸고 반정부 혁명을 일으켰던 자유주의적 기운이 팽배하기 시작한 1820년까지 15년간의 러시아 역사를 배경으로 하고 있다.

러시아와 프랑스 양국의 국운을 건 보로지노의 대결전, 나폴레옹의 모스크바 점령, 모스크바 대화재, 프랑스군 퇴각, 러시아 농민의 유격전 등 러시아 국민에게는 잊지 못할 대사건들이 여실히 재현되어 있으며, 알렉산더 1세와 나폴레옹 등 수많은 역사상의 실존 인물과 작가 자신의 가족을 모델로 삼은 인물, 그리고 새롭게 창작된 인물들이 얽혀 일어나는 희비애락이 인간미 넘치는 정교한 필치로 그려져 있다. 그 규모의 웅대함은 세계 문학을 통틀어도 필적할 만한 것을 찾아내기 어려울 것이다.

〈죄와 벌〉—도스토예프스키

도스토예프스키는 1821년 모스크바에서 의사의 아들로 태어났다. 한때 군대에 복무했으나 곧 문학에 열중하여 처녀작인 〈가난한 사람들〉로 러시아 문학계의 총아로 떠오른다.

그러나 페트라세프스키 사건과 관련해 체포된 후 사형선고를 받게 되는데, 형이 집행되기 직전에 황제 특사로 감형되어 시베리아로 유형되었다. 유형지에서 돌아온 후 잇달아 〈지하 생활자의 수기〉, 〈죄와 벌〉, 〈백치〉, 〈카라마조프의 형제들〉 같은 대작을 발표하여 명실공히 러시아의 최대 작가로 명성을 굳혔다.

〈죄와 벌〉은 도스토예프스키의 소설 중에서 가장 많이 읽히는 작품이다.

작가가 이 소설을 쓸 당시 러시아에서는 '사회의 정의를 수행하기 위해서는 어떠한 수단도 허용된다'는 초인사상이 유행하던 시기였다. 〈죄와 벌〉의 주인공 라스콜리니코프는 이러한 초인사상의 소유자였다. 가난한 대학생인 그는 현실적으로는 무력하고 빈곤하지만, 이지적이고 사색적인 청년이었다.

그는 인류 전체의 행복을 위해 불필요하거나 해악적인 인간은 제거되어야 마땅하다는 생각에서, 전당포의 노파를 살해할 생각을 품는다. 그 노파야말로 가난한 사람의 피를 빨아먹는 것 외에 아무 존재 이유를 찾을 수 없는 인간이라고 규정한다. 마침내 그는 계획을 실행에 옮기고 때마침 들이닥친 노파의 여동생까지 살해하고 만다.

그러나 그는 범행 직후부터 양심의 가책과 고민을 느끼기 시작한다. 전혀 예기치 않았던 내면의 전쟁이 일어난 것이다. 논리와 이지가 명령하는 윤리적 의지, 그리고 인간의 마음속에 살아 있는 선과 정의의 정신적인 의지가 충돌하면서 생기는 투쟁이었다.

이 투쟁이 심하면 심할수록 라스콜리니코프는 심한 고민 속에서 헤어나지 못하고 괴로워한다. 그러다 이윽고 자기 자신은 어떠한 다른 사람을 심판할 수 있는 사람일 수 없다는 결론에 도달하고서 창녀인 소냐를 찾아가 모든 것을 고백하기에 이른다.

"난 노파를 죽인 것이 아니라 나 자신을 죽인 거야."

〈죄와 벌〉은 라스콜리니코프가 이런 말을 남긴 채 시베리아로 송치되기까지의 심리적 갈등의 변천을 치밀하게 묘사하고 있는 명작이다.

〈닥터 지바고〉 ― B. 파스테르나크

파스테르나크는 1890년 모스크바에서 출생하여, 모스크바 대학 법학부와 문학부를 마치고 독일 말부르크 대학에서 철학을 연구했다.

〈구름 속의 쌍둥이〉, 〈방벽 위로〉 등 상징주의의 영향을 받은 많은 시를 발표했으며, 혁명 후 난해한 시를 쓴다는 정부의 비난을 받고 한동안 작품 활동을 중단한 채 세익스피어의 시 번역에 전념하기도 했다. 1958년 〈닥터 지바고〉가 노벨상을 받았으나 정부의 압력으로 수상이 거절되었고, 작가동맹에서 추방되었다. 2년 뒤인 1960년 51세를 일기로 사망했다.

파스테르나크의 대표작인 〈닥터 지바고〉는 철학적인 관념소설이라고 할 수 있다. 작자는 주인공인 지바고에게 러시아 인텔리의 양심을 대변시키고, 여주인공 라라에게 러시아의 국토와 민중을 상징시키고 있다. 이 소설은 지바고와 라라의 사랑 이야기인 동시에 순수한 지식인과 러시아의 민중이 공산주의 혁명과 전체주의적인 횡포에 의해서 무참히 붕괴되어 가는 과정을 묘사한 역작이다.

그리스도의 복음이 역사의 기초라고 말하는 지바고는 '이웃에 대한 사랑'을 생명력의 최고 형태로 보면서 '선은 반드시 선을 통해서만 이루어진다'고 역설한다.

지바고는 소용돌이치는 역사의 혼돈 속에서 실패만 거듭하다가 허무와 실의 속에 비참한 일생을 마치고 만다.

결국 파스테르나크가 〈닥터 지바고〉에서 말하고 있는 것
은 폭력배에 의한 러시아 혁명의 배신과 인간부정에 대한
지식인의 무력한 항의의 비극이라고 할 수 있다.

한편 이 소설이 보여 주는 서정시 같은 아름다운 묘사
와 서사시를 읽는 듯한 이야기 전개, 그리고 세련된 문체
와 끊임없이 계속되는 철학적인 사색, 심오한 종교관은
이 작품을 불멸의 예술작품으로 승화시켜 주는 중요한 동
력이 되고 있다.

〈무기여 잘 있거라〉—어네스트 헤밍웨이

헤밍웨이는 미국에서 시립병원 의사의 아들로 태어났
다. 고등학교를 졸업한 18세부터 기자생활을 시작하여 19
세 때에는 이탈리아 전쟁에 지원병으로 출전하였고, 전후
에는 다시 기자가 되어 세계 각지로 전쟁과 모험을 찾아
다녔다. 그의 인생은 여행과 취재, 창작이 함께 한 일생
이었다. 62세인 1961년 사냥총 오발로 인한 사고로 죽었
는데, 자살로 보는 견해도 있다.

평생을 남성다운 모험과의 팽팽한 대결 속에서 살아온
그는 강렬한 체험을 예술로 승화시키는 창작에 대한 집념
을 버리지 못한다. 인간의 영광과 비극을 간결하게 묘사
한 〈노인과 바다〉는 마침내 그에게 노벨상을 안겨주었다.

〈무기여 잘 있거라〉는 저자가 직접 체험한 제1차 세계
대전을 소재로 하고 있다. 같은 해에 같은 소재로 출간된
레마르크의 〈서부전선 이상없다〉와 함께 20세기 전쟁문
학의 백미로 일컬어진다.

헤밍웨이는 평생을 모험가적 기질로 살아왔고, 제1차
세계대전에도 참전했지만, 〈무기여 잘 있거라〉에서는 주
인공 헨리를 통해 전쟁의 비극적인 실상에 대해 폭로하고
있다. 젊은 혈기와 정의라고 생각하는 신념의 승리를 위
해 이탈리아군에 지원 입대하지만, 곧 반인류적인 참상을
깨닫게 되고 젊음과 사랑까지 모두 잃고 좌절하는 젊은이
의 모습을 그려내고 있다.

〈심판〉─F. 카프카

카프카는 체코의 프라하에서 출생하여 그곳에서 생애
를 마쳤으면서도 체코 말을 몰랐다. 유태인이었으나 히브
리어도 몰랐고, 단지 독일인 신분으로 독일어 교육만 받
았다. 따라서 독일인이라는 이유로 그를 둘러싼 체코인으
로부터 배척되었고, 오스트리아인에 의해서는 보헤미아
사람으로 기피되고, 독일인들에게는 유태인으로 경멸되
고, 자식으로서 집안에서 소외되고, 유태인으로서 기독교
로부터 단절되고, 무신론자로서 대부분의 종교적 유태인

들에게 외면당하고, 난해한 글을 쓰는 예술인으로서 일반
대중에게 이해되지 못했다. 도처에 관련되어 있고 예속되
어 있었으나, 아무 데도 속하지 못한 사람이었다. 혼자서
'종이에 뭔가 끼적거리는 것'이 유일한 낙이었다. 이곳에
서 저곳으로 밀리고 밀리며 채찍을 맞아 돌고 도는 팽이
처럼, 쫓겨 돌아가는 방황자로서 난해한 작품 〈심판〉, 〈성
(城)〉, 〈아메리카〉, 〈투쟁기〉, 〈시골의 결혼준비〉 등을 썼
다. 그러나 이들 작품 대부분은 그가 41세의 짧은 나이에
폐결핵으로 숨지고 난 뒤 친구에 의해 발표된 것이다.

〈심판〉은 카프카의 대표작으로 작품 첫머리에 이런 말이
있다.

"누군가가 틀림없이 요셉 카를 모함한 것 같다. 나쁜
일을 한 적도 없는데 어느 날 아침 체포되었기 때문이다."

그러나 이 소설은 끝까지 왜 주인공인 그가 체포되었는
지 밝혀주지 않는다. 뿐만 아니라 정말 나쁜 일을 했는지
안했는지도 전혀 알 수가 없다. 체포되었다고는 하나 고
소당한 일도 없고, 심판을 받았으나 판결받은 일도 없다.
그럼에도 불구하고 요셉 카는 31세가 되는 생일 전날밤
두 사람에 의해 끌려가서 한 사람이 그의 목을 비틀어 죄
는 동안 다른 한 사람이 칼로 찔러서 '개처럼' 일그러진
눈을 하고 죽는다.

카프카의 이 '심판'은 눈에 보이는 생활의 영역에서 이

루어지는 것이 아니라 '보이지 않는 어떤 법정'에서 이루
어지는 것이다. 따라서 주인공은 체포되고 구속되고 심리
를 받고 다시 구금되고 심판을 받지만, 끝내 심판관을 본
일이 없고 법원이 어디 있는지도 모른다. 주인공인 요셉
도 모르고, 작품을 읽는 독자도 알 수가 없으며, 해석해
보려는 평론가들도 끝내 현기증을 일으켜 저자인 카프카
처럼 미궁 속에 빠져버리는 것이다.

카프카는 언제나 이방인이었다. 이방인이기에 그곳을
몰랐고, 소속되고 싶어하고 정착하고 싶어하는 것까지 곧
위법이라는 것을 모른다. 모르기에 죄가 없다고 주장하며
그 세계의 율법에 접근하지만, 그것이 자기 죄를 찾아 구
원하는 길이라는 것을 이방인이 알 리가 없다. 세계 율법
을 모르고 세계 속에 들어가려는 노력이 이방인에게는 도
달할 수 없는 소망이다. 이 소망은 비단 카프카의 것이
아니다. 소속 없이 떠도는 모든 유태인의 소망이었고, 무
엇보다 죄도 없이 아우슈비츠 수용소에 끌려가 '개처럼'
죽어간 카프카의 세 여동생의 소망이기도 했다.

이 도달할 수 없는 법원 당국은 이방인으로 낯설기만
한 카프카 자신의, 낯설기만 한 현실 생활의 비유라 할
수 있다. 그는 눈에 보이지 않는 것을 예술적으로 묘사해
내고자 하는 불가능을 시도한 위대한 작가였다.

〈이방인〉—A. 카뮈

카뮈는 18세기경 북아프리카로 이민한 프랑스계 아버지와 스페인계 어머니 사이에서 태어났다. 아버지는 제1차 세계대전에 참전하여 전사하고, 카뮈는 가정부 일로 근근히 생계를 유지하는 어머니와 함께 외가에서 가난한 어린 시절을 보냈다.

고등학교와 대학교를 다니는 동안 철학교수 장 그르니에의 영향을 받아 교수가 되려고 했으나, 폐병으로 포기하고 작품활동을 시작했다. 1940년 프랑스에서 제2차 세계대전을 맞는데, 이때 쓴 〈이방인〉, 〈시지프스 신화〉로 일약 명성을 얻은 그는 이어 희곡 〈칼리굴라〉, 〈오해〉 등으로 작가적 지위를 굳혔다.

이후 제2차 세계대전의 경험과 반성을 소산으로 해서 쓴 소설 〈페스트〉, 희곡 〈계엄령〉, 〈정의의 사람들〉, 철학적 에세이 〈반항적 인간〉, 정치평론 〈악튀엘 1, 2〉 등을 통하여 카뮈는 서구 지성계에서 이른바 '정신적인 스승'으로 존경을 받았으며, 1957년 노벨상을 받았다. 그러나 뜻밖의 교통사고로 인해 47세로 일기를 마쳤다.

〈이방인〉은 카뮈가 쓴 세 권의 장편 소설 중 최초의 작품으로, 전쟁 후 황폐해진 사람들의 감성을 자극하여 출간 즉시 베스트셀러가 되었다. 역사적 전환기에서 과거와의 결별을 선언하고 새로운 감수성을 요약하는, 완벽하고

의미심장한 소설로서 현대인의 사랑을 받은 것인데, 지금
도 프랑스에서는 거의 항구적인 베스트셀러로 군림하고
있다.

소설의 무대는 공포의 질병으로 인하여 폐쇄된 오랑이
라든가(페스트), 어둡고 답답한 암스테르담(전락)과 달
리, 햇빛 찬란한 푸른 바다를 향해 열려 있는 알제리의
풍경이다. 이곳은 '가난까지도 햇살이 비추어 주는' 작가
자신의 고향이기도 한데, 공간 선정 자체가 암울한 시기
로부터의 일탈을 꿈꾸는 당시 시대를 반영한다고 할 수
있다.

주인공 뫼르소는 이런 햇살을 즐기며 별로 바쁠 것도
없고, 그다지 서두를 이유도 없는 가장 평범한 월급쟁이
생활에 나른하게 젖어서 살고 있는 사람이다. 이러한 뫼
르소의 지극히 담담한 일상은 저자가 시도한 독특한 '백
색의 언어'와 '차디찬 문장'을 통해 밀도 있게 압축되어
있다.

뫼르소는 언제나 똑같은 해가 떠오르면 이름 없는 선박
회사에 출근해서 서류 속에 얼굴을 파묻고 있다가, 퇴근
하면 어슬렁거리며 혼자 사는 아파트로 돌아온다. 같은
식당에서 밥을 먹고, 발코니에 우두커니 앉아서 지나가는
사람을 쳐다보다가 낮잠을 즐긴다. 꿈도 없고 희망도 없
는, 사회가 만들어 낸 월급쟁이의 전형이다. '모친 사망'
이라는 전보를 받지만, 그는 장례식의 풍경이 낯설기만

하다. 화사한 햇빛을 살갗에 느끼면서 여자와 함께 바닷가에서 수영을 즐기기에 좋은 날씨라고 생각한다.

어느 날 그는 우연하게 살인을 저지르고 재판을 받는다. 하지만 그는 재판정의 모습마저 낯설기만 하다. 모든 사람들에 의해 비난받아야 할 마땅한 일을 저질렀음에도 불구하고 그는 쉽게 그 속에 동화되지 못하고 있다.

카뮈는 뫼르소를 통해서 '어머니 장례식 때 울지 않으면 처형당할 위험이 있는' 사회를 경고하고 있다. 현실에 있어서 뫼르소는 살인을 했다는 이유로 사형을 당했지만, 작품 속에서의 뫼르소는 자신이 믿는 믿음과 몸으로 느껴지는 감정에 솔직하게 따랐기 때문에 사형당한 것이다. 그는 사람들이 만들어 놓은 이 연극 무대에서 자신의 감정을 과장해야 한다는 규칙을 따르지 않아서 사형당했으며, 이 연극적인 사회에서 그의 죽음은 정당화되고 있다.

〈파우스트〉—J. W. 괴테

괴테는 라인 강변의 프랑크푸르트에서 명문 집안의 자식으로 출생했다. 25세 때 〈젊은 베르테르의 슬픔〉을 발표해서 세계적인 명성을 얻는다. 그는 법학을 전공했지만, 때마침 불어닥친 젊은이들의 문학운동인 '질풍노도'에 휩쓸려서 독일 문단의 중심인물이 되었다. 다방면에서

재주를 보인 그는 봐이마르로 초빙되어 국정에 10년간 참여하는 활약을 하기도 했다.

1786년 이탈리아 여행을 계기로 괴테는 그의 문학 및 예술관에 일대 전환을 이룬다. 이전까지의 어두운 충동과 정열의 시인에서 밝고 우아한 고전의 세계로 진입한 것이다.

〈식물변혁론〉 등 자연과학 분야에서의 업적도 크지만, 무엇보다 시·소설·희곡 등 문학의 각 분야에서 놀랄 만큼 많은 업적을 남겼다. 그중에서도 〈빌헬름 마이스터의 편력시대〉, 〈친화력〉, 〈동서시집(東西詩集)〉 등은 높은 예술성과 함께 깊은 사상성을 갖춘 것으로 높이 평가되고 있다. 특히 그가 일생을 걸고 자신의 온갖 경험과 깊은 사색을 쏟아넣은 비극 〈파우스트〉야말로 그의 대표작이라 할 것이다.

괴테가 중세 독일의 전설인 '파우스트'를 희곡으로 만들어 보겠다고 생각한 것은 소년시절이었다고 한다. 24세가 되던 해에 초고가 완성됐는데, 16년 뒤에 〈단편 파우스트〉로 세상에 출간되었다. 그 뒤에도 여러 차례 가필과 보완작업을 거쳐 최종적으로 작품이 완성된 것은 그가 83세의 고령으로 숨을 거두기 6개월 전이었다. 초고 이후 도합 60년의 세월 동안 다듬어진 이 작품은 질풍노도의 청년기부터 중년의 고전기를 거쳐 만년의 종합적 완성기에 이르는 시인의 생애 전체가 들어 있다고 할 수 있다.

전설의 주인공 파우스트는 전통적인 기독교의 속박을 벗어나려는 순수 독일적 거인의 상징으로 표현된다. 그는 인간으로서 가능한 모든 재주와 학문을 획득하였으나 만족하지 못하고 우주의 신비와 최고의 향락을 얻고자 악마 메피스토펠레스에게 영혼을 팔기까지 한다. 즉, 모든 욕망을 만족시켜 주는 대신 24세에 파우스트의 영혼을 가져간다는 계약을 맺은 것이다.

파우스트는 악마의 힘으로 마음껏 자기의 욕망을 채운다. 그러나 아무리 채워도 만족은 얻어지지 않아서 끝내 신에게 구원의 기도를 올린다. 그러나 메피스토펠레스는 고대 그리스의 미녀 헬레네를 보내 파우스트를 다시 유혹한 뒤, 파우스트가 그녀를 안으려는 순간 지옥으로 끌고 가 버린다.

파우스트의 이와 같은 독일적 인식욕구와 욕망에의 충동, 그리고 그 고뇌와 운명을 괴테는 인류의 보편적인 상징으로 끌어올리고 있다. 무엇보다 더 우리에게 친근감을 주는 것은, 전설과는 달리 파우스트가 신에게 구원을 얻게 되는 것으로 마무리해서 희망과 용기를 준다는 데에 있다. 이것은 괴테가 평생을 바쳐 우리에게 찾아준 희망이다.

종교

〈한국 종교와 기독교〉─유동식

이 책은 기독교 서적 출판사에서 기획하여 출간하였으나, 내용은 기독교인의 입장에서만 머물지 않고 한국의 전통 종교를 폭넓게 다루고 있다.

저자에 따르면, 한국은 종교에 있어서 세계적으로 독특한 특성을 보인다. 바로 한국문화를 지배하는 종교가 시대에 따라 완전히 교차되고 있다는 것이다. 여러 종교가 동시에 함께 공존하는 다양성과는 또 다르다.

선사시대는 원시 종교인 샤머니즘의 독무대였다. 그러다가 신라와 고려 때에는 중국을 통해 들어온 불교가 널리 퍼져 한민족의 정신세계를 지배하였고, 조선에 이르러서는 유교가 전적으로 지배하였다. 그러나 조선이 멸망하자 유교도 함께 자취를 감추고 그 자리를 대신한 것이 오늘날 새로이 한국의 지배적인 종교로 등장한 기독교인 것이다.

그러므로 한국에는 시종일관 운명을 같이한다는 의미의 민족종교라는 것이 없다. 한국은 마치 세계 종교의 실험실과도 같다. 이러한 의미에서 보면 한국의 종교사는 곧 세계의 종교사였다고 해도 과언이 아니라는 것이다.

이 책에서는 선사시대의 샤머니즘부터 시작해서 시대에 따라 바뀌는 종교를 모두 설명하고 있는데, 비교종교학을 논하는 것이 아니라 한국 종교사의 자연스러운 흐름을 그대로 반영하고 있다.

그저 한국의 일반인을 대상으로 그 종교적 유산을 더듬어 보자는 것이 저자의 의도이다.

저자는 종교의 선택 자체가 매우 자유스러운 것임을 강조하고 있다. 그래서 샤머니즘이나 유교가 과연 종교의 카테고리에 드느냐 하는 과학적인 해석은 모두 유보하고, 한국인이 신앙했던 것은 모두 애정을 가지고 망라하고 있다.

소제목들만 보아도 교단을 초월해 역사를 있는 그대로 솔직히 수용하는 자세가 그대로 엿보인다.

• 한국인의 심성을 좌우한 무교(샤머니즘) • 한국의 이상을 제시한 불교 • 한국의 군자도(君子道)인 유교 • 한국의 창의성을 과시한 천도교 • 한국의 장래를 짊어진 기독교.

후광은 이 책을 '일생을 두고 재독 삼독할 책'이라면서 가족 각자
가 한 권씩 따로 갖추라고 일렀다.

〈교회란 무엇인가〉—한스 큉

이 책은 제목 그대로 교회가 무엇인가 하는, 가장 기본
적이고 초보적인 물음에 대해 간략히 서술한 글이다.

그런데 이 책이 나오자 상당히 시끄러운 반향이 있었
다. 가톨릭과 개신교의 출판사에서 동시에 나왔는데, 그
것 자체가 하나의 사건이었다. 교파간에 이견이 많을 수
밖에 없는 문제에 대해서 양 교단의 교인들이 함께 관심
을 보이고 동의를 한 것이 우선 놀랍고, 또한 관심이 많
았던 만큼 책이 나온 후 논란이 많았던 것도 충분히 짐작
되는 일이다.

아무튼 찬반을 막론하고 굴지의 신학자들을 위시하여
일반 신도에 이르는 많은 이들로 하여금 근래 어느 책보
다도 교회란 무엇인가에 대한 근본적 물음에 새로이, 깊
게 생각하게 했고, 또 물음의 지평을 크게 넓혔다는 점에
서도 매우 긍정적인 자극이며, 높게 평가되어야 할 공헌
이라 할 수 있다.

어떤 의미로는 많은 물의를 일으켰다고 할 수도 있다.
그러나 논란을 위한 논란을 벌였다고 하기에는 저자의 태

도가 너무도 진지하고, 또 비판적인 반면에 교회에 대한
저자의 사랑이 너무도 역력하다는 것이 일반적인 견해이
다.

이 책은 교회라는 말의 뜻부터 시작하여 신자라면 누구
나 한번 가져봄직한 기본적인 물음을 저자 스스로 하고
거기에 대해 솔직하게 답하고 있다.

교회는 찬양의 대상인가, 예수의 생애에는 분명히 교회
가 없었다, 교회는 하느님의 나라가 아니다, 교회는 성직
자 중심이 아니다, 교회는 성령이 아니다, 그러나 교회는
성령이 짓는다…. 이러한 80개의 명제들이 풀이되고 있다.

저자는 이런 물음에 대해 아주 간결하게 대답한다. 아
쉬움이 없지 않지만, 어떻게 보면 이러한 대답들은 처음
부터 간단할 수밖에 없는 것이기도 하다. 단지 현대 사회
에서 교회가 다양하게 풀이되고, 또 아전인수격으로 해석
되는 것이 문제이지, 교파간의 이해관계를 떠나 궁극의
신은 하나일 수밖에 없으니까 말이다.

더욱이 대전환의 시대로 대변되는 21세기를 맞아, 특히
우리나라에서처럼 신앙의 이해에 깊이와 성숙이 절실히
요청되는 마당에서는 더더욱 필요한 책이라 하겠다.

후광은 아들들에게 이 책을 꼭 권하면서, 아주 계발적이어서 신앙
생활을 근본적으로 반성하고 참다운 길을 찾는 데 많은 참고가 될
것이라고 했다.

<역사와 해석>—안병무

이 책은 성서에 대해 궁금증을 가지고 있는 일반인을 대상으로 쓴 책이다. 성서의 핵심을 일관해서 제시함과 더불어 꼭 필요한 사실들을 확실한 근거를 가지고 밝히고 있다.

성서는 한 번 읽어서 이해할 수 있는 책이 아니다. 거듭해서 읽고 배우면서 스스로 분석하고 새로운 해석을 해야만 한다. 그러기 위해서는 홀로 공부하는 것도 물론 중요하지만, 모여서 함께 토의하며 읽어나가는 편이 상당히 효율적이다. 저자는 이 글이 그런 목적에 쓰이기를 바라면서 썼다고 밝히고 있다.

성서는 역사적 사건에 대한 증언이고, 항상 해석을 필요로 한다. 책의 제목이 <역사와 해석>인 것에서 알 수 있듯이 성서는 해석하지 않고 그대로 두거나 반복만 하면 침묵하고 만다. 물어야 대답하는 것이다. 역사는 끊임없이 전진하고 인간의 삶도 꾸준히 앞으로 나아가고 있으므로 필요한 것을 묻고 찾아낼 줄 아는 지혜와 노력이 필요한 것이다.

저자는 민중신학적 시각의 확립에 상당한 비중을 두고 있다. 예를 들어 출애굽 사건을 풀이하면서 '히브리'가 한 민족의 이름이 아니라 밑바닥 '계급'을 나타낸다고 설명한다. 즉 고대 이집트의 노예를 말한다. 그리고 지금 말로 하면 민중을 뜻하는 것이다. 따라서 신이 노예를 부

리던 이집트인을 '내려치고' 그들을 거기에서 '이끌어냈
다'는 것은 곧 민중의 해방을 의미한다고 했다. 성서를
일관되게 관통하고 있는 이 의미는 곧바로 예수를 포함한
민중의 해방이 큰 줄기로 이어져 있는 것으로 보아야 한
다고 저자는 말하고 있다. 바로 이 점이 다른 고전과는
다른 성서만의 고유한 특성이라는 것이다.

따라서 이런 시각을 외면하면 성서의 본류에 접근하지
못하고 주변에서 맴돌고 말 것이라고 저자는 경고한다.
그 자신도 처음 이 책을 쓸 때는 그러지 못했는데, 지금
은 확신이 서서 개정판을 낼 때마다 바뀐 시각을 정확히
수용하려고 애썼다고 고백하고 있다.

'성서는 비단 종교인만이 독점할 수 있는 책이 아니다.
민중적 시각을 갖고 역사를 보거나 인간세계를 논하는 사
람들은 반드시 읽어야 할 보배다.'

후광은 가족 모두에게 '성서의 이해에 좋은 명문장'이라고 높이
평가하며 권했다.

(도덕적 인간과 비도덕적 사회)—라인홀드 니버
라인홀드 니버 박사는 예일 신학교에서 신학을 공부한
후 디트로이트에서 13년간 목사로 활동하다가 이후 유니

온 신학교에서 기독교 윤리학 교수로 은퇴할 때까지 재직
했다.

〈도덕적 인간과 비도덕적 사회〉는 '인간사회에서 정의
되고 있는 도덕이란 과연 무엇인가' 라는 주제를 놓고 저
자의 폭넓은 지식과 통찰력 그리고 상상력을 통하여 깊이
있게 사색하고 있는 명저이다.

그는 도덕과 이성의 자리매김 문제를 개인과 사회라는
두 축을 중심으로 해서 풀어나간다. 여기서 사회란 시민
사회를 뜻하는 것이 아니라 개인을 넘어서는 일체의 집단
을 모두 포괄하는 개념이다.

그에 따르면 개인은 비이기적이고 도덕적이며, 사회는
이기적이고 비도덕적이다. 개인은 자신의 이해관계뿐만
아니라 다른 사람의 이해관계도 고려하며, 때로 다른 사
람의 이익을 더 존중하기도 한다. 그리고 개인의 이러한
도덕적인 본성은 사회교육에 의해 얼마든지 확장되고 세
련되어질 수 있다. 하지만 이 모든 성과들은 인간사회와
사회집단에서는 거의 획득되기 어려워서 심한 이기주의
성향을 보인다. 집단의 도덕이 이처럼 개인의 도덕에 비
해 열등한 이유는 자연적 충동에 버금갈 만한 합리적 세
력을 형성하기 힘들기 때문이며, 또한 오직 개인들의 이
기적인 충동으로만 이루어진 집단적 충동 때문이기도 하
다. 개인들의 이기적 충동은 개별적으로 나타날 때보다

하나의 공통된 충동으로 결합되어 나타날 때 더욱 생생하게, 그리고 누적되어 표출되기 때문이다.

저자는 이렇게 분명한 명제 아래, 인간의 도덕적 본성이 역사적 사회 환경에서 어떻게 추구되고 또 변질되어 왔는지를 사회적 · 종교적 · 철학적 · 정치적인 면에서까지 두루 살펴보면서 도덕과 윤리의 회복을 강조하고 있다. 역자는 이 책을 '현대 사회에서 도덕은 과연 존재할 수 있는가, 있다면 어떤 방식으로 존재해야 하는가'에 대한 해답이라고 말하기도 한다.

이 책은 1932년 자본주의의 병폐가 위기적인 상황에서 개인주의의 이데올로기를 옹호하는 입장에서 씌어졌지만, 기존의 사회적 도덕과 정의가 급속히 무너지고 의심되어지는 현대 사회에서 오히려 더욱더 절실한 문제로 다가오고 있다.

후광은 '내 인생에 가장 큰 영향을 준 책' 중의 하나로서 이 책을 항상 꼽고 있으며, '개인 선(善)과 사회 선이 합치되어야 사회가 발전할 수 있다'는 것을 배웠다고 말한다.

한국사

〈한국사〉—진단학회

진단학회(震檀學會)는 일제치하이던 1934년에 결성된 우리 역사학자들의 단체이다. 3·1운동이 일어난 후 일제의 서슬 퍼런 감시가 더욱 심해졌고, 우리나라의 역사를 알려고 하는 것조차가 죄악시되었다. 그러나 그런 억압에도 불구하고 진단학회는 꾸준히 연구하여 역사에 많은 업적을 남겼다. 마침내 꿈에서만 그리던 해방을 맞게 된 진단학회는 오랫동안 쓰지 못하던 우리 말과 우리 글을 마음껏 사용하면서 그간의 연구를 집대성하여 우리 손으로 우리 역사책을 쓰는 감격적인 계획을 세웠다.

이 계획에는 미국의 록펠러 재단이 기꺼이 후원자로 나섰으며, 그 동안 진단학회와 긴밀한 관계를 맺어오던 을유문화사가 출간의 벅찬 사명을 맡게 되었다.

하지만 얼마 지나지 않아 벌어진 동족 상잔의 커다란
비극 때문에 계획은 상당한 차질을 빚게 된다. 그러나 학
문을 천직으로 하는 회원들은 전쟁의 고단한 틈바구니에
서도 펜을 놓지 않았고, 오히려 어려운 시기일수록 바른
역사를 세움으로써 과거를 반성하고 민족의 정기를 바로
잡아 장래에 대한 진로를 모색하는 것이 역사학도의 사명
임을 자각했다.

이렇게 해서 이윽고 전쟁이 끝나고 3년이 지난 1956년,
모두가 열망하던 진단학회의 〈한국사〉가 마침내 세상에
나오게 된 것이다. 하지만 〈한국사〉는 비단 한국의 역사
만을 지나치게 미화하는 옹졸함을 버리고, 그 무렵 절실
하게 깨닫게 된 '세계사 속의 한국사'를 찾으려 노력하고
있다. 이러한 의미에서 진단학회의 〈한국사〉는 우리에게
매우 가치가 큰 책임이 분명하다.

후광이 '일생을 두고 재독 삼독할 책'으로 높이 평가한 것 중의 하
나이다.

〈한국 상고사의 쟁점〉―천관우 편

이 책은 월간 〈신동아〉의 1971년 1월호부터 5월호까지
에 연재되었던 '토론, 한국사의 쟁점'을 모은 것이다. 그

러나 애초 계획했던 대로 진행되지 않고 삼국시대 형성 무렵에서 토론이 중단되었기 때문에 〈한국 상고사의 쟁점〉으로 개칭하게 되었다.

토론에 참가한 사람은 사회에 천관우, 역사학과 고고학에서 고병우〈아시아사〉· 김원룡〈고고학〉· 김정배〈한국사〉· 김철준〈구미사〉· 이기백〈한국사〉· 김해종〈아시아사〉, 그리고 인접과학에서 김방한〈언어학〉· 김봉균〈지질학〉· 김병하〈경제학〉· 김열규〈신화학〉· 이광규〈인류학〉· 이기문〈언어학〉· 이용희〈정치학〉· 이찬〈지리학〉· 이춘녕〈농학〉· 이해영〈사회학〉· 정창희〈지질학〉 등이다.

토론 참석자의 범위에서 알 수 있듯이 토론은 역사 전반에 걸친 광범위한 것이었다. 하지만 토론의 목적은 학자를 위한 것이기보다는 일반 지식인이 우리나라 역사에 관심을 가지고 애정을 갖게 하자는 데 있어서 지나치게 깊이 빠지는 것은 자제되었다.

사실 역사는 전문가나 시험 보는 학생의 머리에만 가두어 둘 수 없는 것이다. 인간의 현재는 항상 역사의 연장선상에 존재하고 있는 만큼 항상 역사에 관심을 가지고 있어야 올바른 미래에의 길을 지향할 수 있는 것이다.

이와 같은 목적에서 토론은 우리 민족이 각 시대에 어떤 사회를 만들고 어떤 문화를 이루며 발전해 왔는지 거시적인 윤곽과 줄거리를 제시하고자 했다. 한국사학이 역사과학으로 파헤쳐지기 시작한 시기가 얼마 되지 않기 때문에, 이런 거시적인 줄기를 잡기란 어려운 일이었다. 하지만 일반인에게 우리 역사의 흐름을 이해할 수 있게 한다는 애초의 목적을 위해서 아쉬운 대로 부족한 부분은 가설을 대입하더라도 줄기를 유지하고자 시도했다.

또한 이 토론은 한국사라는 좁은 울타리에서 머물지 않고 세계사 속에서의 한국사를 이야기함으로써 세계 속에서 한국인이 어떻게 살아왔는지도 함께 아울러 볼 수 있도록 하고 있다.

이 책은 비록 미완성이기는 하지만 역사상 수없이 많은 민족의 흥망과 성쇠 가운데서 뚜렷한 모습으로 살아남아 오늘날까지 발전을 계속해 온 우리 민족의 모습과 그 동력을 밝혀서 자신감을 갖게 만든다.

후광이 셋째아들의 요청을 받고 국사 부문을 시대적으로 구분해서 추천해 준 책이다.

〈고려시대 정치제도사 연구〉 - 변태섭

이 책의 저자는 한국사 중에서도 고려사 연구에 독보적인 위상을 가진 변태섭 교수이다. 좁고 침침한 연구실에서 풍부한 자료도, 함께 하는 동료도 없이 끈기 있게 외길을 걸어온 그는 잘 알려지지 않고 그나마 알려진 사실도 잘못된 부분이 많은 고려 역사를 환하게 밝혀내는 업적을 이루었다.

특히 고려 정치제도에 관한 저자의 연구는 네 가지 주안점을 가지고 있다.

첫째는 당제(唐制)를 기반으로 서술되어 있는 고려사 〈백관지(百官志)〉에 대한 반성에서 출발한 점이다. 그 동안 고려의 정치제도는 〈백관지〉의 내용 그대로 당제가 실시된 것으로 알려져 있었다. 그러나 실제로 고려에서 실시된 정치제도는 당제와 다르고, 또 〈백관지〉의 내용과도 다르다는 것이다. 따라서 저자는 고려의 제도가 당제의 3성병립제(三省竝立制)가 아니라 일원적 체제임을 우선 밝히고 그 후 어떻게 변천하였는지 고찰하고 있다.

둘째는 고려의 정치제도를 시대에 따른 동적인 각도에서 파악하려 했다는 점이다. 종래의 연구는 대개 평면적으로 제도의 내용을 파악하는 데만 그친 감이 많은데, 저자는 제도사 연구의 보다 중요한 의의는 사회발전에 따른 변천을 규명하는 데 있다고 보고 고려의 정치제도가 시대의 흐름에 따라 어떻게 변화하고 개편되었는가를 해명해 내었다.

셋째, 저자의 관심은 상당부분이 고려의 명령체계의 구조를 밝히는 데 집중되었다. 왕으로부터의 명령이 어떤 과정을 통하여 백성들에게 하달되는지를 분석해 낸 것이다. 명령체계를 해명하면 행정조직과 정치구조가 함께 이해되는 것은 자명한 사실이다.

넷째는 고려사를 사회 발전의 시각에서 파악하여, 무신란을 일대전환기로 설정한 점이다. 고려는 귀족사회였는데 그중에서도 문반(文班)만이 귀족을 형성하였다. 이에 불만이 쌓인 무인들은 마침내 무신란을 일으켜 귀족사회를 해체시킨 뒤 신분보다도 실력이 우선되는 새로운 사회를 형성하게 하였다. 저자는 이 책에서 고려의 신분사회를 변질시켜 귀족사회가 해체되는 계기로서 무신란을 조명하고 있다.

후광이 국사 부문을 시대적으로 구분하여 추천하는 책이다.

〈한국사신론〉—이기백

〈한국사신론〉은 1967년 초판이 간행된 이래, 1976년에 개정판, 1990년에 신수판의 두 차례 수정을 거치면서 현재까지 발행되고 있는 매우 끈질긴 생명력을 가지고 있는 책이다.

물론 저자가 여러 차례 개정, 수정을 거치며 국한문 혼용체를 국문 전용으로 바꾸는 등 노력을 게을리하지 않은 이유도 있겠지만, 그보다는 그 내용에 있어서 저자가 항상 객관성과 사실성을 유지하려 애쓰고 있다는 데 큰 이유가 있다.

자료가 부족하기 쉬운 역사학은 그 특성상 가설과 억지와 편견이 항상 따라다니기 마련이다. 이런 취약성 때문에 심지어는 의도를 가지고 일방적으로 끌어가는 경우조차 심심치 않게 벌어지곤 한다. 아마도 일제의 광개토대왕비문 조작이나 임나일본부설은 그 대표적인 예일 것이다.

사실을 규명하는 학자에게 있어서는 안 되는 이런 일이 우리 사회에서도 왕왕 일어난다고 저자는 지적하면서 이를 단호히 경계하고 있다. 정확한 사실은 올바른 역사가 성립하는 토대인데, 섣불리 거부하기 어려운 이런저런 이유를 들어 역사적 사실을 왜곡하는 예가 우리나라에도 있다는 것이다. 저자는 이 같은 풍조에 대해 일종의 투쟁을 해왔고, 그 점을 이 책 〈한국사신론〉에 반영시키고 있다.

이 책에서 보이는 또 하나의 특징은 구체적인 역사 사실들의 시대적 · 사회적 연결관계를 찾아서 이를 체계화하고 있다는 것이다. 과거의 고정된 틀에서 벗어나 살아 있는 역사를 생동감 있게 읽을 수 있도록 배려한 것이다.

저자는 학문의 이상은 진리를 찾아서 세상에 밝히는 데 있으며, 이 진리는 다른 어떤 것들과도 바꿀 수 없는 절대적인 값어치를 지닌다고 강변한다. 진리를 저버리면 학문은 죽게 되고, 죽은 학문은 민족에게는 아무 도움이 되지 않는 헛것이 된다. 즉 민족에 대한 사랑과 진리에 대한 믿음은 둘이 아니라 하나라는 것이다. 〈한국사신론〉은 그러한 신념을 가지고 한국사의 올바른 인식을 방해하는 낡은 틀을 과감히 깨버리려는 노력의 결과물이다.

후광은 한국사를 객관적으로 개괄하기에 좋은 책이라고 추천한다.

〈신라 정치사회사의 연구〉—이기백

이 책은 신라의 정치·사회적인 문제에 관해 쓴 논문을 모은 것인데, 우선 그 접근 방법이 매우 독특하다.

종래의 정치나 사회제도의 연구는 제도 자체의 변천과정, 즉 제도사적인 고찰이 일반적이었고 또 당연한 것으로 받아들여져 왔다. 그렇기 때문에 당시의 사회나 정치가 생동하는 모습은 제대로 볼 수가 없었다.

그런데 여기에서 저자는 당시 인간들의 사회활동 혹은 정치활동에 초점을 맞추어 이들의 활동범위를 통해 거꾸로 사회제도가 불거져 나오는 방식을 취하고 있다. 마치 영화를 보거나 소설책을 읽는 것처럼 주인공이 등장하는 것이다. 그래서 읽는 이들은 주인공의 모습에서 자연스럽게 그 시대의 정치제도나 사회제도를 이해하게 되며, 제도 변화까지도 쉽게 알 수 있다.

때문에 저자는 사료를 그대로 수용하지 않고 항상 시대적 성격의 변화에 늘 주의를 기울이고 있다. 예컨대 귀족 연합 정치의 형성과정이라든가, 혹은 골품제도의 딱딱한 껍질을 깨려는 새로운 세력의 등장 같은 것에 세심한 관심을 기울인다.

이러한 방법을 사용한 결과 신라의 지배세력이 귀족 연합에서 전제주의로, 다시 귀족 연립으로 변천하였다는 사실을 새로 발견해 내기도 하였다.

하지만 어려움도 많았다고 저자는 술회한다. '신라 사병고(新羅私兵考)'에서 보이는 것처럼, 부족한 자료 속에서 1천5백 년 전의 병졸의 살아 있는 모습을 정확히 그려 내기란 처음부터 쉬운 일이 아니었다. 〈신라 정치사회사의 연구〉 속에는 저자의 이런 힘겨운 노력의 결과로 새롭게 조망된 신라인의 모습이 살아서 담겨 있다.

후광이 우리 역사를 시대별로 구분해서 추천하는 책 중의 하나이다.

경제

〈한국 경제의 진단과 반성〉—변형윤

경제학 교수인 저자가 1960년대부터 1979년까지 오랜 기간에 걸쳐 써온 한국경제에 대한 평론들을 모아 엮은 책이다.

경제학자로서 자국 경제의 현실을 진단하고 처방을 내리는 것은 당연한 일이고, 그것은 자신의 지식을 사회에 환원하는 매우 가치 있는 일이다.

그러나 저자는 그보다는 주로 과연 한국경제가 박정희 정권의 의도대로 진정한 안정과 자립을 실현해 가고 있는지에 대해서 주로 관심을 집중시켜 왔고, 견제해 왔다. 따라서 이 글의 대부분은 그런 입장을 취하고 있고, 책을 펴내게 된 이유도 바로 안정과 자립이라는 한국경제의 중심과제를 분명히 밝혀 해결에 기여하고자 함이라고 저자는 밝힌다.

책은 모두 6부로 나뉘어져 있다.

1부는 경제발전의 본질을 다룬 글들이다. 일반적인 경제발전의 개념과 함께 저개발국 혹은 개발도상국의 특수한 경제발전의 이념이 논의되고 있다.

2부는 1부에서 논의된 이념과 연관해서 한국경제가 해결해야 할 몇 가지 기본적인 정책과제를 각 부문별로 다룬 글들이다.

3부는 1부와 2부에서 논의된 이념과 정책과제를 염두에 두면서 경제개발계획이 실시된 후부터 한국경제의 구체적인 흐름을 어떻게 이해하고 평가할 것인가를 다루었다.

4부와 5부에 수록된 글은 각각 안정과 자립의 현실이라는 한국경제의 중심과제를 다룬 내용들이다. 여기서는 특히 자원파동 이후의 한국경제가 주목되어 있다.

6부는 이상에서의 논의를 통해 드러난 한국경제의 제반 과제들을 다시 확인하고 그것의 해결을 위한 전반적인 방향전환을 모색한 글들이 묶여 있다.

이렇게 모아 놓은 글들에 대해 저자는 큰 의의를 부여하지는 않는다. 하지만 1960년대와 1970년대 당시의 한국경제를 이해하고 이를 바탕으로 새로운 길을 모색해 가려는 사람들에게는 매우 소중한 자료가 될 것이다.

후광이 '일생을 두고 재독 삼독할 책'이라고 평한 것 중의 하나로 경제학 부문에서 국내 저자의 것은 이 책이 유일하다.

〈경제학과 공공목적〉―존 K. 갈브레이드

이 책은 저자가 앞서 저술한 두 권의 책 〈풍요한 사회〉와 〈새로운 산업국가〉를 이어받은, 말하자면 그 연장선상의 종점에 해당한다. 두 권의 책 모두 경제체제의 일부를 대상으로 한 것인데, 〈경제학과 공공목적〉에서는 전부를 한데 묶어 경제체제의 전체 모습을 부각시켜 보이고 있다.

먼저 나온 두 권의 책은 이전까지 기성경제학이나 신고전파 경제학이 한 번도 취급하지 않은 거대기업을 문제로 삼고 있다. 그는 여기서 거대기업을 독점과 과점이라는 신고전파적 세계로부터 생겨난 것으로 그리고 있다.

그러나 이 책에서는 농민·소매업자·정비소·전파상·주유소·여배우·개업 의사·화가·외설물 출판업자 등 또 다른 별개의 세계도 있음을 보여주고, 앞의 세계와 합쳐진 거대한 전체 모습을 그려 보이고 있다.

앞의 책과 또 다른 점은, 이 책은 이전까지의 저술과는 달리 국제적인 경제조직까지 언급하고 있다는 것이다. 그것은 아마도 경제 전체의 모습을 하나의 살아 있는 생물로 보고 있는 이 글의 특성상 주변 관계에 대해서까지 자연스레 시야가 넓어져야 할 필요성 때문으로 보여진다.

갈브레이드가 보여주는 이론의 특징은, 다른 사람들이 발견하지 못하고 있던 '새로운 현실'을 그의 독특한 통찰력으로 끌어내어 도마 위에 올려놓고서, 폭넓은 그의 지식을 이용한 '새로운 용어'로써 색다르게 요리해 낸다는 데 있다.

게다가 이런 분석이 끝나면 우리가 보편적으로 믿고 있던 기존 통념이 이 같은 새로운 현실을 분석하기에는 얼마나 뒤떨어져 있는가를 속속들이 밝혀 낸다는 점이다. 때문에 그가 펴내는 책은 언제나 선풍을 일으켰으며, 많은 나라의 정책회의 석상에서 그의 이름이 오르내리게 한다. 이 책 역시 그러한 그의 독특한 취향이 그대로 살아 있음은 말할 것도 없다.

후광으로부터 일생을 두고 읽을 만한 책으로 평가받고 있다.

《제로섬 사회》—레스터 더로우

케인즈의 일반이론이 경제학과 미국 경제정책에 미친 영향을 한마디로 '케인즈 혁명'이라고 부른다. 그러나 이런 신경제학으로 성장을 구가하던 미국은 1970년대 전세계를 휩쓴 석유파동으로 인해 일대 위기를 맞게 되는데, 이때 복음서처럼 나타난 것이 조지 길더의 〈부와 빈곤〉으로 대표되는 '공급중시 경제학'이다. 공급중시 정책은 미국 경제의 고민해결을 공급 측면에서 찾아야 한다는 것이다. 새로 출범한 레이건 행정부는 이 이론을 교과서로 채택했다.

이러한 낙관적인 견해에 반기를 들고 나온 것이 MIT의 40대 젊은 교수인 더로우의 책 〈제로섬 사회〉이다.

당시 미국이 안고 있던 경제문제는 불황과 인플레로 인한 저성장, 또는 마이너스 성장, 부의 소득과 불공평한 분배, 고통의 불평등 분담 등으로 요약된다.

더로우 교수는 이를 해결하기 위해서는 먼저 생산성 향상을 위해 독과점 규제와 같은 불필요하고 비효율적인 정부 규제를 철폐해야 하며, 경제성장의 혜택을 국민 모두에게 균등하게 분배하고, 고통 또한 공평하게 분담하기 위해서는 정부가 보다 적극적으로 개입해야 한다고 주장하고 있다.

그는 모든 것을 시장 기능에 맡긴다면 바람직하지 않은 현상이 나타날 경우가 많으며, 시장의 결정이 언제나 부를 공평하게 분배하는 결과를 가져오지는 않는다고 강조한다. 어느 누군가의 소득 증가는 결국 그 사회 누군가의 소득을 감소시킨 결과라고 보고 있는 것이다. 다시 말하면 제로섬(둘의 합계가 제로라는 뜻) 요소이다.

따라서 각자의 책임과 의무가 강조되어야 하고, 또한 고통의 분담, 부의 고른 분배가 이루어지려면 유능하고 정직한 정부가 개입할 수밖에 없다고 보는 것이다.

오늘의 한국경제는 IMF 관리 체제하에서 힘든 고통을 이겨내고 있다. 재도약을 위한 준비의 과정이라고 할 수 있는 이 시점에서 후광의 경제 정책은 매우 중요하다. 후광은 이 책을 무척 좋아해서 '경탄할 만한 좋은 책'이라고 칭찬했으며, 이 책이 출간될 당시 감옥 안에서, 경제발전은 창조적이고 의욕에 찬 민간 기업가에 의해 이루어져야 한다는 점을 강조한 조지 길더의 〈부와 빈곤〉과 함께, 부와 고통을 정부가 나서서 균등하게 나누어야 한다는 이 책 〈제로섬 사회〉를 서로 비교하면서 매우 꼼꼼하게 읽었다.

〈경제학 비판〉--군나르 뮈르달

이 책은 1974년 노벨 경제학상을 수상한 스웨덴의 경제학자 군나르 뮈르달이 그간에 발표했던 논문 16편을 모아 엮은 책이다. 저자는 본직인 스톡홀름 대학의 교수직 외에도 제2차 세계대전을 전후해서 상공부 장관을 지내는 등 경제부서의 요직을 두루 거치는 활약을 하기도 했다.

그의 관심사와 연구대상은 매우 폭이 넓어서 경제 · 사회 전반에 걸쳐 있고, 또 자국뿐 아니라 미국사회, 특히

저개발국의 문제에 대한 많은 연구 결과를 저서로 펴냈
다.

이 책은 특히 여러 가지 면에서 그의 면모를 엿볼 수
있는데, 인플레이션과 스태그플레이션 문제, 저개발국 문
제, GNP 비판, 환경 문제, 사회개혁 문제 등 그의 다양
한 연구 결과가 고루 들어 있다.

한편 그의 문제에 대한 접근방법은 세계의 경제학계를
휩쓸고 있던 수리학파나 계량학파와는 근본적으로 거리
가 멀었다. 그가 유명해진 것은 전세계를 휩쓴 대공황 무
렵, 극복의 대책으로 정부로 하여금 공공지출의 확대를
추진하게 한 일이었다. 오늘날의 시각에서 보면 불황이나
실업의 대책으로서 당연한 것이지만, 당시로서는 획기적
이고도 엉뚱한 발상이 아닐 수 없었다. 세수가 줄어들고
있으니 재정지출을 줄여야 하는 것이 당연한 관념이었다.

특히 〈경제학 비판〉에서 누누이 강조하는 것은 기존 경
제학파에 대한 신랄한 비판이다. 그 하나는 기성 경제학
자들이 경제 분석에 있어서 모든 사회과학을 총동원하는
종합적 접근방법을 택하지 않는다는 것이고, 둘째는 평등
주의를 기초로 하는 사회 개혁의 필요성을 무시한다는 것
이다.

먼저 경제 모델은 단순할수록 바람직하다고는 하지만,
그렇다고 해서 중요한 요인마저 무시해서는 안 된다고 강
조한다. 특히 저개발국에 대입할 때는 전통문화나 사회제

도가 서구의 그것과 다르고, 갑자기 밀어닥치는 기술진보의 충격, 인구폭발, 개발을 위한 이데올로기의 보급 등과 같은 여러 가지 특수 난제들을 우선 염두해야 한다고 주장한다. 때문에 단순히 경제이론만 대입해서는 안 되며, 먼저 사회과학을 총동원해서 저개발국 자체의 자조노력을 이끌어내고, 이와 함께 철저한 자기개혁, 사회기강 확립, 농지개혁, 교육개혁 등과 함께 강력히 밀고 나가야 한다는 것이다.

또한 뮈르달은 성장과 평등은 양립할 수 없다는 기성 학자들의 주장을 철저히 배격한다. 평등이 성장의 저지요인이 되었다는 주장은 전혀 실증된 바가 없는 허상에 불구하고, 오히려 평등은 보다 큰 성장을 위한 투자로서의 가치까지 있다는 증거가 더 많다는 것이다.

특히 저개발국일수록 불평등이야말로 성장의 저지요인이라고 말한다. 불평등은 대중의 생활을 빈궁으로 몰아넣어 근로 의욕을 잃게 하며, 자유경쟁을 저해하고 생산 효율성을 감소시킨다. 신생국, 저개발국의 모든 국내 개혁에 앞서 우선되어야 할 단결을 해치는 것도 따지고 보면 불평등이라는 지적이다. 따라서 뮈르달의 평등주의는 정의나 윤리적인 관점에 앞서 효율주의의 한 계론(系論)으로 도출되고 있다.

그는 스스로를 이단경제학자로 자처하면서 기성학자들이 기득권층의 이익 옹호에 알게 모르게 협조하고 있음을 이렇게 은근히 꼬집고 있다.

"사회과학의 진보는 베일에 싸이지 않은 날카로운 논쟁을 통해야만 달성된다."

후광이 즐겨 읽는 뮈르달의 여러 책 중 하나로서, '평생을 두고 읽을 책'에 포함되어 있다.

역사 일반

프랑스사는 유럽에 있는 한 국가의 역사이면서도 근대 이후의 세계사이기도 하다. 프랑스 혁명이 인류에 미친 영향을 아무도 부정하지 못할 것이다.

프랑스사는 또한 매우 극적이다. 그들만큼 수많은 내각을 갈아치우고, 또다시 같은 사람을 불러내어 정권을 맡기고, 위대한 인물을 태연한 마음으로 부당하게 내몰고, 그런가 싶더니 또다시 그 사람을 불러내어 높은 자리에 앉힌다. 프랑스는 그 지리적 위치로 인해 수도 없이 많은 전쟁을 치른다. 내분 또한 세계에서 그 예를 찾기 어려울 만큼 많았다. 중세부터 일찌감치 대학의 이성주의가 발달하여 프랑스인을 이론에 열중하게 만들었는데, 이러한 이론적·사상적·정치적 대립은 항상 전투적인 상황으로 발전하기 마련이다. 정치제도, 교회의 권한, 자유, 심지어 비종교 학교에 대한 대립이 모두 극한까지 치달았다. 프랑스에서는 의회제도의 기본 요소인 상대편이 너무도 빈번하게 이단자로서 처단되기도 한다.

프랑스사를 이해한다는 것은 곧 인류가 중세 봉건사회에서 어떤 자각과정을 통해 어떻게 탈출해 나오는가를 이해하는 중요한 핵심이 된다. 프랑스 사람들이 어렵게 찾아낸 그 결과가 오늘날 인류가 인간중심의 사회를 이룩하게 하는 데 결정적 동인이 된 것이다. 말하자면 프랑스인은 근대 이후 세계사의 첨병 역할을 맡았다고 할 수 있다.

위험한 역할을 수행해 온 만큼 프랑스인은 강인하다. 수없이 많은 외부와의 전쟁과 그 실패로 인한 피정복 경험을 끊임없이 겪어오면서도 결코 주저앉지 않고 오늘날까지 꿋꿋하다. 그토록 서로간에 잘 싸우던 사람들이 어떻게 그렇게 단결하는지, 저항운동은 프랑스에 있어서는 일상용어처럼 보인다.

외견상 혼란 상태인 듯 보이지만 언제나 국가조직에 엄존하고 있는 질서, 분열상태로 보이지만 국가 위기마다 보이는 단결성과 통일성, 부조리 상태인 것 같으면서도 유지되고 있는 양식. 이런 보이지 않는 유산들이 프랑스로 하여금 자국 영토를 넘어 세계를 장악하는 지적(知的) 제국을 건설하게 하고 있다.

저자인 앙드레 모로아는 〈프랑스사〉에서 문학가의 솜
씨를 발휘하여 프랑스사를 더욱 흥미롭게 보여 주고 있
다.

후광이 셋째아들에게 추천해 준 역사책의 하나이다.

〈역사의 연구〉—아놀드 J. 토인비

저자 아놀드 토인비의 이름은 전세계적으로 매우 친숙
한 이름이 되었다. 필생의 역작인 〈역사의 연구〉가 세계
인들에게 친밀감을 주는 것은 인류 문명의 동향, 인류 미
래의 지향에 관하여 애정어린 시각으로 누구도 따르기 어
려운 탁월한 견해를 피력하여, 현대 문명을 이해하려는
모든 사람들에게 정신적 충족감을 주기 때문이다.

토인비가 이 책을 구상한 것은 25세의 젊은 나이였다.
투키디네스의 〈역사〉를 읽으면서 제1차 세계대전을 겪었
는데, 자기가 읽고 있던 고대 그리스의 도시국가간의 전
쟁과 지금 자신이 직접 겪고 있는 유럽 각 국가간의 전쟁
이 하나도 다르지 않다는 것을 발견하고서였다. 이 동시
대적 착상이 그로 하여금 지금까지 지배적이던 단원론적
세계사관을 무너뜨리고 다원적 세계사관을 구축하게 하
는 디딤돌이 되었다. 고대, 중세, 근대의 단계별 발전론

을 부정하고 다원적인 비교문화 연구의 길이 열린 것이
다.

이후 무려 40년간의 자료 수집과 연구 결과로 1954년 〈
역사의 연구〉 전10권 초판본이 탄생한다.

이 책에 전개된 토인비의 세계사관은 세계사 전체를 인
류 발전의 한줄기로 보지 않고, 적어도 21~23개의 문명
권, 즉 문화 또는 사회의 다원적 집합으로 이해한다. 국
가나 민족을 역사의 단위로 삼는 내셔널리즘 사관에 반대
하고, 보다 넓은 지평인 문화권이 이해 가능한 역사의 단
위라고 보는 입장을 취하고 있다.

토인비 역사이론의 핵심은 '도전과 응전'이다. 모든 문
화권은 생물체처럼 생성·성장·좌절·해체·소멸의 단
계를 거치는데, 생물학처럼 필연적인 것이 아니라 인간의
능동적 노력에 의해 좌우된다고 보고 있다. 즉, 인간이
자연으로부터 도전을 받았을 때 얼마나 적절하게 응전하
느냐에 따라 발전이 지속될 수도 있고, 곧바로 소멸할 수
도 있다는 것이다. 고대 이집트 문명이 발전한 것은 나일
강의 범람과 오랜 기간에 걸친 한랭과 건조라는 도전에
대하여 응전하는 과정이 있었기 때문이라고 해석하고
있다.

한편 자연의 도전 외에도 인구 증가, 식량 부족 등 인
간적·사회적 도전도 있는데, 그리스 문명은 이를 무역과
해외 식민지 개척으로 응전에 성공했다고 한다. 만일 한

번이라도 응전에 실패하면 소멸하여 다시 미개(未開)로 복귀하거나 다른 문화권에 동화되고 만다.

토인비는 성장하고 있는 문명은 지구촌에 5개밖에 없고, 그나마 아직 그 성장을 지속하고 있는 문명은 서구문명밖에 없다고 파악하고 있다. 그러나 이 서구문명도 아슬아슬한 절벽을 기어오르는 것 같은 위기의식으로 바라본다.

토인비 사학의 특징은 그 자신도 밝히고 있듯이 '인간 사상의 포괄적인 고찰'에 있다. 이러한 그의 사학적 태도는 르네상스의 세계와 그리스 · 로마의 고전에 그 정신적 고향을 두면서 인류 문명을 어느 일면에 국한시키지 않고 지구촌 전체로서 이해하려는 노력에서 연유한 것으로 보고 있다. 그의 사상이 넓고도 독특한 것은 바로 이런 포괄적인 그의 성찰에 기인한 것이라고 할 수 있다.

후광은 가장 감명받고 영향을 많이 받은 책으로 〈역사의 연구〉를 들고 있으며, 토인비를 '가장 존경하는 마음의 스승'이라고 거리낌없이 말한다.

철학

〈서양철학사〉—버트란트 러셀

많은 철학사 중에서도, 버트란트 러셀이 쓴 〈서양철학사〉는 일반인들이 읽기에 가장 적당한 것 중 하나이다.

저자는 철학을 사회 및 정치적인 생활 필수품으로서 해명하고 있다. 즉 유명한 어느 철학자의 개인적 사색을 늘어놓은 것이 아니라, 사회 성격의 반영으로서의 철학을 고찰하는 동시에, 이와는 입장을 달리해서 사회의 성격을 조성하는 원인이 되는 철학은 무엇인가를 찾아나가고 있다. 당대의 철학자를 배출해 낸 시대 상황과, 반대로 그 철학자가 당대에 어떤 영향을 미쳤는가를 파악하는 것이 이 책의 중요한 핵심이다.

그렇게 하기 위해서는 어쩔 수 없이 일반 역사가 많이 다루어질 수밖에 없는데, 저자는 차라리 언급할 철학자의 수를 줄이면서까지 그 길을 택하고 있다.

이러한 입장으로, 철학자가 지닌 중요성도 단지 철학적 공적에만 의존할 수 없게 한다. 가령 스피노자가 로크보다 더 위대한 철학사적 인물임에 틀림없지만, 사회에 미친 영향은 로크가 훨씬 크므로 여기서는 로크가 더욱 중요하게 취급되고 있다. 또 루소나 바이런은 학문적인 의미로는 철학자로 볼 수 없지만 그들의 철학적 기질이 시대에 미친 영향이 크므로 흐름을 유지하기 위해 다루어지고 있다. 경우에 따라선 순전히 행동적인 인물들, 예컨대 알렉산더 대왕이나 나폴레옹이 철학에 미친 영향을 부정할 수 없으므로 여기서 언급되고 있는 것이다.

때문에 다른 책처럼 짤막한 해설은 존재하지 않는다. 철학에서 짤막한 해설은 도움이 되지 않는다고 저자는 말한다. 그래서 역사나 사회적으로 영향력 있고 가치가 있다고 생각된 인물들 외에는 모두 제외되며, 다루어진 인물들은 그의 생활이나 환경에 대해서까지, 때로는 본질적인 의미에서 중요하지 않은 사소한 일들까지도 그 철학자와 시대를 아는 데 필요하다고 생각하면 모조리 집어넣었다.

인류 역사의 고비고비마다 인간이 어떤 사색을 해왔고, 또 그 사색이 다시 인류 역사에 어떤 영향을 끼쳐서 어떤 결과가 도출되었는지에 대해 통시적으로 파악하기에 더없이 좋은 책이다.

후광은 버트란트 러셀의 저서를 좋아하는데, 그중에서도 철학을 인간활동의 한 요소로 보고, 인간의 사색이 인간의 역사와 어떻게 상호작용해 왔는지에 관해서 기술한 이 책을 높이 평가한다.

〈철학개론〉—김준섭

철학사(哲學史)가 철학이 걸어온 역사를 종적으로 다루는 것이라면, 〈철학개론〉은 현시점에서 철학의 여러 문제를 횡적으로 다루는 것이다. 철학에 관한 문제가 과거와 현대의 철학자에 의하여 어떻게 다루어지며 논란을 일으키고 해결되는지 전반적으로 논술하고 있어 철학에 처음 접근하려는 사람들에게 지침서의 구실을 한다.

이 책은 처음부터 그러한 목적에 충실하자는 의도로 쓰여졌으며, 1961년 초판본이 나온 이래 저자가 여러 차례 수정과 개정을 거듭하면서 더욱더 처음의 의도를 살리고자 노력해 왔다.

철학은 우주와 사회와 인간에 대한 근본적인 문제를 고민하고 해결하는 데 그 목적이 있다. 이 목적의 달성은 하루아침에 될 일도 아니거니와 한두 사람의 천재를 기다려서 이루어질 일도 아니다. 작은 문제 하나를 해결하는 데도 수천 년이 걸리고 수많은 철학자가 필요한 경우가 철학이다. 하물며 인간의 궁극적인 문제를 알아보자는 목표를 가진 사람들에게 조바심은 절대 금물이다.

철학은 인내심을 필요로 한다고 저자는 강조하고 있다. 한 알의 모래가 모여서 사막이 되고 한 줌 흙이 쌓여서 태산이 된다는 것을 생각하면서, 더러 문제가 커져서 황망하고 해결이 더뎌서 안타깝더라도 참고 고민하는 자세로 차례차례 풀어나가다 보면 해결될 날이 마침내 오고야 말 것이라고 강조한다.

철학은 학문적으로 보면 모든 지식의 토대를 이루고 있는 지식의 지식이라 할 수 있는데, 이 외에도 또 다른 한 가지 면이 있다고 한다. 그것은 생각하고 깨치는 것으로 지혜를 이룬다는 것이다. 따라서 저자는 평생을 배워도 다 못 배울 지식의 습득에만 몰두하지 말고, 깊은 사색을 통해 한 가지를 배워서 열 가지를 깨칠 수 있는 지혜를 기르는 것이 철학하는 기본이라고 말하고 있다.

후광은 철학을 개괄적으로 바라보는 자신의 시각이 이 책의 저자와 많이 유사하다는 것을 발견했다면서, 아들에게 철학책을 읽을 때는 이 책을 빼놓지 말고 읽으라고 권했다.

제6장

아버지와 아들의 일기장 대화

여기에 소개하는 글은 김대중 대통령과 3남 홍걸군 사이에 이루어졌던 일기장 대화이다. 박정희 정권에 의해 자택연금을 강요당했던 1979년 7월 16일부터 9월 4일 사이에 씌여진 이 일기장 대화는 당시 고등학교 1학년이었던 홍걸군의 일기에 김대중 대통령이 일기장 아랫부분에 촘촘히 독후감을 쓰는 형식으로 구성되어 있다. 아버지와 아들이 나눈 일기장 대화에는 역사와 종교, 문학과 인생, 세계정치 등 여러 분야에 걸친 다양한 관심과 토론이 진지하고 자상하게 표현되고 있어, 청소년기의 독서뿐만 아니라 바람직한 인생관 형성에 노심초사하는 父情을 느낄 수 있다. 귀한 글을 게재할 수 있도록 흔쾌히 허락해준 김홍걸 씨에게 깊은 감사를 드린다.

7월 16일 일요일 흐림

오늘 아침 교회에서 남이섬으로 수양회를 가는 것에 대
해서 설명해 주었는데 금년도 수양회는 작년보다 더 즐
겁고 뜻깊은 수양회가 되었으면 한다. 집에 돌아와서 〈어
셔가의 몰락〉을 해석했는데 어려운 것이 많아서 앞으로
도 이런 책을 더 읽어서 영어 실력을 좀더 보충해야겠다
는 생각이 들었다. 낮에는 학교에서 반창회가 있어서 나
갔다. 오랜만에 중3 때의 동창들을 만났다. 우리는 간단
히 점심을 먹고 운동장에서 축구시합을 했는데 더운 날
씨에도 불구하고 모두 신나게 뛰었다. 축구를 하고나서
모두들 모여서 교가를 부른 후에 헤어졌는데 다시 또 이
런 기회가 왔으면 좋겠다. 집에 돌아왔을 때 아버지께서
일기를 잘 썼다고 말씀해 주셨다. 앞으로는 조금 다른 방
향으로 일기를 써봐야겠다. 오늘은 아주 즐겁고 유쾌한
날이었다.

독후감

1. 중학 때의 친구들과 반창회를 가진 것은 참 좋은 일이다. 후일에 회상하면 그때가 얼마나 행복했던가를 더욱 알게 된다. 다정했던 벗들과는 고교 이후에도 계속 우정을 나누는 것이 좋겠지. 어떤 사람이 말하기를 국민학교 동창은 너무 어린 시절이라 까마득하고, 고등학교는 대학입시에 몰려 친구를 깊이 사귈 수 없고, 대학 때는 너무 타산적이고 순수성이 적어서 그렇고, 역시 중학 때 동창이 제일 정답다고 하는 말을 들은 기억이 있다. 반드시 그런 것만은 아니겠지만 아무튼 중학시절의 동창, 그리고 고교시절의 동창이 가장 순수한 그리고 꿈많은 시절의 벗인 것만은 사실일 것이다.

수 있었다.

① 나는 헤밍웨이의 소설을 참 좋아한다. 거기에는 나카운 사나이의 모습이 있다. 헤밍웨이의 극 성공한 것은 아니지. ~~....~~ "노인과 바다"에서 극 로고기를 잡았지만 결국 귀항도중 상어떼에 다 좋은 올리나? 그녀는 스페인 내란에 피었던 병 ~~....~~ 애인을 남긴채 총탄에 쓸어진것. "무기 그것으로 총군가 미국인 장모가 존대에서 ... 이별간. 이별 같이

오늘은 제헌절 공휴일이었기 때문에 아침에 좀 늦잠을
잤다. 오늘 집에서 쉬는 동안에 애프타임 카숀이 지은 〈모
세야 석유가 나오느냐〉라는 책을 보았다. 작가는 헝가리
에 살고 있는 이스라엘인으로서 해학적인 표현을 주로
하고 있는데, 유태 정신이 강한 사람으로 이 이야기는 이
스라엘의 사회 문제, 아랍과의 전쟁 그리고 이스라엘의
사상을 자유분방하게 쓴 에세이인데 솔직하고 시원하게
쓴 글이 좋았고 종교적인 것에 대한 글이 감동을 주는 것
이었다.

오후에 선생님이 오셔서 공부를 했는데 그 동안 못한 것
이 많아서 그것을 한꺼번에 해내기가 힘이 들었다. 그렇
지만 계속 열심히 하면 될 것이다. 밤에 라디오에서 미국
의 카터 대통령이 연설한 내용이 나왔는데 카터 대통령
에 대해 미국에서 말은 많지만 자신의 잘못을 솔직히 시
인하고 국민들의 도움을 요청하는 자세는 대통령으로서
의 자격과 멋이 있다고 보인다.

독후감

1. 세계의 많은 민족 중에 어디를 가도 절대로 타민족에게 동화되지 않는 민족이 둘 있다. 하나는 중국인이고 하나는 유태인이다. 그런데 그 내용이 각기 달라서 재미 있다. 중국인은 어느 나라에서나 그들의 언어와 문자를 결코 버리지 않는다. 몇 대를 가도 마찬가지다. 미국서 중국인 식당을 가면 손님한테 주문은 영어로 받고 자기들 끼리 연락은 중국말로 한다. 샌프란시스코의 차이나타운에 가면 미국 은행조차 간판을 중국 글자와 영어를 병행해서 달았다. 한편 유태인은 각기 사는 나라의 말을 쓰고 자기네 고유의 말은 잊어 버린다. 그러나 종교는 절대 안 바꾼다. 그들이 2천 년의 유랑생활에서 그 모진 박해를 이겨낸 것이 이 종교의 힘이다. 오늘날 미국의 인구 2억2천 중 불과 5백만이면서 미국을 지배하는 저력을 발휘한 것도 그 원인은 이 종교의 힘이라 할 것이다.

2. 카터 대통령의 태도에 대한 너의 의견에는 전적으로 동감이다. 카터 대통령의 이번 태도에 대해서 오늘(22일) 아침 한국일보 3면에 이대 교수 이효재 선생의 글이 실려 있다. 읽어 보거라.

7월 18일 수요일

오늘 조회시간에 선생님께서 토요일에 교련 검열이 있어
서 오늘부터 연습한다고 하셔서 모두 운동장에서 연습을
했는데 여러 가지 모자란 점이 많아서 여러 번 반복하느
라고 더위 속에서 고생을 했다. 게다가 옷도 교복이어서
앉을 수도 없었다. 점심 후에는 이대 강당에서 교양강좌
가 있었다. 세계일주 여행을 했던 김찬삼 씨가 나와서 세
계 여러 나라를 돌아다녔을 때 처음에는 전쟁으로만 우
리나라를 알더란 이야기를 듣고 국력과 국가의 면모가
좋아져서 우리나라가 세계 어디에서도 미국 못지않은 나
라가 되어서 누구든지 한국을 알 수 있게 되었으면 하는
생각이다. 이것은 내가 남에게 지기 싫어하는 성격 때문
이기도 하다. 이야기가 끝나고 슬라이드를 보았는데 여
러 가지 신기한 것들이 많이 눈에 비쳤다. 돌아와서 밤에
운동을 하는데 낮에 많이 걸은 탓으로 아주 피곤했다.

독후감

1. 앞으로 너도 세계를 많이 돌아볼 기회가 있기를 진심으로
바란다. 그러기 위해서는 무엇보다도 언어가 통해야 한다. 열
심히 공부하여라.

2. 우리나라가 세계적으로 유명한 나라가 되기를 바라는 것
이 당연하다. 그러나 미국과 같이 가장 강한 나라가 되는 것
은 어렵고 또 꼭 필요하지도 않다. 오히려 우리는 덴마크나
스웨덴같이 국내에서 국민이 인권과 사회보장을 누리고 국제
적으로 평화에 협력함으로써 세계에서 존경받는 나라가 되는
것을 지향해야 할 것이다.

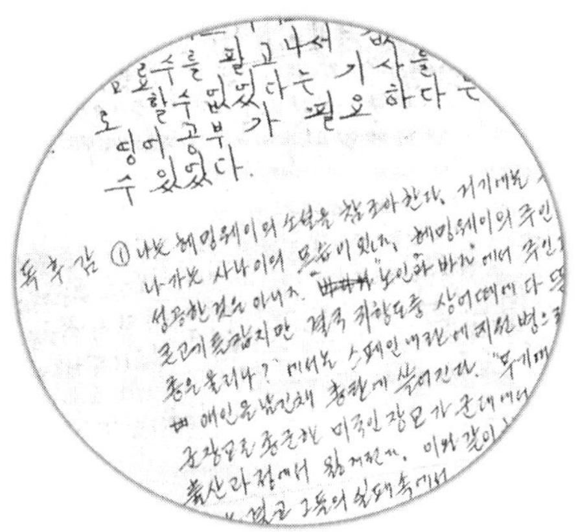

교련 시간에는 군가만을 연습했는데 큰 소리를 낼 때마다 기침이 나와 노래를 부를 수가 없었다. 국어 시간에는 마지막 시간이라서 선생님께서 모두 나와서 한마디씩 그 동안에 느꼈던 점을 말해보라고 하셔서 나도 나가서 얘기를 하고 들어왔다.

성경시간에 전 주에 못한 조가 나와 연극발표를 했는데, 전체적으로 잘하기는 했지만 준비가 부족해서 우리 조가 한 만큼 하지는 못한 것 같다.

교양강좌 시간에 목사님이 나오셔서 요즈음의 사회적 문제와 메말라가는 우리 생활에 대한 얘기를 들었는데, 여러 가지 공감이 가는 점이 많았다. 그 중에서도 담을 높이 쌓아 이웃과 차단해 놓고 사는 사람들에 대한 얘기가 인상 깊었다. 집에 돌아와서 저녁신문을 보니 우리나라의 김진호 선수가 궁도에서 세계를 제패했다고 한다. 이번 기회로 서베를린에도 한국을 알릴 수가 있었던 것이 가장 반갑다.

독후감

1. 우리나라에는 예전부터 담을 반드시 쌓아왔다. 그런데 서양 사람들은 집 주위에 담을 쌓는 법이 없고, 있더라도 겨우 자기소유와 타인의 소유간의 구별을 할 수 있는 아주 얕은 울타리의 담이 있을 뿐이다. 그러므로 우리나라의 담은 Wall(담, 성벽)이고 서양의 그것은 bence(울타리, 담)이다. 그런데 서양사람들은 일단 집 안에 들어가면 각자의 방은 완전히 다른 방과 차단되어 있고 문에는 반드시 자물쇠가 있다. 반면에 우리나라는 그토록 엄중한 담의 집이지만 각 방의 문은 창호지 하나로 가려 있고 문에는 아무런 자물쇠 장치도 없는 무방비 상태다. 이는 서양 사람들의 생활단위는 각 개인이고, 우리나라 사람들의 그것은 가족단위인데서 오는 차이일 것이다. 물론 그것은 보기에 따라 일장일단이 있지만 서양의 그것이 각 개인의 독립성 유지에는 도움이 된 것은 사실이다. 그런데 최근 우리나라의 집들이 담 가지고도 모자라서 그 위에 쇠꼬치, 철조망 등까지 얹는 것은 요즈음의 우리가.../

(이하 7월 23일까지 일기장이 뜯어져 있어 말이 연결 안 됨〈편집자 주〉)

7월 24일 화요일 맑음

오늘은 학교 소집일이어서 학교에 나갔다. 학교에는 벌
써 많은 아이들이 나와 있었다.
나는 우리반 아이들과 이야기를 하다가 집합해서 빗자루
를 들고 모두가 교내 청소를 했다. 더운 날씨인데도 불구
하고 다들 열심히 해서 일이 쉽게 끝났다. 돌아오면서 기
주와 모레 수양회에 갈 준비에 대해서 얘기했다. 집에 돌
아와서 점심식사를 한 후 시내에 나가 남이섬에 가서 입
을 옷과 음식을 약간 사가지고 돌아왔다. 집에 돌아와서
어제 읽던 책의 나머지를 읽었는데 그 중에서 스페인 내
전에 대해서 쓴 작품은 총알이 오가고 시체가 산더미처
럼 쌓인 전쟁터에서도 인정이 오가고 서로의 우정을 나
누는 내용이었기 때문에 무척 좋은 작품이라고 생각한
다.

독후감

1. 전쟁터는 인간의 약하고 야만적인 면이 그대로 나타나는
데이기도 하지만 용감성· 책임감· 공동운명의식 ·우정 그
리고 정의감 등 가장 고귀한 면이 집중적으로 나타나는 곳이
다. 다시 말하면 인간 실존이 전쟁이란 극단적인 한계 상황
속에서 있는 그대로 좋은 면 나쁜 면이 나타난 것이며 이를
어떤 관점에서 예술화한 것이 전쟁문학이다. 그러나 우리가
분명히 알아야 할 것은 전쟁 자체는 인류가 범한 가장 큰 죄
악이다. 어떤 역사가는 인간의 4대 죄악을 노예제, 착취, 인
종차별, 그리고 전쟁이라 했는데 근대 이후 앞의 세 가지는
사라져 가지만 전쟁은 더욱 악성화되어 왔다고 한다.

오늘은 집에서 주로 책을 읽으며 보냈다. 단편을 한 권 읽고 장편을 하나 읽었는데, 단편은 테오도르 스토롬이 지은 〈호반〉과 〈황태자의 첫사랑〉이란 작품이었다. 〈호반〉은 한 사람의 소년 시절부터 노년까지의 이야기이고, 〈황태자의 첫사랑〉은 우물안 개구리 같던 황태자가 넓은 세상에 나가 인생을 즐기게 되는 것을 아름다운 독일의 하이델베르크를 배경으로 썼다. 두 작품 모두 아름다운 문학성을 지니고 있었다. 또 밤에 수양회에 갈 준비를 마치고 잠시 읽은 우에무라 나오미 저의 〈내 청춘 산에 걸고〉라는 책은 단신으로 5대륙 최고봉을 정복하고 북극을 횡단한 우에무라의 끈질긴 의지가 나타나 있는 작품이었는데 첫머리만 보아도 그 사람의 굽힐 줄 모르는 정신력을 알 수 있는 작품이었다. 나머지 부분은 수양회를 다녀와서 읽어보아야겠다.

독후감

1. 오늘의 일기는 두 가지 책에 대해서 중점적으로 적고 있는
데 이런 식으로 써보는 것도 좋다. 〈황태자의 첫사랑〉은 아버
지는 영화로 보았는데 그때의 감동은 근 20년이 된 지금도
선하다. 이 소설은 자유를 갈구하는 황태자가 결국 자기를
둘러싼 주위의 두터운 벽 앞에서 어쩔 수 없이 좌절하는 비
련의 이야기다. 그런데 이 소설은 그 당시 영국, 프랑스 등
각국은 이미 민족통일국가를 이루고 국민의 자유를 보장한
민주주의도 실현되었는데, 홀로 독일만이 1백여 개의 소국으
로 분열되고 모두가 봉건압제 밑에 신음할 때 이 벽을 뚫고
민족통일국가와 자유를 구현하려 하나 현실은 번번이 실패하
는 상황 속에 있는 독일인 특히 지식인의 좌절감이 황태자의
좌절에 탁해서 나온 낭만이 되지 않았는가 생각된다.

7월 26일 목요일 맑음

오늘은 교회에서 수양회를 가는 날이다.

아침에 교회에서 버스를 타고 약 2시간 정도 가서 남이섬에 닿았다. 남이섬은 강 속에 있는 섬이었는데 배를 타고 들어가서 남이섬의 중심부에 텐트를 쳤다. 점심식사 후에 오랜만에 수영장에 들어갔었는데 너무 물이 차고 사람이 많아서 오래하지 못하고 돌아왔다. 저녁 때 개회예배와 목사님의 주제강연이 있었다. 주제강연은 '자라나는 교회'라는 것이었는데 어느 곳이나 교회가 되는 것이 살아 있는 교회라는 것이었다. 주제강연이 끝나자마자 비가 쏟아져 내려서 우리는 텐트 안으로 들어가서 계획했던 게임을 하고 내일 장기자랑할 것을 미리 준비하다가 결국 12시가 다 되어서 취침을 하게 되었는데, 비가 많이 와서 대부분이 자지 않고 전지를 켜고 장난을 해서 나도 잠을 잘 수가 없었다. 그래서 하는 수 없이 친구들과 구석으로 들어가 잠을 청했다.

독후감

1. 남이 장군은 태종의 외손이며 세조의 총애를 받았다. 그는 이시애의 난과 건주위(요동지방) 정벌에 대공을 세워 26세에 병조판서가 되었다. 그러나 그를 극진히 사랑하던 세조가 죽자 그 아들 예종이 유자광의 모함과 그 자신의 본래부터의 남이 장군에 대한 미움으로 해서 역모에 몰아 처형했다. 이리하여 "남아가 20세에 나라를 태평하게 하지 못하면 후세 사람이 어찌 그를 가리켜 대장부라 할까 보냐"는 큰 포부를 가졌던 일세의 영웅은 소인배의 손에 의해서 사라진 것이다. 우리는 역사를 통해서 이와 같이 위대한 영재들이 무참히 죽어 가는 예를 많이 보는데, 한편 이를 미워하면서 한편 우리 자신은 주위에 나보다 나은 인물을 시기하고 이를 꺾으려는 심사가 없는지 반성해 볼 일이다.

7월 27일 금요일 흐림

아침에 깨어보니 얼굴에 매직펜이 그려져 있었다. 아이
들이 장난을 한 모양이다. 서로 칠해진 얼굴을 보면서 웃
어댔다. 아침에 모두가 잔디밭에 모여서 예배를 보고 낮
에 빛이 나자 야구 시합을 해서 우리 팀이 이겼다. 점심
후에 고대와 연대의 시합을 듣다가 친구들과 함께 보트
로 남이섬을 돌았는데 배를 타고 돌아보는 남이섬은 더
욱 경치가 좋았다. 저녁 때 5개조로 나뉘어 미니올림픽
을 열었는데 기상천외한 게임이 많아서 모두의 폭소를
자아냈다. 밤에 장기자랑을 할 때 우리는 장수무대를 했
는데 내가 사회를 보았다. 2학년 형의 할머니 연기가 좋
았던지 2등을 했다.
곧이어 캠프파이어를 하는데 마침 비가 쏟아져 비를 맞
으면서 소원을 적은 종이를 태우고 찬송가를 불렀다. 비
가 너무 와서 숲속의 오래된 건물 밑으로 장소를 옮겨 잠
을 자기로 했다.

독후감

1. 이러한 수양회를 야외에서 갖는 것은 육체적 건강뿐만 아
니라 정신의 건전하고 명랑한 발전을 위해서 매우 유익하다.
뿐만 아니라 너 같이, 어려서부터 도시생활을 해와서 자연의
생명력이 넘치는, 그러면서도 무한히 고요한 풍경에 접할 기
회가 적었던 사람에게는 무엇보다도 좋은 경험이다. 앞으로
도 이런 기회가 있으면 놓치지 않기를 바란다.

7월 28일 토요일 맑음

오늘은 남이섬의 마지막 날이다.

그동안 불편한 점도 있었지만 재미있고 의의 있는 수양회였다고 생각한다. 아침 일찍 목사님께서 폐회예배를 하셨고 우리는 자유시간을 얻어서 야구도 하고 수영도 했다. 돌아갈 시간이 됐을 때 가져간 카메라로 몇 장 친구들과 사진을 찍었다. 배를 타고 떠나올 때는 서운한 마음도 들었지만 집에 돌아간다는 즐거움도 있었다. 2학년 형들은 버스 안에서 자고 있는 아이들에게 얼굴에 칠을 하는 등 장난을 했다. 우리는 교회에 도착하여 내일 교회에서 만나기로 하고 헤어졌다. 집에 도착해 보니 김성준 선수의 세계타이틀전이 방영되고 있었는데 너무도 무기력한 경기로 실망을 주었다.

차라리 타이틀을 잃는 편이 낫다고 생각되었다. 방에 들어와 보니 역시 우리집이 가장 좋구나 하는 생각이 들었다.

독후감

1. 오늘 일기의 말미에 '역시 우리 집이 가장 좋구나' 하는 구절을 읽고 아버지는 매우 기뻤다. 너는 가족하고 거의 대화도 하지 않고 집안식구들과 어울려서 아기자기하게 지내는 태도도 없는데, 그러나 내심으로는 역시 자기집을 소중히 생각한 것이 나타나니 참 기쁘다는 말이다. 네가 지금 고교 1학년이니까 앞으로 길어야 6년이면 집을 떠나서 군대, 외국 유학, 결혼 등 결국 집을 뜨게 되는 날이 올 것이다. 언제까지나 집에 있을 것 같지만 알고 보면 그런 날은 이제 얼마 없다. 앞으로 길지 않은 기간 동안 집에서의 생활이 행복해서 너의 일생에 좋은 밑거름과 추억이 되기 바란다.

7월 24일 일요일 흐림

아침부터 수양회에 다녀온 피로가 가시지 않아 매우 피
곤했다. 교회에서는 이번 여름성경학교의 성과에 대해서
말해주셨다. 나는 이번에 다녀오지 않은 아이들에게 그
동안 했던 여러 가지 일들을 하나하나 이야기 해 주었다.
점심 때는 작은형의 생일이라서 큰형과 형수님, 지영이
그리고 작은아버지께서도 오셨다. 나는 형에게 햄과 양
말을 선물했다. 밤에 선생님께서 오셔서 나는 그동안 남
이섬에서 있었던 일을 얘기해 드렸다. 선생님은 요즈음
계속 공사장에 실습을 나가기 때문에 바쁘다고 하셨다.
공부하는 도중에 영어 소설의 해석에서 막히는 부분이
많아서 앞으로 단어공부를 더 충실히 해야겠다고 생각되
었다. 밤에 운동을 할 때는 피곤해서인지 아니면 3일 간
쉬어서인지 잘 되지 않아서 약간 짜증이 났다.

독후감

1. 이미 여러 차례 말한 대로 영어공부는 단어가 70%, 문법
이 30%라고 하겠다. 그리고 영어공부는 회화가 가장 큰 목
적이 되어야 한다. 지금까지 우리나라 영어 교육은 일제시대
의 타성에 젖어서 문법 위주의 죽은 영어 교육을 해왔다. 그
때문에 고등학교를 졸업하고도 서양 사람이 길 묻는 것 하나
대답 못하며 대학을 졸업해도 벙어리가 되어 버리는 것이다.
영어 공부에는 단어는 단어장을 만들어서 되풀이 암기할 것,
책은 반드시 소리내서(정확하게 발음하도록 힘쓰면서) 읽을
것, 관용구 또는 흔히 쓰는 문장 스타일을 많이 기억할 것 등
이 필요하다.

7월 3ºᵐ일 월요일 흐림

오늘은 아침에 전 주에 읽던 우에무라의 책을 마저 읽었
다. 그 책에서 그가 몽블랑을 오를 때 스키장의 인부로
중노동을 하면서 돈을 모아 등반 도중 얼음구덩이에 빠
져 죽을 고비를 넘기면서도 결국 성공한 것과 킬리만자
로에 오를 때 1천6백km의 강을 혼자서 뗏목으로 저어간
것, 그리고 자기가 지금까지 이룬 것은 우연이었다는 그
의 겸손함은 그가 작년에 받은 스포츠용맹상 이상의 더
큰상을 받을 훌륭한 것이라 생각된다. 오후에 라디오가
고장이 났었는데 내가 그것을 뜯어서 고치는 데 성공했
다. 처음으로 그런 작업에 성공했기 때문에 아주 기분이
좋았다. 밤에 잠들기 전 동아방송 뉴스시간에 졸업을 앞
두고 중병에 걸려 죽게 된 대학생을 넉넉지 못한 돈을 털
어 치료비를 대준 사람과 그 환자에게 자신의 신장을 내
준 사람의 이야기가 방송되었는데 아직도 그런 인정이
우리 사회에 있는 것이 자랑스럽다.

독후감

1. 인내심과 끈기는 인생의 성공에 있어서 가장 큰 열쇠다. 대부분의 사람은 그 능력과 운에 있어서 비슷하다. 그러나 그 성공에 큰 차이가 생기는 것은 하나는 인내심과 끈기가 남다르며 다른 이는 그렇지 못하기 때문이다. 역사가 토인비는 말하기를 '인류 역사상 가장 성공한 정치인은 로마의 초대황제 아우구스투스와 한나라의 고조라 할 수 있는데 이 두 사람의 공통점 그리고 남과 다른 특색은 인내심과 끈기가 가장 뛰어나게 강했다는 점이다'고 말하고 있다. 이러한 예는 우리 주위에 성공과 실패한 사람, 우리의 학습성적 여하의 원인을 따져보면 쉽게 알 수 있다.

7월 31일 화요일 맑음

아침에 운동을 하고 나서 어깨가 아팠는데 그것은 내가
준비운동을 빼먹었기 때문인 것 같다. 그래서 새삼 준비
운동의 중요성을 알게 되었다.

8:00 기상	2:00까지 식사, 휴식
9:00까지 세수, 식사	4:00까지 독서 또는 운동, 취미
9:30까지 운동	7:00까지 식사, 휴식
10:30까지 독서	10:00까지 공부
12:00까지 공부	11:00까지 운동, 세수, 취침

독후감

1. 어제 일기의 끝머리에 동아방송의 보도에 나온 남을 돕는
가륵한 사람들의 이야기가 있었다. 그런데 이와 관련해서 우
리 크리스천의 사랑에 대해서 생각해보자. 우리의 사랑에 있
어서 가장 모범이 되는 것이 예수의 말씀을 이은 행동이다.
그 중에서도 나는 그분이 최후의 만찬을 제자들과 드신 후
큰 대야에 물을 떠다가 자기 허리에 수건을 두르고 한사람
한사람 제자들의 발을 씻어 주신 점이다. 즉, 예수는 우리의
생활은 이웃을 위한 봉사의 생활, 남을 섬기는 종의 생활이
참으로 하느님의 뜻에 합당하며 자기 인격 완성의 길임을 가

르치신 것이다. 그분은 '나는 섬김을 받으러 온 것이 아니라 섬기러 왔다'고 하셨으며 누구보다도 억압받고 고통받는 이웃에 대해서 아무 대가도 바라지 말고 섬기라는 것이다. 왜냐하면 내 이웃은 모두 나와 같이 하느님의 아들인데 우리가 진실로 하느님 아버지를 기쁘게 하려면 그 하느님 아버지의 아들인 이웃이 고통받고 잘못되었을 때 이를 돕는 것이 하느님을 기쁘게 하는 것이기 때문이다. 동시에 우리가 이웃, 그 중에서도 고통받고 불행에 싸여 있는 이웃을 위해 봉사할 때 우리는 자기 내면에서 인격적으로 무한히 성장하며 정신적으로 말할 수 없는 충족을 느낀다. 결국 남을 돕는 것은 자기를 돕는 것으로 귀착되는 것이다.

예수님이 제자들의 발을 씻는 데 있어서 그분은 몇 시간 후에 자기를 팔아 넘길 것을 훤히 아시면서도 가롯 유다의 발까지 씻어주신 것은 참으로 의미가 깊다. 다시 말하면 예수님이 봉사하는 이웃은 완전하기 때문에 봉사하는 것이 아니라 아무리 죄가 있고 결함이 있더라도 그가 인간이며 하느님의 아들이기 때문에 봉사하는 것이다. 또 완전하지 못하게 태어난 인간이기 때문에 어쩔 수 없이 그 약점을 볼 때 내 속에서도 역시 같은 약점을 발견하게 되며 그래서 그가 하루 속히 거기서 헤어나도록 기도하며 돕게 되는 것이며, 발 벗은 예수, 종이신 예수, 이는 우리의 모범이다.(8월 1일부터 3일까지의 일기는 없음〈편집자〉)

8월 4일 토요일 흐림

오늘은 아침에 작은아버지댁에 갔다. 홍철이와 4개월 만
에 만났기 때문에 그 동안에 있었던 이야기를 잔뜩했고
둘이서 여러 가지 게임도 했다. 오후에는 탁구장에 가서
탁구를 쳤는데 오랜만이라 서툴렀지만 한참동안 땀을 흘
리면서 탁구를 쳤더니 기분이 상쾌했다. 마침 수양회에
갔던 홍민이가 돌아와서 같이 집에 왔다. 오는 길에 집
앞을 지키던 사람이 처음에는 홍철이를 막다가 사촌이라
고 얘기를 하고서야 들어왔다. 둘 다 웃을 수밖에 없었
다. 내 방에 와서 홍철이에게 고등학교 들어와서 찍은 사
진을 보여 주고, 홍철이는 곧 돌아갔다. 아침에 온 신문
을 읽다 보니까 차범근 선수의 서독에서의 일거수일투족
을 모두 보도 하는 것이 후진국 근성이라는 글이 있었는
데 나는 그것을 보고 기분이 나빴다. 그런 것은 도저히
후진국 근성이라고 할 수 없는 것이기 때문이다.

독후감

1. 너와 홍철이와의 우정을 아버지는 참으로 기쁘게 생각한다. 안 보면 보고 싶고 보면 모든 속에 있는 말을 아무 거리낌없이 할 수 있는 벗이자 사촌이 있다는 것이 얼마나 행복한 일이냐, 앞으로도 서로 격려하고 돕고 해서 평생토록 깊은 우정을 간직하기 바란다.

2. 차범근 선수 이야기를 자세히 보도한 것을 후진국 근성이라는 데에 나도 전적으로 동의하지 않는다. 그런 생각이야말로 후진국 근성이다. 우리 동포가 세계무대에서 활약하고 인기를 끄는 것을 왜 자연스럽게 기뻐하고 이를 자세히 보도해서는 안 된다는 말인가? 그런 말을 하는 사람의 생각이 오히려 옹졸한 열등감에 사로잡힌 후진국 근성이 아닌가 생각된다.

8월 5일 일요일 맑음

오늘은 교회에서 성경공부시간에 우리반 선생님께서 휴
거라는 책을 읽은 것에 대해서 말씀하셨는데 이 세상이
멸망하고 예수님께서 다시 이 땅에 내려오셨을 때 예수
님에게 인정받아 하늘로 올라가지 못한 사람은 짐승같은
사람이 되어 영혼을 빼앗긴다는 얘기였다.

이 이야기는 노스트라다무스의 예언과도 통하는 것 같
다.

집에 돌아와서 점심을 들고 나서 방에 돌아와보니 저번
에 말했던 세계문학전집이 놓여 있다. 그 책을 모두 꽂아
서 정리해 놓고 보니 보기에도 좋았고 좋은 책도 많아 보
였다. 이 책들을 갖게 해주신 아버지, 어머니, 형님께 감
사하다. 저녁 때 선생님께서 오셨는데 그동안 거제도에
갔다 오셨다고 해서 그 이야기를 좀 들었다. 밤에 야구왕
루 게릭이라는 영화를 보았는데 실화인 이 영화는 위대
한 야구선수의 업적보다도 그가 한 훌륭한 행동을 주로
만든 것이다.

독후감

1. 성경에 의하면 예수님은 말세에 다시 오셔서 모든 죽은 자와 산 자를 모아놓고 심판하신다고 선언했다. 그분은 착한 자, 특히 고통받는 이웃을 도운 자는 예수님 자기에게 한 것으로 인정하고 천국을 주고, 악한 자 특히 고통받는 이웃을 못 본 척한 자는 예수님 자기에게 인한 것으로 알고 유황불의 지옥으로 던진다고 하셨다(마태복음 25장 31절~46절). 그런데 여기서 하나 강조할 것은 하느님은 비록 악한 자를 심판하시지만 결코 이를 원해서 하는 것이 아니라는 사실이다. 하느님은 사랑의 하느님이요, 용서의 하느님이다. 그래서 하느님은 우리가 죄를 지었을 때 진심으로 회개하기를 바라며 마음으로부터 뉘우치고 용서를 구하면 몇 번이든지 용서하신다. 이 세상 도덕이나 법률로써는 도저히 용서가 안되는 죄, 예를 들면 강도살인죄 같은 것도 뉘우치고 용서를 빌면 용서하신다. 그러므로 하느님은 결코 두려운 하느님이 아니라 가장 다정하고 의지할 수 있는 분인 것이다. 다만 뉘우치지 않는 자, 교만한 자는 하느님은 용서하시지 않는다.

8월 6일 월요일 맑음

아침 신문을 보니 이번에 전국적으로 내린 비 때문에 많
은 사람이 죽고 재산의 피해도 1백억원이 훨씬 넘는다고
한다. 그 외에도 뜻하지 않은 비로 피해를 입은 곳이 많
을 텐데 아주 안타까운 일이다. 어제 새로 들여온 책들
중에서 파스테르나크의 〈의사 지바고〉를 먼저 읽기 시작
했는데 파스테르나크는 이 작품 때문에 작가 동맹에서
쫓겨나고 비판을 받았다고 한다. 이 책의 뒷부분에는 전
에 읽은 적이 있는 솔제니친의 〈이반제니 소비치의 하루
〉도 있었는데 그것도 다시 한번 읽어봐야겠다. 저녁 때
홍철이와 홍민이가 찾아와서 전번에 하지 못한 얘기를
나누고, 홍철이가 두고 갔던 우산도 찾아주었다. 저녁식
사 후 선생님께서 오셨는데 내가 영어 소설을 번역해 놓
은 것을 보시고 칭찬도 하고 틀린 것을 고쳐주기도 하셨
는데 그만하면 잘 된 것 같다. 이제 방학도 약 2주일 정
도밖에는 남지 않았는데 그동안 못한 것이 있다면 어서
해놓아서 보람있는 방학이 되도록 해야겠다.

독후감

1. 파스테르나크와 솔제니친 두 사람 모두 다 노벨문학상이 수여되었는데 파스테르나크는 정부의 압력으로 수상을 거부했고, 반대로 솔제니친은 끝까지 버티다 결국 서방으로 망명한 후 이를 수상했다. 두 사람이 이같이 각기 다른 태도를 취하는 데는 두 가지 중요한 이유가 있는 것 같다. 첫째는 솔제니친은 개인적으로 10년 이상 강제수용소 생활을 한 쓰라린 체험 속에서 얻은 투지가 파스테르나크보다 훨씬 강했다는 점이고, 둘째는 파스테르나크의 때보다 솔제니친의 때는 10여 년이 흘렀는데 그동안에도 소련 내의 반체제 세력의 큰 성장이 있었고 세계의 지원하는 힘도 월등히 강해졌다는 점일 것이다.

8월 7일 화요일 맑음

오늘 아침에는 어젯밤에 피곤해서 하지 못했던 운동을 했는데 아침이지만 날씨가 더워서 무척 땀을 흘렸다. 그렇지만 운동하고 땀을 닦는 기분은 아주 좋았다. 방학 숙제 중에 국어 숙제로 수필, 소설, 시, 그 중에서 2개를 골라서 써오라는 숙제가 있는데 오늘 써보려고 했지만 머릿속에 떠오르는 것이 없어서 조금 적어보고 다음으로 미루기로 했다. 오후에 저번에 번역했던 책의 단어를 다시 외우기로 했다. 왜냐하면 그 책에 있는 단어 중 새로 나온 것이 2천개 가까이 되기 때문에 그것만 다 외운다고 해도 훌륭한 단어공부가 되기 때문이다. 낮에 조씨 아저씨가 대추나무에 있는 쐐기에 쏘여서 나는 대추나무를 갉아먹는 쐐기들을 살충제로 잡았다. 그러면서 대추나무를 바라보니 키도 전보다 엄청나게 커지고 대추도 많이 달린 것을 볼 수 있었는데 옛날에 내 키보다 작던 것을 가져다 심었을 때를 생각하니 세월의 빠름을 느낄 수 있었다.

독후감

1. 단어에 대한 너의 생각은 아주 정당하다. 더욱이 자기가 번역까지 하면서 외우는 단어는 다른 단어보다 훨씬 기억이 잘 되는 것이지. 꼭 이를 다 외우도록 하여라. 너의 장점인 끈기를 여기서 발휘해서 성공하여라. 전에도 말한 대로 단어장을 만들어서 어디서나 자주 보면서 외우기를 바란다.

8월 8일 수요일 맑음

아침에 세계문학전집 중 읽기로 했던 파스테르나크의 〈
의사 지바고〉를 읽었는데 처음 내용은 지바고가의 장례
식에서 시작되는데 배경은 20세기 초이고 주인공 유리
안드레비치 지바고는 의사이자 시인이고 방탕하게 살던
부자의 아들이다.
이 이야기는 읽어갈수록 점점 흥미를 느끼게 되는 작품
같다. 나는 방학중에 여행을 갈지도 모르는데 그러면 그
곳에 갔다 온 기행문을 한번 써보아야겠다. 그리고 시간
이 있으면 미술 숙제로 나온 서예나 회화전을 보고 감상
문도 써야겠다.
할 일은 많은데 방학은 너무 짧게만 느껴진다. 밤에 일본
신문 중에 스포츠란을 골라 보았는데 한자는 볼 수가 있
었지만 일본글 (の)가 '의'란 뜻을 가진다는 것 밖에는
알지를 못하니 읽을 수가 없었다.
앞으로는 영어 이외에 일본어 같은 것도 배워둘 기회가
있었으면 좋겠는데 겨울방학 때쯤이나 가능할 것 같다.

독후감

1. 스포츠 기사를 읽는 가운데 일본말을 배워보겠다는 것이 아주 효과적인 일이다. 그러나 '가나'조차 몰라서는 무리다. 일본어의 초보책을 사서 조금씩 배워라. 아버지와 어머니가 도와줄 수 있다. 학교 공부에 지장이 없는 범위에서 조금씩 배우면 머지 않아서 말할 수 있다. 일본말은 우리말과 문장 구조가 비슷하기 때문에 다소 도움이 되며, 특히 한문은 그 의미가 거의 같고 발음도 비슷하니까 진전이 빠를 것이다.

8월 ㅁ일 목요일 맑음

아침 〈의사 지바고〉를 계속 읽었는데 이 작품은 파스테르나크가 스탈린이 죽은 후 써 낸 것이라고 하는데 주인공 지바고의 성격은 착하지만 현실에는 방관적인 것 같은데 작가 자신을 모델로 썼다고도 하며 혁명에 휩싸인 지식인의 고통을 깊이 있게 나타낸 것 같다. 오후에 아버지께서 레마르크의 〈개선문〉, 〈서부전선 이상없다〉, 게오르규의 〈25시〉 등을 읽어 보라고 하셨는데 나는 그외에 괴테의 〈파우스트〉, 헤밍웨이의 〈누구를 위하여 종을 울리나〉, 세계명시선집 등도 읽어볼 생각이다. 기침 때문에 병원에 다녀왔는데 어서 낫지 않으면 방학중에 수영 한번 제대로 못하고 방학을 보내 버릴 것 같다. 저녁 때 읽은 신문에서 아르바이트를 하던 대학생이 외국인에게 음료수를 팔고 나서 값이 영어로 얼마인지도 제대로 할 수 없었다는 기사를 읽고 회화 위주의 영어공부가 필요하다는 것을 절실히 느낄 수 있었다.

독후감

1. 나는 헤밍웨이의 소설을 참 좋아한다. 거기에는 운명과 대결해서 싸워 나가는 사나이의 모습이 있다. 헤밍웨이의 주인공은 현실적으로는 결코 성공한 것은 아니다. 〈노인과 바다〉에서 주인공 노인은 천신만고 끝에 큰 고기를 잡지만 결국 귀항 도중 상어떼에 다 뜯기고 만다. 〈누구를 위하여 종을 울리나〉에서는 스페인 내란에 지원병으로 참전한 주인공은 애인을 남긴 채 총탄에 쓰러진다. 〈무기여 잘 있거라〉에서는 이탈리아군으로 종군한 미국인 장교가 군대에서의 실패 그리고 사랑하는 아내를 출산과정에서 잃게 된다. 이와 같이 한결같이 실패를 겪는 주인공들인데 우리는 결코 그들의 실패 속에서 패배를 느끼지 않는다. 오히려 이러한 운명의 도전에 굽히지 않고 싸우며 그것으로 만족을 느끼는 인간의 승리를 보게 된다.

오늘 아침에는 오랜만에 캡틴과 사귀기 위하여 과자도
주고 쓰다듬어 주기도 했는데 자꾸 손을 핥으려는 바람
에 질겁을 했다. 오늘은 〈의사 지바고〉를 반 가까이 읽었
는데 지바고는 1차대전으로 군대에 나가게 되어 군의관
이 되고 간호원 라라를 만난 후 전쟁이 끝나고 혁명이 일
어나 지바고는 큰 고생을 하게 된다. 오후에 병원에 다녀
왔는데 기침이 많이 나왔다고 한다. 저녁 신문에서 미국
이 화성에 보낸 인공위성에 관한 기사와 함께 인도가 곧
인공위성을 발사하게 된다는 기사를 읽었는데 기술이나
경제가 발전치 못한 인도가 어떻게 그런 일을 해낼 수가
있었는지 궁금하다. 밤에 운동할 때 형이 사온 곤봉과 내
가 몸에 맞게 맞춘 역기가 있었기 때문에 전보다 다양하
게 많은 양의 운동을 할 수 있었다.

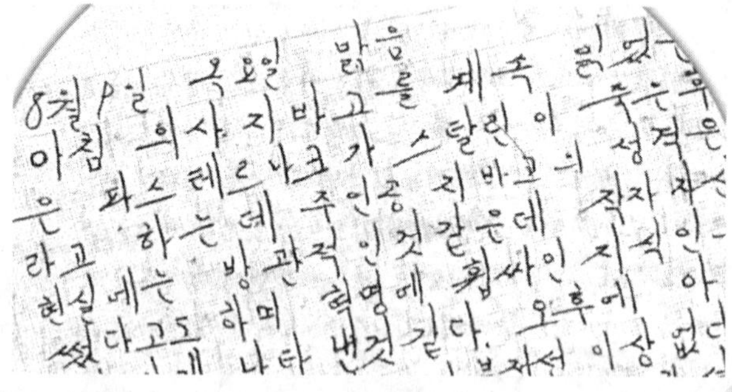

독후감

1. 우리가 인도하면 즉시 밑바닥의 가난을 예상하나 인도는 반드시 그런 면만 가진 것은 아니다. 오랜 문화전통에서 오는 우수한 인재가 아주 많다. 경제도 우리가 생각한 것보다 훨씬 발전되어 있다. 그러나 인도의 형편으로 지금 인공위성 개발에 막대한 재원을 투자한다는 것은 무리다. 그러나 인도의 처지로서는 이런 일을 하지 않을 수 없는 것이 중국에게 자기 영토를 빼앗긴 채 찾지 못하고 있다. 앞으로 언제 다시 새로운 중·인 전쟁에 말려 들어갈지 모르는데 상대는 강력한 미사일 무기를 가지고 있으니 이를 서두르지 않을 수 없는 면이 있다. 뿐만 아니라 옆의 숙적 파키스탄까지 핵무기를 개발하고 있으니 말이다. 말하자면 하나의 비극이다.

8월 11일 토요일 맑음

오늘은 말복인데 정말 무더운 날이었다.

아침에 신문과 라디오를 들으니까 새벽에 신민당사에서
불상사가 있었던 것 같은데 아주 불행한 일이다. 오늘은
〈의사 지바고〉를 읽던 중에 문득 작가에 대하여 좀더 알
고 싶은 생각이 들어서 내 방에 있는 영어로 된 백과사전
을 꺼내 보았지만 어디에 있는지 찾을 수가 없어서 포기
하고 말았다. 저녁신문에는 마음에 드는 글을 보았는데
그 내용은 루스벨트 대통령이 2차대전 당시 전시임에도
불구하고 미국의 국기인 야구를 계속하게 하는 여유를
보였는데 지금 우리나라는 석유파동이 나자 수영장을 폐
쇄하고 야간 경기를 못하게 하는 등 좁은 안목으로만 일
을 처리하여 루스벨트 대통령처럼 국민의 레크리에이션
까지도 염두에 두는 사고가 부럽다는 것이었는데, 이것
에는 나도 크게 공감이 간다.

독후감

1. 신민당사에의 경찰 난입과 여공 김경숙 양의 사망사건은 참으로 충격적인 사건이다. 이런 사건에의 일기는 좀더 상세히 쓰고 자기의 의견도 구체적으로 자세히 쓰는 것이 좋겠다.
2. 루스벨트의 태도에 공명하는 것은 이해가 간다. 그러나 우리나라는 고교야구가 너무도 많이 행해지고 또 상업화된 것 같다. 야구팀에 들어가면 다른 공부는 할 수 없으리만큼 고교야구대회가 너무 많이 열리는 것 같다.

8월 12일 일요일 맑음

오늘 아침 교회에서 목사님이 참다운 기독교인의 자세와
예수님에 대한 자세한 이야기를 해주셨는데 아주 뜻깊은
내용이었던 것 같다. 성경공부 시간에는 지난 번 수양회
갔다 왔던 것과 다음에는 바다로 수양회를 가게 될 것이
라는 이야기를 들었다. 교회에서 돌아오는 길에 같은 반
친구를 만나 반갑게 그동안의 방학생활에 대해서 서로
물어보았다. 집에 돌아와서 〈의사 지바고〉를 읽었는데
그는 혁명 때문에 우랄 지방으로 피신을 하다가 적위군
에 잡혔지만 운좋게도 풀려나서 라라와 다시 만나게 된
다.

밤에 TV에서 1920년대의 우리나라를 독일 신부가 찍은
필름을 방영했는데 설명이 부족해서 우리나라의 민속에
대해서 많은 것은 알지 못했지만 그런대로 많은 것을 보
았다.

1. 목사님이 참다운 기독교인의 자세와 예수님에 대한 이야기가 〈뜻깊은 내용〉이라고 했는데 좀더 구체적으로 요약해서 써보아라. 이런 뜻 깊은 내용은 요점만이라도 적어 놓음으로써 후일에도 다시 볼 수 있다. 그리고 남의 말이나 글을 듣거나 읽은 후에는 그 요점을 정리해 보는 것이 자기 의식과 정리 능력을 기르는 데 아주 유익하다. 게다가 자기의 감상까지 곁들이면 더욱 좋을 것이다.

오늘은 아버지께서 73년도에 납치되셨다가 돌아오신 날
이라서 아침부터 큰형과 형수 그리고 작은아버지, 작은
어머니께서 오셨다. 5년 전 그날을 생각해 보니까 그때
는 너무 갑작스러운 일이어서 크게 놀랐던 것이 기억난
다. 지금도 그때의 상황은 하나도 빠짐없이 기억하고 있
다. 점심 후 케이크를 자르고 작은형 방에서 작은아버지,
작은어머니와 얘기를 나누었다. 저녁 때 아버지를 위한
미사가 연희동교회에서 있었다. 그곳에서 오랜만에 옥두
아저씨도 만날 수가 있어서 무척 반가웠다. 미사는 약
30분 만에 끝나고 돌아왔는데 전에 비해서 아주 짧은 미
사였다. 밤에 운동을 할 때도 낮의 열기가 가시지를 않아
서 무척 땀을 흘렸다. 뉴스에서 오늘은 수은주가 33도까
지 올랐다고 하는데 이렇게 더운 여름이지만 어쩐지 일
찍 보내고 싶지 않은 계절이기도 하다.

독후감

1. 아버지와 어머니는 네가 자라면서 여러 가지 충격적인 사건(폭발물 사건, 아버지의 망명, 납치사건, 투옥, 연금 등)을 많이 겪어서 너의 마음에 영향이 클까 항시 염려해 왔다. 다행히 너는 이를 잘 참고 무사히 견디어 낸 것을 우리는 얼마나 마음속으로 감사한지 모른다. 한가지 우리가 크게 위로를 받을 것은 우리가 그토록 많은 수난을 겪어왔지만 하느님은 언제나 우리를 도와주신 것이다. 참으로 하느님은 아버지를 일생에 세 번이나 사지에서 구해주셨다. 우리가 이웃을 위해 바르게 살고 하느님의 도움을 진심으로 구하는 한 그분은 꼭 우리를 지켜주시는 것이다.

8월 14일 화요일 맑음

오늘 아침신문을 보니 이란에서는 정부의 언론 통제법을
반대하는 야당이 시위를 벌이고 회교도들과 충돌이 있었
다고 한다. 지금 이란의 호메이니는 어리석게도 현대사
회에서도 제정일치가 가능하다고 생각하는지 회교식의
법을 만들어 팔레비 못지않게 국민을 못살게 구는 것 같
은데 이런 정치는 오래가지 못할 것이다. 오후에 〈의사
지바고〉를 지바고가 빨치산에 납치되어 가 그들의 군의
노릇을 하는 대목까지 읽었는데, 이것으로 그 당시 러시
아 혁명 전후의 러시아 국내 사정을 좀 알 수 있게 되었
다. 〈의사 지바고〉를 읽고 나서 잠깐 자기가 그 주인공이
돼보는 것도 더위를 잊는 방법의 하나인 것 같다. 이제
방학도 약 1주일밖에 안 남았는데 나머지 방학기간을 충
실히 보내야겠다.

독후감

1. 호메이니에 대한 너의 주장은 아주 정당하다. 호메이니옹이 집권해서 해온 일은 너무도 뜻밖이요 기대에 어긋난다. 무엇보다도 어이가 없는 것은 그는 바로 얼마 전까지 자기가 당하던 탄압을 꼭 그대로 자기 반대파에게 하고 있다. 둘째로 종교는 어떤 종교건 자애와 용서가 본질인데 그가 집권해서 행하는 피비린내나는 복수와 살해는 도저히 종교지도자의 행위라 할 수 없다. 셋째로 그는 이미 오늘의 시대에 맞지 않는 회교의 습관이나 율법을 강요하는 망령된 정책을 강요하고 있다. 넷째는 네가 지적한 대로 정치와 종교의 구분을 혼돈하며 제정일치를 추구하고 있다. 종교는 정치가 바르고 깨끗하게 행해지도록 관심을 갖고 발언을 할 수 있지만 결코 종교가 정치의 실권에 실제 참여하는 것은 마치 비상을 마시는 것같이 유해하다고 했다. 제정일치는 정치도 망치고 만다.

오늘은 광복절이다. 아침에 형을 따라서 딴 병원에 가서
X레이를 찍고 진단을 받았는데 기관지가 약해졌다고 한
다. 집에 돌아와서 사진기로 캡틴과 조씨 아저씨의 사진
을 찍었다. 저번 수양회 때 가져갔던 필름이 남았기 때문
이다. 저녁신문을 보니까 축구 청소년 대표팀이 세계대
회에 나가는데 마땅한 지원도 받지 못하고 구걸하는 식
으로 연습하고 있다는 기사를 보고 참 한심스러웠다. 지
금 이 선수들을 외면하던 사람들이 좋은 성적을 올리고
선수들이 개선하면 서로 자기의 공인 것처럼 떠들어댈
것 아닌가? 비단 이런 것에만 국한되는 것이 아니라 우
리 사회에 이런 풍조가 좀 있는 것 같다. 저녁 때 〈의사
지바고〉를 읽었다. 의사 지바고는 빨치산에게서 탈출하
여 돌아오지만 그의 가족들은 국외로 추방되어 나가서
그는 결국 가족을 다시 볼 수 없게 되는데 실의에 빠졌던
그가 라라와 극적으로 다시 만나게 된다.

독후감

1. 1945년 8월 15일은 아마 우리 민족이 20세기에 들어와서 가장 기쁘게 맞이하는 날일 뿐 아니라 이 나라 전역사를 통해서도 그토록 남녀노소나 상하 구별없이 벅찬 감격과 한없는 기쁨으로 맞이한 날은 없었을 것이다. 그럼에도 불구하고 이제는 우리 국민이 진실한 국경일이자 해방기념일로 맞이하는 정열을 잃은 것 같다. 이것은 단순히 세월이 지났다고 해서 그렇게 된 것인지 오늘의 현실이 그러한 해방과 경축의 의미를 느낄 수 없게 한 데서 그런 것인지 한번 생각해 볼 일이다. (네 일기에 〈오늘은 광복절이다〉는 말뿐 아무 감상도 없는 데 놀라면서 그 이유를 아버지도 생각해 보았다. 그래서 이 논평을 쓰게 된 것이다.)

8월 16일 목요일 흐림

오늘 아침에 국어 수필쓰기를 마쳐 미술만 빼고 방학숙제를 모두 마쳤다. 숙제를 하는 동안 수학 같은 것은 꽤 큰 소득이 있었던 것으로 여겨진다. 오늘 읽은 〈의사 지바고〉에서 지바고는 라라의 헌신적인 간호로 건강을 회복하지만 불안과 공포에 싸인 나날을 보내는데 이 부분에서 공산당의 탄압에 대한 이야기도 조금 있어서 파스테르나크가 반당주의자로 몰리고 노벨문학상도 타지 못했던 이유를 알 수 있을 것 같았다. 밤에 찬바람 때문에 밖에서 운동을 하지 못했는데 라디오에서는 태풍 어빙호의 영향이라고 하며 내일밤이면 서울에 닿을 것이 확실하다고 한다. 그래서 집에서도 나무를 묶어놓는 등 대비를 했는데 이번 태풍에 큰 피해가 없기만을 바랄 뿐이다.

독후감

1. 숙제하는 과정에서 수학에서 소득이 컸다니 다행이다. 앞서도 말했지만 각 대학이 예비고사의 성적을 중시하는 경향이 크니 모든 과목이 고르게 성적이 오르도록 바란다. 아버지는 지금의 교육이나 대학입시 방법이 문제점을 가지고 있으며, 특히 지식 만능의 교육에 문제점을 가지고 있으나, 지금의 교육 제도가 그러한 이상 일단 이 제도 아래서 최선을 다해 나가야 한다고 본다. 그것은 첫째, 전과목에 걸쳐 이해를 중심으로 하는 착실한 실력을 쌓아나갈 것. 둘째, 정규 공부의 여가를 내서 자기 수양의 교양을 위주로 한 독서에 힘쓸 것. 셋째, 자기의 행동에 의한 실천으로 건전한 교양인이자 사회인으로서의 인격 향상에 노력할 것. 넷째, 규칙적이고 꾸준한 운동으로 건강 증진에 힘쓸 것 등이다.

8월 17일 금요일 흐림

오늘 아침 라디오 뉴스를 들으니까 태풍 어빙호가 북상
하여 제주까지 왔다고 했고 점심 때는 남해안을 강타하
여 큰 피해를 주었는데 서울에는 올라오지 않아 다행이
지만 남부 지방의 곡창에 피해를 준 것이 크게 걱정스럽
다. 낮에는 며칠 남지 않은 개학에 대비해서 그 동안 해
논 과제물을 정리하고 학교에 갈 준비를 미리 마쳐 놓았
다. 이번 방학은 너무도 빨리 지나간 것같이 느껴진다.
밤에 아버지께서 〈신앙의 위인상〉이라는 책을 주셔서 곧
바로 가져가서 읽어보았다. 그 중에 마틴 루터 킹의 억눌
린 자와 가난한 자를 위한 민권투쟁과 본 회퍼 목사의 투
철한 신념, 죽음을 두려워하지 않고 새로운 시작이라고
하는 정신 자세가 나에게 큰 감동을 주었다. 특히 킹 목
사가 말한 하느님은 눌린 자 편에 있고, 정의는 승리할
것이며, 나의 백성은 약속한 땅에 들어갈 것이란 말이 인
상적이었다.

독후감

1. 아버지는 항시 국민에게 호소하기를, "행동하지 않는 양심은 결국 악의 편이다"고 강조해 왔다. 본 회퍼, 마틴 루터 킹 등 이런 분들은 모두 행동하는 양심들이며, 그 양심은 하느님에의 순종에 입각한 것이었다. 본회퍼는 이런 말을 했는데 바로 나의 말과 아주 같은 말로서 나는 크게 감명을 받았다. "독일 국민의 대다수는 내심 히틀러의 독재를 반대했다. 그러나 그 중에 이를 나타내 표시한 사람은 아주 소수다. 그러므로 독재자는 속으로 혼자 반대한 것쯤으로는 조금도 고통이나 방해를 느끼지 않는다. 그는 활개치고 날뛴다. 결국 내심으로 혼자 반대란 아무 의미가 없다. 그런 사람도 소극적으로 독재를 도와주는 결과를 범하고 있는 것이다."

8월 18일 토요일 맑은

오늘 아침에 〈의사 지바고〉를 끝까지 다 읽었는데 지바
고는 빨치산에서 탈출했다는 죄목으로 지명수배를 받고
지바고는 라라를 떠나보내고 전차에서 졸도하여 숨을 거
두고 마는데, 이 작품에서 1917년 혁명으로 인하여 러시
아 사회가 어떻게 변해 갔는지, 또 당시 사람들이 어떻게
살았는지에 대해서 많이 알 수가 있었다. 오후에 예총화
랑과 덕수궁에서 미술품들을 보고 왔다. 가서 본 작품 중
에는 동양화는 주로 산수화가 많았는데, 그 중에서는 파
도가 밀려오는 바닷가를 그린 것이 훌륭했다. 멧돼지나
호랑이, 잉어 등을 그린 것은 실제로 살아 있는 것처럼섬
세하게 그려져 있었다. 서양화는 정물화와 시골풍경을
그린 것이 좋아 보였다. 그곳에서 본 동양화와 서양화의
차이점은 동양화는 무게 있고 명암을 잘 살렸고 서양화
는 색채감 있고 신선해 보였다는 것이다.

독후감

1. 〈의사 지바고〉 의 독후감에 대해서 참고될 서적을 주겠다. 고대출판부에서 낸 〈교양명선(문학편)〉에 지바고의 해설이 있다. 뿐만 아니라 여기는 네가 갖고 있는 세계 명작들에 대한 거의 전부의 해설이 있으니 이 책을 참고로 보아라.
2. 동서양화에 대한 너의 감상은 좋다. 언제나 자기 나름으로의 판단을 갖는 것이 아주 필요하다. 그것이 전문가의 견해와 일치하지 않다 해도 상관없다. 문제는 고1 시대의 네가 어떻게 보고 느꼈느냐가 중요하다. 문학작품의 감상도 마찬가지다. 상기 해설서를 참고로는 하되 그것과 네 견해가 다르더라도 자기가 그렇게 볼 만한 이유만 분명하면 그대로 좋은 것이다.

8월 14일 일요일 맑음

오늘은 교회에서 어떤 것이 진정한 믿음인가, 성경에도 겨자씨만한 믿음만 있어도 산을 움직일 수 있다고 하였는데 우리의 믿음은 얼마나 되는가 하는 것에 대해서 들었다. 집에 돌아와서 아버지께서 주셨던 〈신앙의 위인상 〉을 저번 읽었던 마틴 루터 킹, 본 회퍼 목사의 이야기에 이어 손양원 목사, 주기철 목사, 마틴 루터의 생애를 읽어 보았다. 나는 그분들이 자기가 옳다고 믿는 것을 위해서 끝까지 죽음을 두려워하지 않고 투쟁한 것에 대해 존경심을 느끼지 않을 수 없고 그분들의 정신을 본받을 것이라고 생각했다. 밤에 운동할 때는 그 동안 열심히 한 탓인지 근육도 좀 붙은 것 같았다. 내일이면 짧았던 방학도 끝나고 개학이 된다. 2학기 때는 1학기 때보다 좀더 보람있는 학교생활을 하고 1학기에 부족했던 부분을 보충해야겠다고 생각했다.

독후감

1. 예수님은 하느님을 위해서 목숨을 바치는 것 이상의 가치 있는 일은 없다고 했다. 하느님을 위해 목숨을 바친다는 것은 하느님의 사랑을 생각하면서, 즉 예수님의 십자가의 사랑, 눌린 자를 위해 목숨을 바친 그 사랑을 생각하면서 우리도 우리의 이웃을 위해 목숨을 바치는 것이다. 목숨을 바친다는 것은 문자 그대로 남을 위해서 하느님의 사랑으로 죽는 것도 되지만 하루하루의 생활을 이웃을(친구나 가족이나 집안 심부름하는 사람) 위해서 봉사하는 것도 된다. 그러므로 우리는 언제나 이를 실천할 수 있는 것이다.

8월 26일 월요일 맑음

오늘은 개학날이다. 약 한달 만에 친구들을 보니까 매우 반가웠다. 운동장에서 개학식을 했는데 중학교 때와는 다르게 간단히 일찍 끝난 점이 좋았다. 선생님께 성적표와 과제물을 제출하고 교실을 청소한 뒤 돌아왔는데 친구들과 방학중에 있었던 일들을 서로 이야기해 주었다. 집에 돌아와서 전에 찍었던 필름을 가져다 맡기고 책을 읽었다. 〈신앙의 위인상〉에서 리빙스턴은 아프리카 대륙에서 쓰러져 죽더라도 하느님의 뜻이니 아프리카를 결코 떠날 수 없다는 말은 아주 훌륭한 것 같았고 리빙스턴이 죽은 후 흑인들이 9개월이나 걸려서 리빙스턴의 시체를 백인에게 보내준 것은 그가 어떤 사람이었는지를 잘 알 수 있게 하는 점인 것 같다.

독후감

1. 리빙스턴에 대한 너의 견해는 아주 훌륭하다. 리빙스턴이 아프리카에 갔던 그 시대는 서구의 백인들은 그들을 인간으로조차 치지 않던 시대였다. 그가 참된 하느님의 사랑을 간직하지 않았던들 어찌 그와같이 흑인들을 사랑할 수 있었겠는가를 생각해 본다. 이와 아울러 우리는 미국의 남북전쟁 이전부터 하느님의 사랑으로 노예해방을 위해 죽은 수많은 백인이 있었던 사실을 알고 있다.

오늘은 어제 개학에 이어 등교 첫날이다. 체육시간에는 오랜만이기 때문에 친구들과 같이 운동장에서 축구와 배구를 하며 더위도 모르고 뛰었다. 한참 뛰고 나니까 기운이 다 빠져버렸다. 교련시간에 교련선생님께서 방학중에 있었던 일을 나와서 발표해 보라고 하셔서 모두 나가서 한마디씩 하고 왔는데 그 내용이 각양각색이고 우스운 것도 많았다. 밤에 공부를 끝마치고 나서 〈의사 지바고〉에 이어 레마르크의 〈서부전선 이상없다〉를 읽기 시작했다. 〈서부전선 이상없다〉는 레마르크가 1차 대전 때 서부전선에 끌려가 고생을 하고 돌아온 뒤에 쓴 반전적인 소설로 그 당시의 독일 사회와 독일 학생의 이야기가 실린 것인데 주인공 모티머가 강제로 전선에 끌려가면서 이야기가 시작된다.

독후감

1. 새학기가 시작되었다. 이번 학기에는 몸의 건강증진에도 유의하면서 학교 공부 중 부족한 학과, 특히 수학, 과학 등에 더 노력하기 바란다 너는 대체로 공부에 열심한 편이나 아버지 생각으로는 스포츠에 시간을 과도히 소비한 것 같다. 스포츠, 책을 읽는 것 등은 차츰 배당시간을 줄이는 것이 좋겠다. 대학 입시라는 인생 중 가장 중요한 일을 앞두고는 자기의 모든 정력과 시간을 이에 집중해야 한다. 그리고 나머지것은 설사 그것이 하고 싶고 약간 필요하더라도 이를 억제할 수밖에 없다. 인생은 하고 싶은 것을 다 할 수는 없다. 가장 중요한 목표에 집중해서 살 수밖에 없는 것이다.

8월 22일 수요일 맑음

오늘 아침에는 몸이 아파서 학교에 가지 못했다. 어제 뜨
거운 햇빛 아래서 운동을 했던 탓인지 머리가 아팠고 기
운이 없었기 때문이다. 저녁신문에서 몽골에 갔다 온 레
슬링 선수단의 이야기를 읽고 사진을 보았는데 소련의
위성국 몽골이 중국과 어떻게 다른지 또 옛날과는 어떤
차이가 있는가를 알 수 있었는데 특히 몽골인의 집이나
의상이 인상적이었다. 그리고 저녁에 레마르크의 〈서부
전선 이상없다〉를 읽었는데 주인공인 파울모티머의 전쟁
터에서의 이야기는 마치 레마르크 자신의 이야기를 쓴
것 같았고 당시 독일 청년들의 이야기라고도 할 수 있을
것같이 보인다.

독후감

1. 〈서부전선 이상없다〉를 읽을 때 얼마나 많은 젊은이들이
자기들의 꿈 많은 인생을 버리고 학원을 떠나야 했는지, 그
리고 국민의 행복을 도외시하는 카이자와 그 주위의 지배자
들의 야망을 충족시키기 위해서 의미없는 희생을 해야했는지
알 수 있다.
전쟁은 악이다. 다만 더 큰 악을 막기 위한 필요불가결한 한
도 내에서 방위의 전쟁을 하는 것은 불가피한 〈필요악〉인 것
이다.

8월 23일 목요일 맑음

오늘은 어제 하루를 쉬고 학교에 갔더니 모두를 웬일로
안 나왔는지 물어보았다.

오늘 아침에 우리 학교에 4명이 전학 왔는데 그 중에 한
명이 우리반에 들어왔다. 남학생인데 무척 호감이 가는
인상이다. 음악시간에 음악선생님께서 그 아이에게 노래
를 시켰는데 잘 하지 않으려고 해서 엉뚱하게 나와 반장
이 같이 부르라고 하셨다. 지리시간에는 첫 시간이라 방
학동안의 이야기를 많이 했고, 예배시간에 우리 학교에
서 농촌봉사활동 때 있었던 일에 성경선생님께서 말씀해
주셨다. 집에 돌아오는 길에도 무척 날씨가 더웠다. 내일
이 처서라고 하는데 아직도 더위가 가시려면 먼 것 같다.
집에 돌아와서 레마르크의 〈서부전선 이상없다〉를 읽었
다. 이 책에서 나는 전쟁의 무서움과 허무함을 알고 레마
르크의 반전사상을 알 수 있었다.

독후감

1. 예수님 말씀에 "Do to others as you would be done by(네게 해주기를 바라는 그대로 남에게 해주어라)"는 유명한 말씀이 .있다. 누구나 새로 전학해 오면 학우들의 친절을 바랄 것이고 잘 모르는 일에 대한 이야기를 듣고 싶을 것이다 그리고 진실로 우정을 나눌 수 있는 벗을 갖기를 간절히 바랄 것이다. 이는 네가 다른 학교에 전학갔더라도 마찬가지일 것이다. 그러니 너도 학우에게 잘 해주어라. 그리고 아무 보수도 바라서는 안 된다. 이것이 크리천의 태도다.

8월 24일 금요일 맑음

첫 시간에 체육이라 운동장에 나가서 축구를 했다. 윤리 시간에 문과와 이과를 나누기 위한 참고자료로 적성검사를 했는데 IQ검사와 비슷한 검사였는데 대부분 쉬웠다. 집에 돌아와서 신문을 보니 어빙호에 이어서 태풍 주디호도 발생하여 올라오고 있다는데 우리나라에는 다시 피해가 오지 않았으면 좋겠다. 밤에 영어과제를 다 적은 다음에 운동을 하려고 하니까 굉장히 힘이 들었다. 아마도 2,3일 쉬었기 때문일 것이다. 운동이 끝나고 찬물에 수건을 적셔 씻을 때 기분이 좋았다. 그러고 나서 들어와 〈천로역정〉을 지은 존 번연의 이야기를 읽었다. 번연은 문맹을 면할 정도의 공부밖에 못했지만 성경을 읽고 크게 감동을 받아서 이곳저곳 설교를 하고 다니던 중 감옥에 갇혀서 그 동안에 〈천로역정〉을 쓴 사람이다.

독후감

1. 번연은 독학을 한 사람이지만 그의 문장은 후세에 두고두고 귀감을 삼을 만한 명문장이었다고 한다. 아버지가 〈천로역정〉을 읽고 느낀 것은 이렇다. 즉 주인공이 자기 한 사람만의 구원을 위해서 자기 가족도 이웃도 다 버리고 혼자 천국을 향해간다. 도중 온갖 유혹과 고초를 이겨내고 마침내 천국에 도달한다.

기독교의 본질은 사랑이다. 그것도 이웃에 대한 사랑이다. 그런데 어떻게 자기 가족도, 이웃사람도 모두 파멸의 구렁에 놔두고 혼자 도망칠 수 있는가? 뿐만 아니라 주기도문에 있는 대로 우리는 아버지의 뜻이 하늘에서와 같이 땅에서도 이루어지도록 기도하는데 이 세상의 개혁에는 힘쓰지 않고 도피해 가는 것을 참기독교라 할 수 있는가? 그러나 그 당시의 서구의 기독교는 개인의 구원에만 몰두하고 사회 구원에는 관심이 없었던 것이다. 물론 그것은 잘못이었다 기독교가 그처럼 더 좋은 사회를 이룩하는데 이바지하는 것을 회피했기 때문에 공산주의 등 반기독교 풍조가 커진 것이다.

8월 25일 토요일 맑음

오늘 미술시간에는 전에 파놓았던 도장을 차례대로 찍어
보았는데 내것도 아주 잘나온 것 같은데 양각으로 판 것
은 테두리선이 없어서 별로 좋아 보이지 않았다. 집에 돌
아오니 지영이가 와 있었는데 이제는 전보다 말을 하고
알아듣는 것을 굉장히 잘 하는 것 같다. 오후에 〈서부전
선 이상없다〉를 읽었다. 오늘 읽은 부분에는 주인공 모
티머가 전선에 끌려가 전투 중 유탄에 맞아 입원을 하게
되는데 그러는 도중에 부상을 당하고 의사의 비인간적인
대우를 받는 병사들을 보고 전쟁에 회의를 느낀다. 이 글
을 읽으면서 전쟁이 얼마나 무의미하고 잔인한 것인가를
알았고 또 전쟁으로 사람들의 마음이 어떻게 바뀌어 가
는가도 알 수 있었다. 이제는 가을이 가까워졌는지 밤에
운동할 때도 더위를 느낄 수 없었다. 그렇지만 여름이 가
는 것은 아쉽다.

독후감

1. 오늘 일기의 마지막에 "그렇지만 여름이 가는 것은 아쉽다". 고 써있다 보통은 하루 속히 여름이 가고 가을이 오는 것을 기다리는데 이 점은 다르다. 이런 경우는 왜 여름이 가는 것이 아쉬운지 그 이유를 적어야겠지. 그래야 후일에 이것을 읽더라도 무슨 뜻이었는지 알 수 있는 것이다.

8월 26일 일요일 맑음

오늘은 교회에서 기독교인으로서의 용기에 대해서 들었다. 목사님께서는 기독교인은 누가 뭐라 해도 굽힘없이, 아무 부끄럼 없이 하느님의 말씀을 지키고 따를 줄 알아야 한다고 하셨다. 돌아와서 〈서부전선 이상없다〉를 읽었는데 모티머는 부상에 다 나아서 휴가를 갔다 온 후 전선에 다시 나가게 되었다. 그는 전쟁터에서 유탄이 떨어질 때마다 사람이 죽어가는 것을 보면서 자신의 생활이 도대체 어떤 것인지 자신의 존재가 어떤 것인지를 생각한다.

오후에 교회에서 중고등부 창립 34주년 예배가 있어서 예배를 보고 돌아왔다. 뉴스를 들으니까 태풍 주디호의 피해가 막심하다는데 이렇게 두 번씩이나 태풍이 몰아쳐 피해를 주는 것도 드문 일인 것같다.

독후감

1 ."용기는 인간이 갖는 덕성 중에 최고의 것이다."고 처칠은 말했다. 대부분의 사람은 무엇이 옳고 무엇이 그른지를 안다. 그러나 두려움이나 유혹을 이기지 못하여 "아니오" 해야 할

때 그렇게 말하지 못하고 "네"해야 할 때 말하지 못한다. 어떠한 훌륭한 양심과 미덕을 갖추었어도 용기없이는 실천할 수가 없다 역시 용기는 최상의 덕이다.

2. 용기 중 가장 어려운 것도 자신의 마음속에 있는 비겁, 사악, 태만, 변명 등을 이기는 용기다. 사람은 자기에게 이기면 만사에 이긴다.

3. 용기는 두려워하지 않는 것과는 다르다. 두려움은 인간의 천성이다. 두렵더라도 자기가 해야 할 일을 해내는 결단이다. 웰링턴 장군이 워털루에서 나폴레옹과 싸울 때 아주 위험한 임무를 띤 전령을 어느 병사에게 명했었다. 십중팔구는 살아올 가망이 없는 이 임무를 맡은 병사는 두려움을 못이겨 부들부들 떨면서 복창하고 출발했다. 이를 본 참모들이 모두 웃음을 참지 못하고 소리내어 웃었다. 그때 장군은 그들의 잘못을 나무랐다. "참된 용사는 두려움이 없는 사람이 아니다. 두려우면서도 해야 할 일을 해내는 사람이다"고 하면서.

4. 크리스천의 용기는 믿지 않는 사람의 용기와 다르다. 그는 스스로 결단해서 행동하는 것이 아니라 하느님의 의에 따라 행동하며 스스로의 능력을 믿고 전진하는 것이 아니라 하느님이 같이 하심을 믿고 일체를 그분께 맡기고 그분과 같이 나아가는 것이다.

8월 27일 월요일 맑음

오늘 아침에 학교에 가니까 오랫동안 몸이 아파 광주에
있는 집에 내려가 있던 동성이가 3개월 만에 다시 학교
에 나와서 모두들 그 동안에 있었던 이야기를 나누었다.
게다가 나는 동성이의 옆자리이기 때문에 그동안 학교를
쉬었던 동성이를 도와줄 수 있었다. 한문시간에 논어에
관한 내용이 조금 나왔는데 그 중에서도 남이 나를 알아
주지 않음을 근심하지 말고 내가 남을 모름을 근심하라
는 이야기나, 자신이 바르면 명령을 내리지 않아도 행해
지나 그 자신이 바르지 않으면 명령을 내려도 사람들이
따르지 않는다는 말이 가장 깊은 뜻이 있는 말 같다. 역
시 옛선인의 말은 가치있는 것 같다. 밤에 아버지께서 주
신 〈교양명저 60선〉이라는 책을 한번 훑어 보았다. 그 책
은 명작의 내용과 사상을 간추려 분석해 놓은 책인데 우
선 읽었던 작품의 설명부터 보아야겠다.

독후감

1. 동성이를 도와준 것 잘했다 그런데 무엇을 도와 주었는지 간단히 썼으면 좋았을 것이다. 그래야 아버지도 알고 너도 후일에 다시 볼 수 있을 것이다.

2. 세계 3대 성인을 공자(B.C. 552-479), 부처(B.C.550?-486?) 그리고 예수라 한다. 성인은 인간으로서 도달할 수 있는 가장 놓은 경지의 영적, 도덕적 높이 까지 이른 분들이라 할 것이다. 현대인은 흔히 문명인을 자처하고 옛사람을 야만시하지만 정신적으로 가장 위대한 거인은 모두 2천년 이전에 났지 오늘에 나지는 않았다. 우리는 물질적으로는 눈부신 발전을 해왔지만 정신적으로는 아직도 이분들의 세계에 살고 있는 그들과 동시대인 것이다. 사실 인간정신의 변화는 물질세계의 변화보다 훨씬 그 템포가 느려서 정신세계에서는 천년이 하루 같다 할 것이다.

8월 28일 화요일· 맑음·

오늘 세계사 시간에 그리스의 철학자 플라톤, 아리스토
텔레스, 탈레스, 소크라테스 등에 관한 설명을 듣고 철학
에 대해서도 약간 설명을 들었는데 소크라테스가 죽을
때 그의 제자가 죄없이 죽게 되는 것이 억울하다고 말하
자 소크라테스가 그럼 내가 죄를 짓고 죽으란 말이냐고
한 말이 인상적이었고 지금까지 역사에 대해서 전쟁과
나라의 흥망에만 관심을 쏟았던 것이 이제는 철학과 학
문에도 관심을 갖게 된 계기가 되었다. 밤에 어제 보았던
교양명저에서 우선 모비딕을 한 번 보았다. 그것은 내가
아주 재미있게 읽었던 것이기 때문인데 이 책의 반 이상
을 차지하는 고래론은 고래의 영혼과 고래의 세계를 샅
샅이 살펴서 생의 신비를 포착하려는 것이라고 한다. 그
리고 에이허브의 격리와 소외는 자멸이라는 결말을 가져
왔다는 사실에 나도 동감한다.

독후감

1. 소크라테스(B.C 470–379)는 아테네가 페르시아전쟁에서 이긴 후의 교만, 펠로폰네소스전쟁에서 스파르타와 그 동맹군에게 참패한 후의 좌절과 타락의 시대에서 시대의 조류를 의식적으로 거역하면서 아테네인들에게 인간의 참삶의 길을 강조하다 그들의 미움으로 죽은 위대한 철인이다. 그는 한 권의 책도 남기지 않았으나 결국 철학의 아버지가 되었다. 그를 철학의 아버지로 일컫는 것은 그 이전에 철학자가 없어서가 아니다. 그 이전에도 탈레스 (B.C.7_6세기)아낙시만드로스(B.C7_6세기), 헤라클레이토스(B.C.6세기)가 있었고 동시대에는 소피스트파가 있었다. 그러나 그들은 우주는 무엇으로 구성되었느냐를 알려고 열중하거나 혹은 궤변으로 말재주나 부리는 것을 주로 했다. 참으로 사람 그 자체를 근원부터 파악하려는 인간의 철학은 소크라테스부터 시작되었다. 그러나 그가 오늘 남게 된 것은 그의 애제자 플라톤(B.C.427?–347)의 저서 덕택인 것이다.

8월 24일 수요일 맑음

음악시간에 베르디와 푸치니의 오페라에 대해서 들었는
데 그동안 나는 연극, 오페라, 뮤지컬의 차이점에 대해서
자세히 알지 못했다가 이번에야 비로소 알게 되었다. 국
어시간에 최영의 시를 배우다가 최영 장군이 친원파였다
는 말이 나왔는데 내가 알기로는 최영이 공민왕의 반원
운동을 도왔고 친원, 친명도 아니었던 사람으로 아는데
맞는지 모르겠다. 만약 최영 장군이 친원파였다면 어떻
게 후세사람들에게 위인으로 불릴 수 있었을까? 집에 돌
아와서 교양명저 중에 〈삼국지연의편〉을 보았는데 제갈
량에 대한 평이나 관우의 의리와 인간미, 장비의 용맹과
직선적 성격에 대한 평은 나도 동감이고 중국에서 몇 백
년간 군사, 정치의 교과서처럼 사용되었다는 사실을 알
게 되었는데 이 작품의 무게로 봐서 당연한 것 같다.

독후감

1. 음악에 대한 지식과 관심이 늘어가는 것은 좋은 일이다. 현대의 팝송과 더불어 고전음악, 그리고 서양음악과 더불어 우리 고유의 음악, 이 양자들을 균형있게 배워가는 것은 현대의 교양인으로서 그리고 이 시대를 사는 한국인으로서 꼭 지켜야 할 음악에 대한 태도일 것이다.

2. 최영을 친명파라고 딱 규정한 것은 네 말대로 이치에 맞지 않다. 최영의 시대는 원이 망하고 명이 일어나는 격변기에서 우리나라는 그 소용돌이 속에 휘말려서 국가이익을 지켜야 하는 소국으로서 때로는 반원, 때로는 친원의 정책을 썼지만 결코 그것이 원나라나 명나라를 위한 것은 아니었다. 최영 장군의 참뜻은 우리의 국권유지 그리고 가능하면 옛날 고구려의 판도를 회복해 보자는 것이었다. 태조 왕건의 유훈도 있지만 고려시대 사람의 머리에는 언제나 옛 고구려가 있었다. 최영의 요동정벌도 이런 점에서 이해해야 한다. 거기다 명나라가 철령 이북을 차지하려 하니까 그로서는 국토도 지킬 겸 그리고 이 기회에 옛날 고구려의 구토도 수복하자고 일어선 것이다. 고려가 있을 뿐 친원도 친명도 없었다.

8월 3ㅁ일 목요일 맑음

오늘 아침 대강당에서 예배시간에 우리학교에 봉사활동
나갔던 일에 대해 종합적인 보고가 있었는데 좀더 많은
인원이 치밀한 사전계획을 짜고 갔었더라면 더 좋지 않
았을까 하는 생각이 든다. 성경시간에 누가복음을 읽고
토론하는 수업을 했었다. 그중에 집약된 의견은 참된 이
웃이란 서로를 이해하고 도와줄 수 있으며 기쁨과 슬픔
을 함께 나누는 사람이라고 했고 사마리아인은 그 사람
을 알지 못하지만 자기의 온 힘을 다해 도와주었기 때문
에 그의 진짜 이웃이 될 수 있었다고 했다. 집에 돌아와
서 〈서부전선 이상없다〉를 읽었는데 전쟁터에서의 군인
들의 비참한 모습과 끔찍한 살육에서 전쟁의 무서움과
인간의 나약함을 볼 수 있었다.

독후감

1. 성경의 이 사마리아인 대목은 아주 유명하다. 그 당시 사마리아인은 유대인으로부터 가장 미움을 받고 천시받던 사람들이다. 그리고 유대인 중에서도 이 사마리아인 대목에 나온 제사장과 레위인은 그 신앙에서 가장 자랑하던 사람들인 것이다. 그런데 예수께서는 이 극단의 양자를 비유하고 전자를 참된 하느님의 사람이며 후자는 하느님을 판 가장 죄많은 위선자로 규탄하신 것이다. 오늘 사회에서도 높은 자리에 있는 사람이 학자다 하면서 겉으로는 번지르한 소리를 늘어놓으면서 실제는 자기 개인의 부귀영화만 추구하는 위선자들이 너무도 많으며 가난한 가운데서도, 배운 것도 많지 않으면서도 이웃을 위해 진심으로 도움을 주는 오늘의 사마리아인들이 있다. 예수님은 우리 옆에서 같이 계시면서 우리가 이런 착한 사마리아인이 되도록 지켜보며 도와주고 계신다.

8월31일 금요일 맑음

오늘은 학교에서 국어시간에 의유당 김씨부인의 〈동명일기〉를 배웠다. 이 글이 쓰인 것은 150여년 전의 일이라고 하는데 그 당시에 여자의 몸으로 어떻게 전국을 돌며 이런 기행문을 쓸 수 있었는지 궁금하다. 아마도 남편이었다는 이희찬이라는 사람이 이해심이이 많은 사람이었을 것 같다. 그리고 윤리시간에 슈바이처에 관한 이야기가 나와 그 중에 슈바이처가 살기 위해서 애쓰는 벌레 한 마리도 죽이기 어려웠다고 한 말이 인상 깊다. 집에 돌아와서 〈서부전선 이상없다〉를 읽었는데 주인공은 전쟁터에서 친구들을 모두 잃고 그저 살아야 한다는 생각만 가지고 포탄을 피해다니면서 싸운다. 그렇지만 독일군은 지쳤고 적군은 점점 더 강해지며 달려들기 때문에 차츰 모두가 왜 종전이 되지 않는가?하고 생각한다.

독후감

1. 의유당 김씨는 남편이 함흥판관(지방장관의 민정담당 보좌관)으로 갔을 때 따라가서 그 근방 일대를 나들이하면서 〈동명일기〉가 포함된 〈의유당관북유람일기〉를 썼다. 그 중에는 기행문, 전기, 번역 등이 들어 있는데 모두 한글로 썼다. 그 가운데서도 〈동명일기〉는 아주 뛰어난 명작으로 평가된다고 한다.

2..슈바이처는 누구나 잘 아는 아프리카 밀림의 성자로 알려진 인물이자 노벨평화상도 받았다. 그의 가장 주목할 정신은 〈생명에의 외경〉인데 여기 나온 바와 같이 벌레 하나에까지 하느님의 섭리를 느낀 것이다. 이는 중세의 성인 프란체스코가 나환자와 같이 생활하고 새나 짐승을 형제라 불렀다는 정신과 상통한다. 슈바이처에 대해서는 네게 준 〈신앙의 위인상〉 속에서 더 알아보기 바란다.

9월1일 토요일 흐림

오늘은 9월이 시작되는 날이다. 오늘 아침시간에는 미술을 했는데 그 동안 난초나 대나무를 그린 데 이어서 오늘은 국화를 그렸다. 국화는 가을의 꽃이라고 하는데 꽃잎을 그리는 것이 꽤 어려웠다. 그리고 난초나 대나무보다 더 화려하고 서양화 쪽에 가까운 것 같다. 국어 시간에 〈우리 민족의 풍습〉에 대하여 배웠는데 우리 민족이 농사에서 월력을 사용하고 24절기를 사용하여 농사를 지었다는 것도 알았고 여러 가지 명절의 유래와 명절을 즐기는 이유도 알 수 있었다. 수업이 끝나고 봉원사에 올라가서 환경정리를 하다가 비가 와서 곧 내려왔다. 돌아와서는 일기장이 없어서 한참을 찾다가 간신히 책갈피 속에서 찾아냈는데 다음부터는 고정된 자리에 두어야겠다.

독후감

1. 뚜렷한 정설은 아직 세워지지 않았지만 우리 민족은 지금의 중앙시베리아 또는 몽고 쪽에서 온 것으로 보인다. 견해에 따라서는 지금의 중국의 산동반도 쪽에서 요동지방을 거쳐서 왔을 것이라는 학설도 있다. 여하튼 우리 민족은 중국 민족과는 상당한 거리가 있다. 그러나 우리 문화는 우리 고유의 문화와 풍습에다가 중국으로부터 영향을 압도적으로 받았다. 우리 민족 고유의 풍속 중에서 가장 독특한 것이 샤머니즘(Shamanism)인데 이는 남녀 무당이 춤과 노래로써 행한 것이다. 잡귀를 쫓아내서 병을 고치고 재앙을 없애며 또 미래 만사를 점치는 것으로서 우리 국민의 생활에 영향을 주어왔다. 우리의 샤머니즘은 시베리아 주민들이 최근까지도 지켜온 곰을 영물로 숭상한 샤머니즘에 연유한다는 설도 있는데, 단군신화에 웅녀가 나오며 그가 천제의 아늘 환웅과의 사이에서 단군을 낳으니 우리의 제일 첫째 할머니는 곰의 화신인 셈이다. 우리의 풍습, 민족의 전통을 자세히 연구할 때 독특한 점도 있고 다른 민족하고 공통한 점도 있다. 거기서 우리는 우리의 독자성과 세계성을 같이 발견한다.

오늘 교회에서 성경에 자기를 높이려는 사람은 낮게 되고 자기를 낮추려는 사람은 높게 된다는 말씀을 들었다. 내 생각에는 자기를 높일 필요는 없지만 자기를 낮출 필요도 없다고 생각한다.

낮에 〈서부전선 이상없다〉를 거의 다 읽었는데 모티머는 곁에 친구들이 모두 죽고 난 후 휴전을 기다리다가 1918년 10월에 전사를 하게 되었다. 오후에 이발을 하고 나서 우리반 친구와 만나기로 했는데 서로 어떻게 엇갈렸는지 결국 못 만나고 말았다. 밤에 TV에서 상어가 새끼를 거느리고 가는 것을 보았는데 크고 사납게만 생긴 상어도 아주 잘 보살폈고 본능과 뛰어난 시력과 후각으로 인간 못지않은 재치를 보이는 것을 보고 동물들에 대하여 또 하나를 알 수 있었다.

독후감

1. 예수님이 우리에게 자기를 낮추어야 한다고 말씀하신 데는 아주 중요한 뜻이 있는 것이다. 첫째, 인간은 누구나 마음속에 시기, 미워함, 게으름, 도둑질, 속임수, 거짓말 등 여러 가지 결점과 죄의 가능성을 가지고 있는데 언제나 겸손되이 그것을 깨닫고 억제해야 하기 때문이며, 둘째로 인간은 자기 이웃을 위해 봉사하는 것이 하느님의 뜻에 일치하고 또 이웃과 같이 행복하게 사는 길인데 자기를 높인 자가 봉사를 할 수 없음은 두말할 것이 없다. 셋째, 인간은 아주 교만해지기 쉬우며 아마 이 세상에 얼마쯤 교만하지 않은 사람은 없다. 이 교만이 커지면 우리는 이웃을 해치고 자기를 망치는 것이다. 그러기에 예수님은 이를 경계하신 것이다. 이리하여 겸손하자는 하느님의 뜻을 거역하는 일만 하게 되니 낮아지는 것이다. 최후의 만찬 때 예수님은 제자들의 발을 씻으시면서 스스로 낮춘 모범을 보이셨다.

9월 3일 월요일 맑음

오늘은 고3들의 체력장이 있는 날이었기 때문에 집에서 쉬게 되었다. 아침에 〈서부전선 이상없다〉를 끝까지 다 읽었는데 모티머가 죽은 후에 그날 군대보고는 서부전선 이상없음이라고만 적혀 있는데 그것과 그가 태연한 표정으로 죽어 있는 것을 읽고 전쟁의 허무함을 느낄 수 있었다. 이 책은 당시 유럽의 반전사상과 평화의 갈망을 나타냈고 젊은이의 심리를 통하여 서술한 것 같다. 그리고 저녁 때는 〈난쟁이가 쏘아올린 작은 공〉이라는 조세희씨의 소설을 조금 읽어 보았다. 그 책에서 나는 그 전까지 별로 알지 못했던 우리 주위의 가난하고 불쌍한 소시민의 고통을 잘 알 수 있는 작품이었다고 생각이 되며 보기 드문 훌륭한 작품인 것 같다.

독후감

1. 오랫동안 인간은, 가난은 국가나 사회의 책임이 아니고 그 개인의 태만이나 무절제의 책임이라고 생각해 왔다. 그러나 19세기 중엽 이후 특히 20세기에 들어서 이제 이런 소리를 하는 사람은 없다. 하지만 말만 안할 뿐 사회나 나라가 가난에 대해서 정말로 책임지고 노력한 점은 아직도 크게 부족하다. 재산있는 사람들은 자기 돈벌이의 확대와 안락한 생활에 정신이 팔려 자기 밑에서 일하는 사람들의 복지를 등한히 하는 예가 너무도 많다. 여기서 필연적으로 노동계급과의 대립 투쟁이 커져 왔다. 그러나 이제는 구미 .일본 등 선진국가, 스칸디나비아 제국 등은 이러한 대립을 크게 극복했다. 그런데 가난한 사람, 노동자, 농민의 복지증진은 결코 그들에 대한 자비를 베푸는 것을 말하는 것이 아니라 그들이 인간으로서 이 사회의 발전에 공헌하는 존재로서의 정당한 권리로서 제몫을 차지하는 것이어야 한다는 점이다. 그들은 거지도 종도 아니고 똑같이 이 사회의 주인의 것이다.

7월4일 화요일 맑음

오늘 세계사 시간에 로마 공화정의 발전에 대해서 배웠
는데 로마가 처음에 귀족 중심이었다가 평민이 권리를
얻기 위해 투쟁하여 결국 리키니우스법을 제정하여 평민
이 집정관이 될 수 있게 했다는 내용을 공부하고 역시 로
마 발전의 원동력이 이런 데에 있었구나 하는 생각이 들
었다. 저녁 때 가위로 대추나무의 잔가지를 잘라주면서
보니까 대추나무가 굉장히 커진 것 같았는데, 나무는 역
시 성장이나 수명 또는 모습이 사람과는 다른듯하면서도
비슷한 점이 있는 것 같아서 이양하 씨의 수필 〈신록예
찬〉을 생각나게 했다. 어제 읽던 소설 〈난쟁이가 쏘아올
린 작은 공〉을 밤에 읽었다. 그 소설은 우리나라의 공장
근로자가 얼마나 저임금에 착취당하고 있는지를 자세히
써놓았다.

독후감

1. 로마의 공화정치가 일개 중부 이탈리아의 도시국가로 하여금 전 이탈리아를 통일하다가 지중해 주변의 유럽, 소아시아, 아프리카 여러 나라, 그 당시로서는 전세계를 정복하게 하는 큰 힘이었다. 네가 보는 것이 옳다. 로마 성공의 또 하나의 원인은 로마는 타지방을 점령해 나가면서 그들을 아주 대담하게 포섭했는데 타민족이나 나라가 생명처럼 아끼는 그들의 신을 같이 받들고 로마에도 이를 모셔가 만신전(萬神殿)에 모셔서 그들의 마음을 샀다. 뿐만 아니라 로마 시민권을 대담하게 개방해서 그들에게 나눠주고 똑같은 권리를 보장해 주었다. 이것들은 참 하기 어려운 일인데 이렇게 큰 아량으로 포섭함으로써 대로마를 이루었다(다만 카르타고만은 예외였다). 그러나 우리가 잊어서는 안될 것은 로마시민이 가진 것이 전부가 아니며 더 많은 노예들이 그들의 영화를 위해서 신음을 했다는 사실이다. 그들의 대우는 참혹을 극했다. 마침내 B.C.73년에 스파르타쿠스 중심으로 노예 반란이 일어나 2년 동안 전 이탈리아를 휩쓸었다가 패망한 일도 있다.